DuMont's Bibliothek des Phantastischen

Meisterwerke der phantastischen Literatur

Robert Aickman (* 1914 London, † 1981 London), Verfasser zweier Romane, zahlreicher phantastischer Erzählungen und Herausgeber von Anthologien klassischer Gespenstergeschichten, gewann 1975 den ›World Fantasy Award‹.

Herausgegeben von Frank Rainer Scheck

Robert Aickman

Schlaflos

Makabre Erzählungen

DuMont Buchverlag Köln

Die Deutsche Bibliothek – CIP-Einheitsaufnahme

Aickman, Robert:
Schlaflos: Makabre Erzählungen / Robert Aickman.
[Aus dem Engl. von Reinhard Merker. »Die Züge« übers.
von Irene Martschukat]. – Köln: DuMont, 1992
(DuMont's Bibliothek des Phantastischen; 3011)
ISBN 3-7701-2693-9
NE: GT

Umschlagmotiv von Willi Glasauer
Aus dem Englischen von Reinhard Merker
»Die Züge« übersetzt von Irene Martschukat

Redaktion: Ralf Schmitz
Satz, Druck und buchbinderische Verarbeitung: Boss-Druck, Kleve

Printed in Germany ISBN 3-7701-2693-9

Inhalt

Die Züge

So früh am Morgen war die Luft im Moor nicht mehr drückend, die ihre Bewegungen erschwert, ihre Kräfte aufgesaugt hatte. Jetzt schien eine warme Brise sie aufzuheben und davonzutragen: der Absorptionsprozeß war in sein Gegenteil umgeschlagen; ihr Kreislauf zog neue Antriebskraft aus den lauen Lüften. Ihre Gedanken drifteten in alle Richtungen auseinander, ziellos, aber voller Freude. Die Plakate der Eisenbahn fielen ihr ein. War das Ozon?

Nicht daß sie das geringste gegen die große Industriestadt gehabt hätte, die sie gerade verlassen hatten; anders als Mimi, die sie gehaßt hatte. Mimi hatte eigentlich gewollt, daß sie jeden Tag von Jugendherberge zu Jugendherberge wanderten, doch gegen diesen Vorschlag hatte sich Margaret erfolgreich zur Wehr gesetzt. Ihre Route führte durch die Pennines, und Margaret hatte darauf gedrängt, auf Bauernhöfen zu übernachten und, wenn es sich ergab, in gewöhnlichen Hotels. Mimi hatte eingewandt, daß erstere unzuverlässig und letztere ebenso trübselig wie teuer seien, doch mit einem Mal war ihr die Verteidigung der Jugendherbergen peinlich geworden, und sie hatte nachgegeben. »Aber Hotels schauen auf Wanderer herab«, hatte sie hinzugefügt. Margaret hatte sie beide bis dahin gar nicht als Wanderer betrachtet.

Bis auf ihre Meinungsverschiedenheit hinsichtlich der Stadt war soweit alles gutgegangen, vor allem, was das Wetter anging, als die zweite Woche ihrer Wanderschaft anbrach.

Margaret hatte die Stadt aufregend, interessant, unerwartet schön und romantisch gefunden. Ihre wohlproportionierten steinernen Mühlen und zahllosen Kamine aus Vulkangestein schienen vollkommen mit den hohen, freien Bergen überall im Hintergrund zu harmonieren. Für Mimi verkörperte der Ort all das, was sie in den Ferien vermeiden wollte. Wenn denn Städte unausweichlich waren, so würde sie das verschwommene Ineinander der Midlands und des Südens vorziehen, wo die Stadt nicht Widerpart des Landes ist, sondern mit diesem verschmilzt, wo Stadt und Land nirgendwo so scharf umrissen waren wie im Norden.

Margaret schien diese für sie neue Lebensweise (von der sie nur die oberste Schicht sah) weniger abschreckend, als sie erwartet hatte. Mimi, für die sie ebenfalls neu war, sah darin die Art Leben, aus dem aller Wahrscheinlichkeit nach ihr Urgroßvater unter Entbehrungen aufgestiegen war, eine Erniedrigung, und es erschreckte sie, erkennen zu müssen, daß es immer noch existierte und sie verschlingen konnte. Wenn es schon Industrie geben muß, versteckt diese Tatsache in Vororten!

Das Free Trade Hotel (R.A.C. und A.A.) hatte Einzelzimmer für sie gehabt, und Mimi hatte jemanden vermißt, mit dem sie abends vor dem Einschlafen reden konnte.

Sie waren ganz plötzlich aus den wildesten Mooren zur Stadt hinabgestiegen, wie es im Norden häufig vorkommt. Jetzt schien es genauso plötzlich keine Städte mehr zu geben, sondern nur kleine Neandertaler mit langen Zähnen, die hinter Felsen versteckt darauf lauerten, sie beide in Stücke zu reißen. Der Wind brauste in unberechenbaren Stößen unter dem klaren Himmel, der tiefblau war, aber von bauchigen Massen scharfumrissener Wolken durchzogen, die Festwagen in mediterranen Umzügen glichen. Die neblige, rauchige, stinkende Luft der Stadt hatte Margaret mit ihren ständig wechselnden atmosphärischen Wirkungen fortwährend verzaubert, ein meteorologisches Schauspiel, das nirgendwo sonst gegeben wurde, doch hier oben war die Luft zweifellos das Leben selbst.

Der Pfad über die Heide war schwer zu finden, die einzigen Orientierungspunkte bloße Umrisse, und keine von beiden war erfahren im Kartenlesen, doch sie kamen in seligem Schweigen voran, alle Barrieren zwischen ihnen waren niedergerissen, selbst Margarets schwerer Rucksack war vergessen. (Mimi bemerkte ihren eigenen Rucksack schon die ganze Zeit über gar nicht mehr.)

»Wenn das kein Zug ist«, sagte Margaret, nachdem sie zwei oder drei Stunden gewandert waren.

»O Gott«, sagte Mimi, die Eskapistin.

»Entscheidend ist, daß er uns Orientierungspunkte geben wird.« Das unbestimmte Rumpeln verlor sich jetzt im Geräusch des Windes. »Sehen wir nach!«

Mimi schnürte die Hintertasche von Margarets Rucksack auf und zog die Karte heraus. Die Karte zwischen ihnen, blieben sie stehen. Ihre Richtung wurde vom Wind bestimmt, und es ging über ihre Kräfte, verstandesmäßig gegenzusteuern. Dann breiteten sie die Karte auf dem Boden aus, das obere Ende mehr oder weniger nach Norden gerichtet, auf jede Ecke einen grauen Stein gelegt.

»Da ist die Bahnlinie«, sagte Margaret und folgte ihr mit dem Finger auf der Karte. »Wir müssen irgendwo hier sein.«

»Woher weißt du, daß wir nicht über dem Tunnel sind?« fragte Mimi. »Er ist über vier Meilen lang«.

»Ich glaube nicht, daß wir hoch genug sind. Der Tunnel ist weiter weg.«

»Können wir nicht auf diese Straße stoßen?«

»Welchen Weg schlägst du vor?«

»Über die nächste Hügelkuppe, wenn du recht damit hast, daß das ein Zug war. Die Straße führt ganz dicht an der Bahn entlang, und das Geräusch kam von dahinten.«

Mimi zeigte in die Richtung, der Tragegurt ihres Rucksacks zerrte unangenehm an der Schulterklappe ihres Hemdes, als sie so verdreht auf dem Boden lag.

»Ich wünschte, wir hätten eine Karte aus Leinwand. Der Wind reißt diese hier in Stücke.«

Mimi entgegnete liebenswürdig: »Es ist ein Elend, nicht?« Sie war es, die für die Karte verantwortlich gewesen war.

»Ich glaube beinahe, du hast recht«, sagte Margaret mit der ganzen Zuversicht einer Verirrten.

»Auf geht's«, sagte Mimi mit Bestimmtheit.

Unter Schwierigkeiten falteten sie die Karte zusammen, und Mimi schob sie zurück in Margarets Rucksack. Die vier grauen Steine markierten weiterhin die Ecken eines nunmehr geheimnisvollen Rechtecks.

Wie sich herausstellte, hatte Mimi recht. Nachdem sie in das Tal zu ihren Füßen hinabgestiegen waren und sich den nächsten Hügel hinaufgequält hatten, erklomm eine Doppellinie aus Schienen und einer von einer Steinmauer begrenzten Straße das dahinterliegende Tal. Während sie schauten, ratterte gemächlich ein Zug von weit her nach links hinauf.

»Der andere muß bergab gefahren sein«, sagte Mimi.

Sie begannen, zur Straße hinunterzugehen. Es war schon eine Weile her, daß es wenigstens einen Schafspfad gegeben hatte. Bis zur Straße war es nur ein Katzensprung, doch sie brauchten nach Mimis Armbanduhr 35 Minuten, und der kriechende Zug war bereits an ihnen vorübergefahren, als sie gerade erst losgegangen waren.

»Wären wir doch Krähen«, rief Mimi.

Margaret sagte »ja« und lächelte.

Sie bemerkten, daß kein Verkehr auf der Straße war, deren Oberfläche, wie sich herausstellte, als sie sie erreicht hatten, aus harten, unregelmäßigen Granitsplittern bestand, die einer Erneuerung und der Aufmerksamkeit einer Dampfwalze bedurft hätten.

»Ganz schön hart«, sagte Mimi nach einer Viertelstunde. »Aber ich habe diese Heide satt.« Beide Seiten des Tales waren damit bedeckt.

»Sollten wir nicht besser herausfinden, wo genau wir sind?« schlug Margaret vor.

»Ist das so wichtig?«

»Ich denke an unser Mittagessen.«

»Das hängt nicht davon ab, wo wir sind. Solange wir auf dem Land sind, ist alles eins wie's andere, meinst du nicht?«

»Ich finde, wir sollten lieber auf Nummer sicher gehen.«

»Na gut.«

Mimi holte die Karte wieder hervor. Als sie sie am Straßenrand befestigten, dröhnte ein Zug heran und sauste den Hang hinab.

»Was machst du da?« fragte Margaret, die mit einem ziemlich unbrauchbaren Stein kämpfte.

»Winken natürlich.«

»Hat jemand zurückgewunken?«

»Hast du noch nie dem Zugführer gewunken?«

»Nein, ich glaube nicht. Ich wußte nicht, daß du dem Zugführer winkst; ich dachte, den Passagieren.« Die Karte schien nun sicher befestigt.

»Denen auch, manchmal. Aber Zugführer winken Mädchen *immer* zu.«

»Nur Mädchen?«

»Nur Mädchen.« Mimi konnte sich nicht entsinnen, das jemals *nicht* gewußt zu haben. »Wo sind wir?« Sie starrten auf die Karte, versuchten ihr ihr Geheimnis zu entreißen. Selbst jetzt, mitten auf der Straße, und mit der Eisenbahn, die direkt vor ihnen Linie um Linie überquerte, schien das Problem kein bißchen einfacher.

»Ich wünschte, wir hätten ein Instrument, das uns sagen könnte, wie hoch wir sind«, bemerkte Mimi.

»Noch mehr Gepäck.«

Schon bald konnten sie nichts weiter tun, als in die Runde zu starren.

»Ist das da nicht ein Haus?« Erneut wies Mimi den Weg.

»Wenn ja, muß es wohl ein Gasthaus sein.« Margaret deutete darauf. »Auf der Karte ist kein anderes Gebäude auf dieser Seite des Eisenbahntunnels eingezeichnet, es sei denn, wir sind viel tiefer im Tal, als wir denken.«

»Kleine Gebäude sind nicht auf Karten drauf.«

»In ländlichen Gegenden anscheinend doch. Das ist mir aufgefallen. Jeder Bauernhof hat seinen kleinen Punkt. Selbst die Hütte am Reservoir gestern hatte einen Punkt.«

»Schön, wenn es ein Pub ist, können wir in der Bar was essen, mir soll's recht sein.«

Wieder hinterließen sie vier graue Steine an den Ecken von nichts.

»Übrigens zeigt die Karte nur ein Haus zwischen dem anderen Ende des Tunnels und Pudsley. Gut acht Meilen, würde ich sagen.«

»Hoffen wir, daß es einer deiner Bauernhöfe ist. Ich mag gar nicht daran denken, eine Nacht in Pudsley zu verbringen. Wir machen Ferien, weißt du noch?«

»Man wird uns schon aufnehmen.«

Das Gebäude stellte sich als lang verlassen heraus. Vielleicht auch noch nicht so lange; das ist bei einfachen Steinhäusern in einem feuchten Klima schwer zu beurteilen. Die Fenster waren vernagelt. Dachpfannen verunstalteten den verunkrauteten Garten, die Vordertür war eingeschlagen.

»Auf die Armee ist immer Verlaß«, sagte Mimi. »Hoffen wir, daß die Nachtquartiere heute wetterfester sind. Wir sollten was essen. Es ist viertel nach zwei.«

»Ich glaube nicht, daß das die Armee war. Das sieht mir eher nach Landwirtschaftskrise aus.« Margaret hatte auf dem Gut ihres Vaters gelernt, was verlassene Bauernhäuser und im Stich gelassener Besitz bedeuteten.

»Sieh mal, da ist der Tunnel!«

Margaret folgte ihr ein paar Schritte die Straße hinauf. Von dem schwarzen Torbogen an grub sich der Tunnel in den Felsen, die Straße wand sich steil darüber hinweg.

»Da ist noch ein Haus«, sagte Margaret, die dem entmutigenden Aufstieg mit den Augen folgte. »Und was noch besser ist, ich kann ein Schild draußen sehen. Ich glaube, die Karte stimmt nicht. Komm!«

»Schon gut«, erwiderte Mimi.

In dem Moment, als sie über dem Tunneleingang waren, raste ein neuer Zug hügelabwärts. Sie sahen von oben auf die blinden schwarzen Dächer der Waggons; wie eine Kirmes-Raupe mit herabgelassenem Verdeck.

Es war schwer zu sagen, ob die Karte irrte oder nicht. Das Haus über dem Tunnel war zwar augenscheinlich nicht verzeichnet, aber um eine Schänke handelte es sich sicher nicht. Fast das genaue Gegenteil: ein Wirtshaus ohne Lizenz.

»Gut für eine Tasse Tee«, sagte Mimi. »Aber wir essen besser draußen.«

Ein Stückchen weiter erklomm die Straße einen kleinen Hügel. Sie stiegen hinauf, nahmen ihre Rucksäcke ab, lockerten die Gürtel um ein, zwei Löcher und aßen ihre Cornedbeef-Brote. Das Gasthaus lag direkt unter ihnen, und war allem Anschein nach bewohnt, doch war niemand zu sehen.

»Nicht viel Verkehr«, sagte Margaret, die mit einer zerquetschten Tomate hantierte.

»Die nehmen alle den Zug.«

Das ferne Pfeifen einer Lokomotive schien ihre Worte zu bestätigen.

Die scharfumrissenen Wolken, nun etwas größer, zogen immer noch über den Himmel; doch schien der Wind nachzulassen, und es wurde ungewöhnlich heiß. Die beiden Frauen waren schweißgebadet, und Mimi öffnete einen weiteren Knopf ihres Hemdes.

»Bist du nicht froh, daß ich dich überredet habe, Shorts anzuziehen?«

Margaret mußte sich eingestehen, daß sie froh war. Über diese Frage hatte es zwischen ihnen einigen Streit gegeben. Margaret, die noch nie im Leben Shorts getragen hatte, hatte sich durch Mimis Vorschlag beleidigt gefühlt, und Mimi hatte unerwartet verkündet, sie würde überhaupt nicht fahren, wenn Margaret sich nicht »anzöge wie alle anderen auch«. Margaret sah jetzt ein, daß »alle anderen« dieses eine Mal recht hatten. Die Freiheit war herrlich, und ohne sie wäre das Gewicht des Rucksacks unerträglich gewesen. Überdies hatte sie der gesamte gegenwärtige Aufzug weniger als eine Guinee gekostet, und es war ziemlich gleichgültig, was damit passierte. Das, so stellte sie fest, war wirkliche Freiheit. Trotzdem war sie froh, daß niemand aus ihrer Familie sie so sehen konnte.

»Wirklich, sehr froh«, antwortete sie. »Wirklich.«

Mimi lächelte warmherzig, zu liebenswürdig, um zu triumphieren, auch wenn Margarets ursprüngliches Verhalten in diesem Punkt heftigen Widerwillen in ihr ausgelöst hatte.

»Nicht gerade das ideale Essen bei dieser Hitze«, sagte Margaret. »Wir werden Pickel davon bekommen.«

»Zum Glück haben wir Cornedbeef. Ein anderes Mädchen und ich sind den Pilgerweg von einem Ende zum anderen gewandert mit nichts als Brot und Margarine. Es war Feiertag, und wir hatten vergessen, Aufschnitt zu besorgen.« Dann sprang sie mit vollem Mund auf und packte ihren Rucksack. »Sehen wir mal nach, ob wir was zu trinken bekommen!« Sie war auf der Straße, noch bevor Margaret aufstehen oder etwas erwidern konnte. Margaret hatte festgestellt, daß es ihre Art war, solch spontanen, heftigen Eingebungen zu folgen.

Als Margaret ihr letztes Brot aufgegessen hatte, hatte Mimi bereits die Glocke des Gasthauses geläutet und war schon eine

Weile drinnen. Ehe sie ihr folgte, wischte sich Margaret mit einem der großen Taschentücher, die Mimi vorsorglich eingepackt hatte, den Schweiß aus dem Gesicht, dann holte sie aus der Brusttasche ihres Hemdes Kamm und Spiegel hervor, brachte ihr Haar in Ordnung so gut es der Schweiß und der feste, kleine Knoten zuließen, zu den sie es gebunden hatte, weil dies für die Ferien praktisch war. Sie verstaute beides wieder in ihrer Hemdtasche, knöpfte die Klappe zu, vermied aber so gut es ging die Berührung ihres klebrigen Körpers. Sie näherte sich langsam der Vordertür, bemüht, nicht wieder ins Schwitzen zu geraten.

Die Klingel war zwar mit einem modernen pseudo-italienischen Zug versehen, wurde aber nach echter Landhaus-Art mittels eines Drahtes betätigt. Die Tür wurde beinahe auf der Stelle von einer einfachen Frau in einem Marks & Spencer-Overall geöffnet.

»Bitte?«

»Könnte ich vielleicht etwas zu trinken bekommen? Meine Freundin ist schon drinnen.«

»Kommen Sie rein. Tee oder Kaffee? Mineralwasser ist ausgegangen.«

»Könnte ich einen Kaffee bekommen?«

»Kaffee.« Das Wort wurde in kurzem, hohlen Ton wiederholt. Man hätte glauben können, sie müßte mit sechzig Bestellungen in der Stunde fertig werden. Sie verschwand.

»Wir schließen die Tür und lassen die Hitze draußen.«

Der Sprecher, ein Mann mittleren Alters in schmutzigen Turnschuhen, saß an einem runden Holztisch Mimi gegenüber, die in einer Tasse Tee rührte. Niemand sonst war im Raum, der mit deprimierenden Café-Möbeln überfüllt und schief an der Wand hängenden Zigarettenreklamen dekoriert war.

»Wissen Sie, was man in New York sagt?« Er hatte den Akzent eines Geschäftsmannes aus dem Norden. Er ließ

Mimis große Brüste nicht aus den Augen, die sich unter ihrem Khaki-Hemd wölbten.

»Ich habe in New York gelebt. Zehn Jahre insgesamt.« Mimi sagte nichts. Es war ihre Art, den Männern das Reden zu überlassen. Margaret setzte sich neben sie und ließ ihren Rucksack zu Boden sinken. »Hallo.« Sein Tonfall war freundlicher als seine Absichten.

»Hallo«, sagte Margaret gleichgültig.

»Sind Sie beide Freundinnnen?«

»Ja.«

Sein Blick kehrte zu der dralleren und entblößteren Mimi zurück.

»Ich sagte es gerade Ihrer Freundin. Wissen Sie, was man in New York sagt?«

»Nein«, sagte Margaret. »Ich glaube nicht. Was sagt man denn?«

»Es ist nicht die Hitze. Es ist die Feuchtigkeit.«

Er schien immer noch Margaret zu meinen, während er Mimi anstarrte. Nachdem er ihnen einen Moment Zeit gelassen hatte, um dem zu folgen, was er für eine komplizierte und eindringliche Beobachtung hielt, fuhr er fort: »Die Klammheit, wissen Sie. Die Feuchtigkeit in der Luft. Die Luft nimmt unablässig Feuchtigkeit auf. Saugt sie aus der Erde.« Er leckte seine Unterlippe.

»Das hier ist gar nichts. Nichts gegen New York. Ich habe zehn Jahre da gelebt. Man kann sich's nicht aussuchen, wissen Sie.«

Hinter ihnen öffnete sich eine Tür, und die wortkarge Frau brachte Margarets Kaffee. Die Tasse war am Rand farblos geworden, und aus irgendeinem Grund befand sich auf der Untertasse ein roter Schmier.

»Ein Shilling.«

Verblüfft kramte Margaret eine halbe Krone aus einer Tasche ihrer Shorts. Die Frau ging davon.

»Nettes Plätzchen hier«, sagte der Mann. »Dafür muß man heutzutage bezahlen.«

Margaret hob ihre Tasse. Es war stinkender Pulverkaffee.

»Was sagte ich? Was ist das schon für eine Tasse Kaffee? Ich würde selbst eine trinken, wenn ich nicht schon drei gehabt hätte.«

»Sind Sie hier abgestiegen?«

»Ich wohne hier.«

Die Frau kam mit einem Shilling und sechs Pence zurück und verschwand dann wieder.

»Trinkgeld ist nicht nötig.«

»Ich verstehe«, sagte Margaret. »Ist das die Besitzerin?«

»Das ist ihr Laden.«

»Sie scheint ziemlich schweigsam.« Auf der Stelle bedauerte Margaret diese Aufforderung zur Unterhaltung.

»Sie hat auch allen Grund dazu. Das ist keine Goldgrube hier, wissen Sie. Ich bin der einzige Stammgast. So ziemlich der einzige Gast im großen und ganzen.«

»Wie kommt das? Die Landschaft ist schön, und es gibt kaum Konkurrenz, soweit wir gesehen haben.«

»Es gibt *keine,* glauben Sie mir. Und die Landschaft ist ganz und gar nicht schön. Glauben Sie mir auch das.«

»Was stimmt nicht damit?« Das war Mimi, die noch nichts gesagt hatte, seit Margaret hereingekommen war.

»Nun, nichts, Schwester, eigentlich nichts. Nicht für ein kleines Mädchen wie dich.« Margaret erkannte, daß er zu den Männern gehörte, die Frauen in solche einteilen, mit denen man redet, und solche, bei denen Worte nur im Wege sind. »Ich habe nur Spaß gemacht. Sonst wäre ich doch nicht hier, oder? Würde ich sonst hier wohnen?«

»Was ist hier nicht in Ordnung?«

Margaret verblüffte Mimis Ton. Sie dachte daran, daß sie nicht wußte, was zwischen den beiden vorgefallen war, während sie auf dem kleinen Hügel ihr Haar gekämmt hatte.

»Wissen Sie, was die Einheimischen sagen?«

»Wir haben keine Einheimischen gesehen«, erwiderte Margaret.

»Eben. Genau das meine ich. Sie kommen nicht hier herauf. Dies ist das Stille Tal.«

»Oh, wirklich«, rief Margaret, die sich ebenfalls nicht mehr ganz im Griff hatte, »den Namen haben Sie aus irgendeinem Western.«

Doch er entgegnete ungewohnt knapp: »Man nennt es das Stille Tal.«

»Nicht der richtige Ort, um ein Wirtshaus aufzumachen!« sagte Margaret.

»Könnte gar nicht schlimmer sein. Aber sie hatte einfach keine Ahnung. Sie hat alles, was sie besaß, in diesen Laden gesteckt. Sie war eine Fremde hier, genau wie Sie.«

»Was stimmt nicht mit dem Tal?« beharrte Mimi, etwas zu gespannt, wie Margaret fand.

»Nichts, solange du bleibst, Schwester. Überhaupt gar nichts.«

»Gibt es da wirklich eine Geschichte?« fragte Margaret. Beinahe überzeugt, daß es sich um einen faden Witz handelte, wurde sie gegen alle Vernunft von Mimis seltsamem Benehmen dazu angestachelt, weiterzufragen.

»Keine, von der ich gehört hätte. Es ist bloß das Stille Tal, und die Einheimischen kommen nicht hierher.«

»Was ist mit Ihnen? Wenn es so still ist, warum gehen Sie dann nicht fort?«

»Ich hab's gern still. Ich bin kein wählerischer Typ. Ich habe Ihnen nur erzählt, warum es hier eine Wirtschaftskrise gibt.«

»Es stimmt wirklich«, sagte Margaret, »daß hier nur sehr wenig Verkehr ist.« Sie bemerkte, daß Mimi den Knopf wieder schloß, den sie geöffnet hatte, um sich abzukühlen. Der Mann wandte sich ab.

»Sie nehmen alle die Eisenbahn. Sie sausen hier durch, eingeschlossen wie Schlachtvieh in einem Waggon.«

Mimi sagte nichts, aber ihr Ausdruck hatte sich verändert.

»Es scheint viele Züge zu geben«, sagte Margaret lächelnd.

»Es ist die Hauptstrecke.«

»Einer der Zugführer hat uns zugewunken. Wenn es wahr ist, was Sie sagen, nehme ich an, daß er froh war, uns zu sehen.«

Zum ersten Mal konzentrierte der Mann sein unangenehmes Starren auf Margaret.

»Nun, was dies betrifft...« Sein Blick sank auf den Tisch und verweilte dort einen Moment. »Ich fragte mich gerade, wo Sie beide die Nacht zu verbringen gedenken.«

»Meistens suchen wir einen Bauernhof.«

»Die andere Seite ist eine Wildnis, wissen Sie. Wilder als hier. Es gibt nur ein Haus zwischen dem Tunnel und Pudsley.«

»Das haben wir auf der Karte gesehen. Ob wir dort wohl eine Schlafgelegenheit finden? Ich nehme an, es ist ein Bauernhof.«

»Es ist Miss Ropers Haus. Ich bin ihr selbst nie begegnet. Ich gehe nicht auf die andere Seite hinunter. Aber ich würde sagen, sie wird Ihnen helfen. Was Sie da gerade gesagt haben...« Plötzlich lachte er. »Sie wissen, daß Lokführer kleinen Mädchen winken, wie Sie gesagt haben?«

»Ja«, sagte Margaret. Nach ihrem Gefühl würde jetzt ein obszöner Witz folgen.

»Nun, jedesmal, wenn ein Zug an Miss Ropers Haus vorüberfährt, lehnt jemand aus dem Schlafzimmerfenster und winkt hinaus. Das geht seit Jahren so. Bei jedem Zug, stellen Sie sich vor! Das Haus steht etwas zurückgesetzt von den Gleisen, und die Zugführer können nicht genau erkennen, wer es ist, doch es ist jemand in Weiß, und sie dachten alle, es wäre ein Mädel. So winkten sie zurück. Bei jedem Zug.

Doch der Witz ist, daß es überhaupt kein Mädchen ist. Kann gar nicht sein. Das ging zu lange so. Sie konnte nicht zwanzig Jahre oder so ein Mädchen gewesen sein. Es ist wahrscheinlich die alte Miss Roper selbst. Die Zugführer wechseln ständig, so daß sie es nicht kapieren. Sie denken alle, es ist ein Mädchen. Also winken alle zurück. Bei jedem Zug.« Er lachte, als wäre es die komischeste Ungeheuerlichkeit.

»Wenn die Fahrer es nicht wissen, wieso dann Sie?« fragte Mimi.

»Es ist das, was die Leute hier sagen. Ich habe Miss Roper selbst noch nie gesehen; wahrscheinlich etwas neben der Kappe.«

Er wurde mit einem Mal sehr ernst und strahlte stille Hilfsbereitschaft aus. »Oben ist eine Damentoilette, falls eine von Ihnen . . .«

»Danke«, entgegnete Margaret. »Ich glaube, wir müssen weiter.« Der Rücken ihres Rucksacks war aufgeweicht und klamm.

»Eine Zigarette, bevor Sie gehen?« Er hielt ihr ein Päckchen einer unbekannten Marke hin. Seine Hand zitterte wie die eines Drogensüchtigen.

»Danke«, sagte Mimi sehr obenhin.

»Haben Sie Streichhölzer?« Er war kaum in der Lage, eins anzuzünden, geschweige denn die Zigarette. Als sie ihn ansah, war Margaret froh, daß sie nicht rauchte.

»Ich rauche wie ein Schlot«, sagte er überflüssigerweise. »Muß sein, bei meinem Leben.« Dann, nachdem er die Tür geöffnet hatte, fügte er hinzu: »Geben Sie auf das Wetter acht.«

»Werden wir«, sagte Margaret höflich, obwohl die Hitze sie schon wieder erstickte. Und wieder schleppten sie sich unter ihren schweren Rucksäcken hangaufwärts.

Einige Minuten sprachen sie überhaupt nichts. Dann sagte Mimi: »Vollidiot.«

»Männer sind meistens ziemlich schrecklich.«

»*Daran* gewöhnt man sich«, sagte Mimi.

»Ob das hier wirklich das Stille Tal genannt wird?«

»Ist mir egal, wie es genannt wird. Es ist auf jeden Fall ein schlechtes Tal.«

Margaret sah sie an. Mimi starrte trotzig geradeaus, als sie weitergingen.

»Meinst du, weil hier niemand ist?«

»Ich meine es, weil ich *weiß,* daß es schlecht ist. Das kann man nicht erklären.«

Margaret verstand nichts von Intuition, sie war dem vielleicht entwachsen. Die glühende, endlose Straße war ihr inzwischen äußerst zuwider. Darüber hinaus hatte ihr der schlechte Kaffee Magenschmerzen verursacht, und ihren lokkersitzenden Gürtel konnte sie unmöglich noch weiter lockern.

»Wenn du den Zug nicht gehört hättest, wären wir niemals hierher gekommen.«

»Wenn ich ihn nicht gehört hätte, hätten wir uns ganz einfach verirrt. Der Weg hörte auf der Karte einfach auf. Das muß ja passieren, wenn man bloß Wege auswählt, ohne sich feste Ziele vorzunehmen.«

In ihrer Verärgerung rührte Margaret an eine andere unterschwellige Verschiedenheit ihrer Lebensauffassungen, die sich bereits mehrmals gezeigt hatte. Als ihr dann einfiel, daß Mimi vollkommen damit einverstanden gewesen war, von Ort zu Ort zu wandern, vorausgesetzt, bei den Orten handelte es sich um Jugendherbergen, fügte Margaret hinzu: »Tut mir leid, Mimi. Das macht die Hitze.«

Eine gewisse hartnäckige, grundsätzliche Spannung zwischen ihnen ließ Mimis Entgegnung nicht allzu freundlich ausfallen: »Was genau schlägst du vor, *sollen* wir tun?«

Wäre Margaret Mimi gewesen, hätte es Streit gegeben, doch da Margaret Margaret war, sagte sie nur: »Ich meine, wir sollten nochmal auf der Karte nachsehen.«

Diesmal nahm sie ihren Rucksack ab und holte die Karte selbst heraus. Mimi stand schmollend und schwitzend da, ohne zu helfen oder sich den Schweiß abzuwischen. Margaret sah sie an und sagte unvermittelt: »Was wohl aus der Brise geworden ist, die wir heute morgen hatten?«

Dann, Mimi sagte noch immer nichts, hockte sie sich hin und betrachtete die Karte. »Wir könnten hinüber ins nächste Tal gehen. Da sind einige ziemlich große Dörfer.«

»Da hinauf?« Mimi deutete auf die steinige Böschung, die steil über ihnen aufragte.

»Der Tunnel führt an der Stelle durch die Berge, wo sie am höchsten sind. Wenn wir ein Stückchen weitergehen, kommen wir an sein anderes Ende, vielleicht ist da weniger Kletterei nötig. Was meinst du?«

Mimi zog eine lose Zigarette aus ihrer Hemdtasche. »Es bleibt uns wohl nichts anderes übrig, oder?«

Ihr Benehmen war äußerst provozierend. Margaret erkannte, daß es dumm war, mitten am Tag starken indischen Tee zu trinken.

»Ich hoffe, wir schaffen es«, fügte Mimi mit hohlem Zynismus hinzu. Als sie ein Streichholz anzündete, blies es eine Windböe im gleichen Augenblick wieder aus und riß außerdem die Karte aus Margarets Händen. Es war, als hätte das Anzünden des Streichholzes die Mächte zu dessen unverzüglicher Auslöschung selbst heraufbeschworen.

Margaret, die sich wieder erholt hatte, faltete die Karte zusammen; sie sahen sich um.

»Verdammt«, sagte Margaret. »Mir gefällt das Wetter im Stillen Tal nicht«. Eine dichte, graue Wolkenbank hatte sich in ihrem Rücken gebildet und senkte sich auf sie hinab wie eine riesige Haube.

»Ich hoffe, wir schaffen es«, wiederholte Mimi, nun mit weniger hohlem Zynismus. Sie ließen ihren dritten Satz ein Nichts begrenzender, grauer Steine zurück.

Bald waren sie über den Kamm und blickten in das Tal hinab. Die Aussicht, die sich ihren Augen bot, bestätigte die Worte des Mannes aus dem Gasthaus vollkommen. Die Landschaft hätte kaum trübsinniger oder weniger einladend sein können. Doch da es jetzt viel kühler war und der Weg zum ersten Mal seit vielen Stunden bequem bergab führte, marschierten sie los, die Gürtel noch einmal eng geschnallt und im Gleichschritt, vorwärtsgeblasen von aufkommendem Wind. Die zeitweilige Spannung zwischen ihnen hatte sich mit der zügigen Bewegung unter körperlich angenehmen Bedingungen und durch ihre wiederaufgefrischte Zielstrebigkeit gelöst. Sie unterhielten sich ohne Unterbrechung und freundschaftlich, die Ablenkung beflügelte ihren Schritt. Margaret spürte den Gegensatz zwischen dem offenbar im Wetter wurzelnden Optimismus, als sie aufgebrochen waren, und dem Verhängnis, das jetzt aus ihm sprach; doch sie empfand das nicht als unangenehm, sondern zog daraus ein befriedigendes Gefühl von Tragik und Tüchtigkeit. So erging es ihr noch eine ganze Weile, nachdem es nun wirklich zu regnen begonnen hatte.

Die ersten, zögerlichen Tropfen, die ihr der Rückenwind in Kniekehlen und Nacken trieb, waren von süßer Sinnlichkeit. Sie hätte sich am liebsten ins Gras geworfen und den Regen langsam ihre ganze Haut überziehen lassen, bis es keinen trockenen Zentimeter mehr gegeben hätte. Doch dann sagte sie nur: »Hoffentlich erkälten wir uns nicht in unseren verschwitzten Kleidern.«

Mimi war stehengeblieben und hatte ihren Rucksack abgenommen, der schwerer war, weil sein Inhalt einen robusten, wetterfesten Regenmantel einschloß; Margarets war der leichtere, weil sie nur einen dünnen Gummimantel für die Stadt besaß. Mimi vermummte sich, befestigte ihren Rucksack unter den Schulterklappen des Regenmantels, band einen Südwester fest unter ihr Kinn und marschierte los, verschnürt und zugeknöpft bis unter die Ohren, als gehörten Wirbelstürme zu ihrem Alltag. Nach einer Viertelstunde spürte Margaret, wie ihr der Regen durch den lockeren Halsausschnitt ihres Capes den Körper herabzusickern begann, in sich ausdehnenden Flecken den Stoff durchdrang und seinen Weg auf unangenehmste Weise bis ins Innere der angeknöpften Kapuze fand. Eine halbe Stunde später war sie völlig durchnäßt.

Zu diesem Zeitpunkt hatten sie das Ende des Tunnels erreicht und blickten in einen tiefen, engen Einschnitt hinab, der in das Tal hinunterführte, so weit der Regen ihnen die Sicht erlaubte. Die Flanken des in den Stein gesprengten Einschnitts waren unüberwindlich steil.

»Das war's dann wohl«, sagte Margaret ein wenig zittrig. »Wir müssen uns an das Stille Tal halten.«

»Auf der anderen Seite sieht es ganz gut aus«, sagte Mimi, »wenn wir nur rüberkämen.«

Trotz ihrer warmen Kleidung schien auch sie matt und zittrig. Auf der anderen Seite der Schienen und jenseits der Straße, die sie hergeführt hatte, erstreckte sich ein Meer kniehoher, durchnäßter Heide; doch hinter dem Einschnitt stieg das Gelände in einer ziemlich sanften Böschung an, die nur büschelweise bewachsen war.

»Es scheint keine Brücke zu geben.«

»Ich könnte eine Tasse Tee vertragen. Weißt du, daß es fünfundzwanzig Minuten nach sechs ist?«

Als sie unsicher dastanden, drang das Geräusch eines sich nähernden Zuges gegen den Wind zu ihnen, der so stark aus der entgegengesetzten Richtung blies, daß er den Rauch zwischen den Wänden des Einschnitts gefangenhielt. Der stürmische Gegenwind war so heftig, daß nur eine Minute zwischen dem Hören des langsam ansteigenden Zuges und seiner Ankunft auf ihrer Höhe lag. Der Heizer feuerte wie ein Besessener. Als die Lokomotive gegen die Windrichtung die weit oben stehenden Frauen passierte und das Getöse aus ihrem Schornstein über ihre Sinne hereinbrach, schaute der Lokführer plötzlich auf und winkte sichtlich gut gelaunt, was zu dem fürchterlichen Wetter nicht passen wollte. Dann griff er nach dem Pfeifenhebel und verdoppelte, als der Zug in den Tunnel hineinfuhr, für vierzig Sekunden den ohnehin schon unerträglichen Lärm des Dampfes aus dem Schornstein. Es war ein langer Tunnel.

Der Zug gehörte nicht zu der Sorte, die Margaret kannte (sie wußte wenig über Eisenbahnen); er bestand weder aus Personenwagen noch aus ratternden Güterwaggons, sondern aus langen, fensterlosen Anhängern, die keinen Schluß auf ihre Fracht zuließen. Ein Nimbus aus warmer, öliger Luft umgab sie, um beinah im selben Augenblick fortgeblasen zu werden und sie aufs neue zitternd zurückzulassen.

Mimi hatte nicht zurückgewunken.

Sie nahmen ihren Weg wieder auf. Margarets Rucksack wog zwar schwerer als eines Köhlers Sack, hielt aber einen langen Streifen ihres Rückens beinahe im Trocknen.

»Winken die Zugführer immer zuerst?« fragte Margaret, um irgend etwas zu sagen.

»Natürlich. Wenn du zuerst winken würdest, würden sie dich wahrscheinlich nicht beachten. Bei Mädchen, die zuerst winken, stimmt sowieso etwas nicht.«

»Ich frage mich, was wohl bei Miss Roper nicht stimmt.«

»Wir werden's erleben.«

»Das werden wir wohl. Hört sich nicht so an, als wäre sie ein guter Tip für die Nacht.«

»Wie weit ist es bis Pudsley?«

»Acht Meilen.«

»Also los!«

Eben noch war es Mimi gewesen, die so heftigen Widerwillen gegen das Tal zu empfinden schien. Es war merkwürdig, daß sie nun der etwas sinistren Miss Roper so gefaßt entgegensehen sollte. Merkwürdig, aber praktisch. Margaret ahnte, daß die Beständigkeit ihres eigenen Denkens und Fühlens nicht mehr Wohlbefinden bedeuten würde als Mimis wetterwendische Launen.

»Wo genau, glaubst du, haust diese Miss Roper?« erkundigte sich Mimi. »Das ist jetzt das wichtigste.«

Das einzig sichtbare Menschenwerk, abgesehen von der holprigen Straße, war die lange Spalte, die den Einschnitt der Eisenbahn zu ihrer Linken markierte.

»Die Karte hat sich als ziemlich ungenau herausgestellt«, sagte Margaret.

»Sollten wir nicht trotzdem einen Blick darauf werfen? Ich denke dabei wirklich an dich, Liebes. Du mußt dich fühlen wie ein nasser Lappen. An dich und an eine Tasse Tee.«

Der Wind blies sehr viel stärker als irgendwann vorher, aber sie fanden keine Steine zum Befestigen. Mauern säumten schon lange nicht mehr die Straße, und es schien keinen Stein zu geben, der größer gewesen wäre als ein Kiesel. Während sie unter Heidebüscheln wühlten, kam ein Zug bergan, der ohne Unterlaß pfiff.

Schließlich mußten sie aufgeben. Die Karte riß entzwei, sobald sie zur Hälfte aufgefaltet war. Der Platzregen hatte sie in wenigen Augenblicken in einen farblosen Brei verwandelt. Sie waren so erschöpft und hungrig, und Margaret, im allgemeinen tapferer, war dermaßen durchnäßt, daß ihr Widerstand bröckelte. Mimi stopfte den bereits durchweichten Klumpen zurück in Margarets Rucksack.

»Wir sollten besser zusehen, daß wir weiterkommen, selbst wenn wir den ganzen Weg bis Pudsley latschen müssen«, sagte sie, während sie einen Schnürsenkel zuband. »Sonst landest du noch im Krankenhaus.« Sie marschierte unerschrocken weiter.

Doch schließlich endete die Straße, die sich seit langem unmerklich verschlechtert hatte, an einem Tor, hinter dem nur noch ein verwildertes Feld lag. Sie waren an einem so tiefen Punkt angelangt, daß ihnen einstmalige primitive Bebauung möglich schien. Durchnäßt und erschöpft wie sie war, wandte sich Margaret nach dem Höhenzug um und sah, daß die Entfernung bis dorthin sehr viel geringer war, als sie angenommen hatte.

Steinerne Mauern tauchten wieder auf und zerschnitten das Land in monotone, gleichförmige, ungepflegte Parzellen. Noch immer waren keine Bäume zu sehen. Die Eisenbahnschienen hatten die Schlucht jetzt verlassen und konnten vermutlich überquert werden, aber die Frauen unternahmen keinen Versuch, denn vor ihnen war durch den sintflutartigen Regenschleier ein schwarzes Haus auszumachen. Es stand ungefähr sechs Felder von ihnen entfernt; keine Kleinigkeit, dorthin zu gelangen.

»Warum ist es so schwarz?« fragte Margaret.

»Pudsley. Die Kamine, die du so magst.«

»Der Wind kommt aus der anderen Richtung. Es liegt hinter uns.«

»Hätt ich doch meine Kletterstiefel«, sagte Mimi, als sie in das lange Gras hineinwateten. »Oder Wellingtons.«

Das Gras durchnäßte das untere Ende von Margarets Regencape noch mehr, was eine weitere Quälerei für sie war. Zwei Züge überholten einander, quälten sich hangaufwärts und sausten abwärts. Beide schienen sie gewöhnliche Personenzüge zu sein, lang und voll besetzt. Jedes einzelne Fenster war geschlossen. Das rief eine befremdende Wirkung hervor, wie von Dingen in einer Flasche, bis man begriff, daß selbstverständlich das Wetter der Grund dafür war.

Als sie über die matschigen Felder gestolpert waren und die hohen, schroffen Mauern dazwischen überwunden hatten, war es beinahe vollkommen dunkel geworden. Das Haus war ein quadratischer, gefängnisartiger Steinkasten, drei Stockwerke hoch und um 1860 gebaut, es stand zwischen hohen, aber ärmlichen Zypressen, den ersten Bäumen jenseits des Bergkamms. Die Schwärze des Gebäudes war keine Wirkung des Lichtes, sondern die Folge eingegrabenen Rußes.

»Es steht genau oberhalb der Eisenbahn«, rief Mimi. Als sie sich durch das Dunkel gekämpft hatten, war ihnen das nicht aufgefallen.

Es gab eine gewaltige Vordertür, starrend vor Ruß.

»Welch ein Hoffnungsschimmer!« sagte Mimi, indem sie an der Klingel zog.

»Das ist aber eine ulkige Klingel«, bemerkte Margaret, als sie den Mechanismus näher betrachtete, tapfer bis zum aufgeweichten, zitternden Ende. »Sie sieht aus wie die Griffe, die man von Stellwerken kennt.«

Die Tür wurde von einer Gestalt geöffnet, die nur von einer Öllampe auf einem Wandbrett im Hintergrund beleuchtet wurde.

»Wer da?« Die nicht einmal unkultiviert klingende Stimme hatte einen seltsam kehligen Unterton.

»Meine Freundin und ich sind auf einer Wanderung«, sagte Margaret, die als Verantwortliche des Bauernhof-Plans bei derartigen Gelegenheiten immer das Wort ergriff. »Wir haben uns böse im Moor verlaufen. Wir hatten gehofft, bis nach Pudsley zu kommen«, fuhr sie fort, als sie sah, daß dies kein Bauernhof war, auf den man sich einfach selbst einladen konnte, »doch weil wir uns verirrt haben und wegen des Regens sind wir in einigen Schwierigkeiten. Vor allem ich. Ich dachte, ob Sie uns vielleicht helfen könnten? Ich weiß, es ist eine Zumutung, aber wir sind wirklich verzweifelt.«

»Selbstverständlich«, ließ sich eine zweite Stimme aus dem Hintergrund vernehmen. »Kommen Sie nur herein und wärmen Sie sich auf. Kommen Sie, Beech wird die Tür schließen.«

Das leicht abgewandelte Echo der Worte des Mannes aus dem Gasthaus weckte in Margaret unangenehme Assoziationen.

Das schwache Licht enthüllte Beech als muskulöse Gestalt im Abendanzug eines Dieners. Das Gesicht unter einer Masse schwarzen Haares, das nach Musikerart geschnitten war, schien sanft und blaß. Der zweite Sprecher war ein gutaussehender, gutgebauter Mann Ende vierzig. Er trug einen schwarzen Anzug und Schlips, was ihm das Aussehen eines Trauernden verlieh. Er betrachtete die seltsamen Erscheinungen der beiden Frauen ohne die leiseste Spur von Befremden, als sie ihre triefenden Rucksäcke herunternahmen, auf dem Fliesenboden absetzten und sich ihrer äußeren Hüllen, von denen das Wasser nur so herabrann, entledigten und so vor ihm standen: zwei trübe Khaki-Gestalten in Shirts und Shorts. Margaret fühlte sich nicht nur scheußlich naß, sondern auch so gut wie nackt.

»Erlauben Sie, daß ich mich vorstelle«, sagte der Hausherr. »Mein Name ist Wendley Roper. Ich darf hoffen, daß Sie beide heute abend mit mir essen und über Nacht hierbleiben werden. Morgen wird alles ganz anders aussehen.«

Sein leicht aristokratisches Gebaren, das Margaret keineswegs unangenehm war, ließ vermuten, daß er wenig Umgang mit modernen Menschen hatte.

Margaret stellte Mimi und sich selbst vor, dann sagte sie: »Wir hörten weiter oben im Tal, daß hier eine Miss Roper leben soll.«

»Meine Tante. Sie ist vor kurzem verstorben. Sehen Sie.« Er wies auf seine Kleidung.

»Das tut mir sehr leid«, sagte Margaret höflich.

»Es war furchtbar traurig. Ich meine, wie sie gestorben ist.« Er unterbreitete den zitternden Frauen keine Einzelheiten, sondern fuhr fort: »Beech wird Ihnen nun Ihr Zimmer zeigen. Das Dachbalken-Zimmer, Beech. Leider steht mir kein anderes zur Verfügung, da das gesamte erste Stockwerk und einiges mehr von der Sammlung meines Großvaters mit Beschlag belegt wird. Ich bin sicher, Sie haben nichts gegen ein gemeinsames Zimmer? Ich bedaure, Ihnen sagen zu müssen, das es sehr einfach ist. Zur Zeit steht nur ein Bett darin, aber ich werde ein zweites hinauftragen lassen.«

Sie versicherten, daß sie nichts dagegen hätten.

»Was machen wir mit den Kleidern? Die meiner Tante werden kaum geeignet sein.« Dann fügte er überraschend hinzu: »Und Beech ist zu kräftig und zu groß für Sie beide.«

»Es geht schon«, sagte Margaret. »Unsere Rucksäcke sind wasserdicht, und wir haben beide etwas zum Wechseln dabei.«

»Gut«, sagte Wendley Roper ernst. »Beech wird Sie hinaufführen, und das Abendessen wird serviert werden, sobald Sie sich frischgemacht haben. Ich werde Ihnen etwas heißes Wasser nach oben bringen lassen.«

»Sie sind außerordentlich freundlich zu uns«, sagte Margaret.

»Man soll die Gelegenheiten nutzen, die einem das Leben bietet«, sagte Wendley Roper.

Beech zündete eine zweite Öllampe an, die auf einer schweren Kommode gestanden hatte, und leuchtete den beiden rucksackschleppenden Frauen auf ihrem Weg nach oben nur unvollkommen. Auf dem Treppenabsatz des ersten Stockwerks gab es mehrere große Türen, die wie Eingänge zu Zimmern in einem Eisenbahnhotel aussahen, doch nirgends waren Möbel zu sehen, und weder die Treppe noch einer der Treppenabsätze waren mit Teppichen ausgelegt.

Im Dachgeschoß führte Beech sie zu einem Zimmer, das zuerst aufgeschlossen werden mußte. Er trat nicht beiseite, um sie als erste eintreten zu lassen, sondern ging geradewegs hinein und zog schwere Vorhänge vor die Fenster. Die Lampe hatte er auf den Boden gestellt. Die Frauen folgten ihm. Hier gab es einen dicken, braunen Teppich, dennoch war die Primitivität des Zimmers nicht zu übersehen. Außer dem Teppich und den dazu passenden Vorhängen bestand das Mobiliar einzig aus einem Bettgestell. Es war ein nacktes, eisernes Bettgestell, plump und häßlich.

»Ich bringe Ihnen heißes Wasser, wie Mr. Roper gesagt hat, und eine Waschschüssel und Handtücher, ein paar Stühle und so weiter.«

»Danke«, entgegnete Margaret. Beech zog sich zurück und schloß die Tür.

»Ob man die Tür wohl abschließen kann?« Mimi durchquerte das Zimmer. »Geht nicht. Der Schlüssel hängt an Beechs Kette. Mir gefällt Beech nicht.«

»Da kann man nichts machen.« Margaret hatte sich ihrer Kleider bereits entledigt und rieb sich mit einem kleinen Handtuch trocken, das sie aus ihrem Rucksack hervorgeholt hatte.

»Ich bin zwar nicht naß bis auf die Knochen wie Du, aber es ist verdammt kalt für diese Jahreszeit.« Mimis Wechselgarderobe bestand aus einem dunklen Pulli mit Polokragen und einem Paar Flanellhosen in hellerem Grau. Schnell hatte sie die Sachen angezogen, nachdem sie zuerst Büstenhalter und Schlüpfer angelegt hatte, zum Zeichen des Wiedereintritts in die Gesellschaft. »Hat was von einem Schweinestall, oder?« fuhr sie fort. »Aber wir müssen wohl dankbar sein.«

»Mir gefällt unser Gastgeber recht gut. Wenigstens hat er nicht lange überlegt, ob er uns reinlassen soll.« Margaret trocknete sich systematisch ab.

»Und er hat eine angenehme Stimme.« Mimi entschied, daß ihr mit dem Pullover in der Hose wärmer wäre und nahm die Veränderung vor. »Nicht so wie Beech. Beech hat eine Stimme wie Pflaumenmus. Wo sind übrigens die Dachbalken?«

Das Zimmer, das viel länger als breit war und nur an jeder weit entfernten Wand ein Fenster hatte, trug eine Decke aus gewöhnlichem, gerissenem und schmutzigem Verputz.

»Ich nehme an, genau über uns.«

»Da oben?« Mimi wies auf eine Falltüre in einer Ecke der Decke.

Margaret hatte sie noch nicht bemerkt. Doch ehe sie etwas sagen konnte, war der Raum mit einem Mal von einem ratternden Crescendo erfüllt, das die massiven Bodenbretter vibrieren und das leichte Bett auf- und abhüpfen ließ. Selbst die schweren, schwarzen Wandsteine schienen leicht zu erbeben.

»Die Züge!«

Mimi eilte zu einem der Fenster, riß die Vorhänge zur Seite, schob es nach oben und winkte, plötzlich ganz aufgeregt, als das Tosen hinunter nach Pudsley verhallte.

Dann rief sie: »Margaret, das Fenster ist vergittert.«

Doch Margarets Aufmerksamkeit war abgelenkt. Während des Getöses hatte sich die Tür geöffnet und Beech, mit einer großen, altmodischen Kanne, die in der einen Hand dampfte, und einer großen, altmodischen Waschschüssel, die von der anderen Hand herabbaumelte – und sie war absurderweise nackt.

»Ich bitte um Verzeihung«, sagte er. »Sie haben mich wohl nicht klopfen gehört.«

»Hinaus!« rief Mimi aufbrausend, von einem uralten Tabu im tiefsten Innern entflammt.

»Es macht nichts«, intervenierte Margaret und griff nach dem kleinen, nassen Handtuch.

»Ich hole Ihnen ein paar Handtücher.«

Er war schon wieder fort. Er schien völlig ungerührt.

»Er konnte nichts dafür«, sagte Margaret. »Die Züge waren schuld.«

Mimi ließ das Fenster wieder herunter und zog die dicken Vorhänge vor.

»Ich habe eine Idee«, sagte sie.

»Ja? Was denn? Wegen Beech?«

»Sag ich dir nachher. Ich warte an der Tür.«

Bald kam Beech mit zwei großen und willkommenen Badetüchern und einem riesigen, unwahrscheinlich neuen Stück teurer, duftender Seife zurück. Margaret hatte die rosenumkränzte Schüssel mit herrlich heißem Wasser gefüllt, doch bevor sie sich zu waschen begann, war Mimi an der Tür, um zwei einfache hölzerne Schlafzimmerstühle in Empfang zu nehmen, einen großen, hölzernen Handtuchhalter und einen voluminösen Nachttopf; dann ging Beech hinunter, um beim Abendessen zu helfen. »Ich stelle später noch ein zweites Bett auf und bringe Bettzeug«, sagte er, während seine hochaufgeschossene Gestalt die düsteren Stufen hinabstieg, die jetzt von flackernden Öllampen in Wandhaltern in einigem Abstand erleuchtet wurden.

Mimi rollte die Ärmel ihres Pullovers hoch und legte ihre ziemlich dicken Arme bis zu den Ellbogen bloß. Margaret zog einen Gürtel an. Ihre Ersatzkleidung bestand aus einer zweiten Bluse, die der vom Regen durchweichten ähnlich, aber steif und ungetragen war, einem crèmefarbenen Leinenrock von modischer Länge und einem zur Bluse passenden Halstuch. Sie hatte auch zwei Paar teurer Strümpfe dabei und ein Paar Schuhe, die leichter waren als Mimis. Rasch war sie umgezogen, hatte das Tuch geknotet und rollte ihre Strümpfe hoch über ihre, wie sie fand, vom Wetter rauh gewordenen Beine. Sie fühlte sich wunderbar trocken, warm und wohl. Ihre Unterwäsche fühlte sich herrlich an. Sie fand, das Ganze hätte alles in allem übler ausgehen können.

Während Margaret sich ankleidete, schrubbte Mimi Hände und Unterarme, dann unterzog sie ihr Haar einer energischen, ausgedehnten Behandlung mit einer kleinen, borstigen Bürste. Sie widmete sich ihrer einfachen Toilette mit einer Hingabe, die Margaret nicht einmal aufgebracht hätte, um sich für das erste Essen in Abendgarderobe mit einem Mann zurechtzumachen. Ein Strumpf war am Strumpfhalter befestigt, der zweite hing noch auf ihrem Knöchel, als Margaret sich bequem zurücklehnte und fragte: »Was war das für eine Idee?«

Mimi packte Kamm und Bürste wieder in den Rucksack. »Es ist doch völlig klar. Die alte Roper war verrückt.«

Margarets wohlig-warme Welt verblaßte ein wenig. »Wegen der Fenstergitter? Hier könnte ein Krankenzimmer gewesen sein.«

»Nicht nur deswegen. Weißt du nicht mehr, was er sagte? ›Es war furchtbar, wie sie gestorben ist‹. Und das ist noch nicht alles.«

»Was noch?«

»Hast du vergessen, daß sie immer den Zügen zugewunken hat?«

»Meiner Ansicht nach muß sie deshalb nicht verrückt gewesen sein. Vielleicht war sie nur einsam.«

»Zeit genug, um einsam zu sein. Gehen wir runter, wenn du fertig bist.«

Beech erwartete sie in der düsteren Halle. »Hier entlang, bitte.« Er öffnete eine riesige Tür, und sie betraten das Eßzimmer.

Sehr große Platten, Teller und Bestecke bedeckten das hintere Ende einer schwer wirkenden, hölzernen Tafel, an deren Kopf ihr Gastgeber saß, je einen gedeckten Platz zu seinen beiden Seiten. Der Raum war von zwei zischenden, riesigen und altmodischen Öllampen erleuchtet, die an schweren, runden Stuckelementen von der verfärbten Decke herabhingen. Der Kamin aus Marmor und Eisen stand in wuchtigem Einklang mit den nahezu unverrückbaren Wartesaal-Stühlen. An der dunkelgrünen Linoleumtapete hingen Stiche hinter derart schmutzigem Glas, daß man nur mit Mühe erkennen konnte, was darauf abgebildet war. Eine schmucklose, runde Uhr tickte wie ein rotierendes Drehkreuz über dem Kamin. Als die Frauen eintraten, sprang sie eben von 2.26 nach 2.27. Aus Gewohnheit sah Mimi auf ihre Armbanduhr. Es war kurz nach acht.

»Kaum daß sie das Haus betreten hatten, hat es aufgehört zu regnen«, sprach Roper zur Begrüßung.

»Dann sollten wir uns vielleicht nach dem Essen wieder auf den Weg machen«, sagte Mimi.

»Ganz gewiß nicht. Ich meinte nur, daß ich, wären Sie nur wenige Minuten später angekommen, das Vergnügen ihrer Gesellschaft entbehrt hätte. Möchten Sie sich hierher setzen?« Er zog den schweren Stuhl zu seiner Rechten für Mimi zurück. Beech leistete denselben Dienst für Margaret. »Ich wäre ganz und gar untröstlich gewesen. Sie sehen beide bemerkenswert anziehend aus.«

Beech verschwand und kehrte mit einer Terrine zurück, die so riesig war, daß keine der Frauen gewagt hätte, sie hochzuheben. Roper teilte Suppe in die enorm großen Teller aus. Unterdessen ratterte draußen ein Zug vorbei.

»Ich nehme an, die Eisenbahn wurde gebaut, nachdem das Haus schon eine ganze Weile stand?« fragte Margaret, die den Eindruck hatte, sie müsse das Thema irgendwie zur Sprache bringen.

»Keineswegs«, antwortete Roper. »Der Mann, der die Eisenbahn baute, baute auch das Haus. Es war mein Großvater, Joseph Roper, allgemein bekannt als Wide Joe. Wide Joe mochte Züge.«

»Sonst gibt es hier auch nicht viel Gesellschaft«, warf Mimi ein, die die heiße Suppe verschlang.

»Dies war eine der letzten Haupteisenbahnlinien, die gebaut wurde«, fuhr Roper fort. »Jeder sagte, es wäre unmöglich, doch sie wagten es dennoch, teils weil das Land in diesem Tal billig war, was es heute noch ist. Aber mein Großvater war ein genialer Ingenieur, und er schaffte es. Die Stiche in diesem Zimmer zeigen verschiedene Stationen seiner Arbeit.«

»Ich nehme an, er sah hierin sein Meisterwerk und wollte in seiner Nähe leben, als er sich zur Ruhe setzte?« erkundigte Margaret sich höflich.

»Nicht, als er sich zur Ruhe setzte. Er setzte sich nämlich nie zur Ruhe. Er baute dieses Haus gleich zu Beginn seiner Arbeit und lebte hier bis zu ihrem Ende. Es dauerte 20 Jahre, bis die Eisenbahn fertiggestellt war.«

»Ich verstehe nicht viel vom Eisenbahnbau, aber das ist sicher eine sehr lange Zeit?«

»Es gab Schwierigkeiten. Schwierigkeiten von einer Art, die mein Großvater niemals erwartet hätte. Die Kosten ruinierten die Gesellschaft, die daraufhin fusionieren mußte. Meinen Großvater trieben sie beinah in den Wahnsinn.« Margaret konnte es sich nicht verkneifen, Mimi einen verstohlenen Blick zuzuwerfen. »Alles hatte sich gegen ihn verschworen. Es geschahen Dinge, die er nicht vorausgesehen hatte.«

Beech erschien wieder und ersetzte die Suppe, die er forttrug, durch einen Berg Würstchen in einem Festungswall aus Kartoffelbrei. Als er mit der heißen und schweren Platte hantierte, bemerkte Margaret einen großen, matten, kohlschwarzen Ring am Mittelfinger seiner linken Hand.

»Einfache Hausmannskost«, entschuldigte sich Roper. »Etwas anderes bekommt man heuzutage nicht.«

Nichtsdestotrotz fanden die Frauen es einfach großartig.

»Ich sehe, was man die ›Eisenbahneinflüsse‹ am Haus nennen könnte«, sagte Margaret.

»Mein Großvater lebte zu einer Zeit, als der Eisenbahningenieur für jede Einzelheit verantwortlich war. Nicht nur für Tunnel und Brücken, auch für Lokomotiven und Waggons, Bahnhöfe und Signale, sogar für Plakate und Fahrkarten. Er war ganz allein für alles verantwortlich. Ein Studierter hätte diese Anspannung niemals ausgehalten. Wide Joe war Autodidakt.«

Während des Abendessens erschütterten von Zeit zu Zeit vorbeifahrende Züge den massiven Tisch und die massiven Gegenstände darauf.

»Jetzt erzählen Sie aber von sich«, sagte Wendley Roper, als hätte er soeben seine Lebensgeschichte beendet. »Doch nehmen Sie zuerst jede noch ein Würstchen. Hinterher gibt es nur noch Kompott.« Sie nahmen an.

»Wir sind im Staatsdienst«, sagte Mimi. »Das hat uns zusammengebracht. Ich komme aus London und Margaret aus Devonshire. Mein Vater ist Friseur und Margarets Vater ein Lord. Jetzt wissen Sie alles über uns.«

»Ein vollkommen bankrotter Lord, wie ich leider gestehen muß«, ergänzte Margaret leise.

»Wie ich hörte, sind die meisten Lords heutzutage bankrott«, sagte Roper mitfühlend.

»Und viele Friseure«, sagte Mimi.

»Jedermann, außer den Staatsdienern, nicht wahr?« sagte Roper.

»Darum sind wir Staatsdiener«, erwiderte Mimi, die ihrem letzten Würstchen die ungenießbare Haut abzog. »*Sie* scheinen allerdings nicht völlig bankrott zu sein«, fügte sie hinzu. Das Essen machte sie munter.

Er gab keine Antwort. Beech war mit einer großen, tiefen, aber wenig reizvoll geschliffenen Glasschüssel hereingekommen, die mit eingemachten Pflaumen gefüllt war.

»Früchte der Region«, sagte Roper verzagt.

Aber sie aßen sogar eingemachte Pflaumen.

»Ich bin überaus glücklich darüber, daß Sie hier sind«, bemerkte er, nachdem er ihnen vorgelegt hatte. »Ich sehe beinahe niemanden, und am wenigsten so attraktive Frauen.«

Sein Ton war so offen und ehrlich, daß Margaret sich sofort geschmeichelt fühlte. Da sie bis zu diesem Jahr, da sie eine Stelle angenommen hatte, ihr ganzes Leben vor dem Hintergrund verzweifelter und, wie sie fand, unverdienter Geldsorgen verbracht hatte, überdies in einem abgelegenen Landkreis, war sie bisher nur wenigen Männern begegnet. Selbst ein so schlichtes Kompliment von einem gutaussehenden und redegewandten Mann bedeutete ihr unverhältnismäßig viel. Sie bemerkte indes, daß Mimi überhaupt keine Notiz davon zu nehmen schien.

»Ich weiß nicht, was ohne Sie aus uns geworden wäre«, sagte Margaret.

»Futter für die Raben«, sagte Mimi.

Mit einem Mal wurde die Konversation entspannter, vergleichsweise herzlich, vertraulich und allgemein. Roper erwies sich als intelligent, wohlunterrichtet und als guter Zuhörer weniger intelligenter, weniger unterrichteter Gesprächspartner, zumindest, soweit es sich bei diesen um junge Frauen handelte. Mimi sprach sicherer und pointierter als gewöhnlich. Margaret ertappte sich dabei, daß sie immer weniger sagte, je wohler sie sich fühlte.

»Beech wird den Kaffee im Salon servieren«, sagte Roper, »falls Salon die richtige Bezeichnung ist.«

Sie gingen durch die Halle in ein weiteres kahles Zimmer, dessen Wände diesmal mit amtlich aussehenden Büchern bedeckt waren, lange Reihen in dunkelblaues Leinen oder kräftiges, unbeschnittenes Papier gebundene Bände. Auch hier gab es zwei aufwendige, aber wenig effektive Öllampen, die von der Kassettendecke herabzischten und -spritzten. Das Mobiliar bestand aus altmodischen Ledersesseln und Sofas und einem riesigen Schreibtisch vor dem Fenster am Ende des Zimmers, der mit hohen Stapeln ungeordneter Dokumente beladen war, außer Gebrauch und staubig. Überall im Zimmer standen Glasvitrinen mit maßstabgerechten Modellen langer, ausgestorbener Lokomotiven, und es gab der Vergangenheit angehörende Gegenstände für die Gewährleistung der Sicherheit auf den Schienen. Über dem rotmarmornen Kaminsims hing ein ungeheurer, reich von Hand kolorierter Druck, der ein Eisenbahnunglück darstellte.

»Sie belassen alles so, wie Ihr Großvater es hinterlassen hat«, stellte Mimi fest.

»Es ist ein Totenhaus«, sagte Roper. »Meine Tante, wissen Sie. Sie hätte niemals erlaubt, irgend etwas anzurühren.«

Beech brachte den Kaffee, der sich als nicht sonderlich gut erwies und in übergroßen Tassen, aber angenehm heiß serviert wurde. Margaret kam das Haus noch immer kalt vor. Sie hoffte, daß sie nicht krank wurde, nach der Nässe und den Strapazen dieses Tages. Trotzdem hörte sie weiter zu, wie Mimi und Roper mit verblüffender Sympathie füreinander plauderten, warf hier und da sogar selbst eine Bemerkung ein, und war, die Geschehnisse überdenkend, erstaunt, daß im großen und ganzen alles so gut ausgegangen war. Es war Margaret, die den Kaffee ausschenkte.

Worüber sprachen Mimi und Roper? Er fragte sie nach allen Einzelheiten ihres langweiligen Büroalltags, sie erkundigte sich mit unerwarteter Begeisterung nach den frühen Tagen der Eisenbahn. Keiner von beiden konnte wirklich sonderlich interessiert sein an einem der Gesprächsthemen. Alles war äußerst unwirklich, aber behaglich und angenehm. Roper, dessen Stand in vielerlei Hinsicht Margarets Neugier zu wecken schien, erzählte nichts von sich selbst. Von Zeit zu Zeit rollte ein Zug vorüber.

»Eine Rente mit 60 entschädigt einen nicht dafür, das ganze Leben einer Nummer gewesen zu sein. Eine Ziffer. Man muß ab und zu raus aus den Geleisen.«

»Sie kommen nur auf eine Nebenlinie, in eine Sackgasse«, sagte Roper im Ton wirklicher Mutlosigkeit. »Es ist schwer, die Geleise für immer zu verlassen und weiterzumachen.«

»Haben Sie es je versucht? Was machen Sie eigentlich?« Es dauerte selten so lange, bis Mimi das fragte. Sie verabscheute Untätigkeit bei Männern.

»Ich habe früher im Büro der Eisenbahngesellschaft gearbeitet. Alle Ropers waren bei der Eisenbahn, wie Sie sich wohl denken konnten. Ich war der einzige, der rechtzeitig ausgestiegen ist.«

»Rechtzeitig für was?«

»Rechtzeitig für alles andere. Mein Vater war der Hauptgeschäftsführer der Gesellschaft. Der Versuch, den Konkurs aufzuhalten, brachte ihn um. Es ist nicht mehr so, wie sie einmal war, bei der Eisenbahn, wissen Sie. Mein Großvater wurde genau vor diesem Fenster überfahren.« Er wies über den staubigen Schreibtisch am Ende des Zimmers hinweg.

»Was für eine entsetzliche Geschichte!« rief Margaret. »Wie konnte das passieren?«

»Das Glück verließ ihn, nachdem er diesen Job angenommen hatte. Sie wissen, daß zwei vollkommen harmlose Substanzen tödlich sein können, wenn sie miteinander vermengt werden? Genau das bedeutete es für meinen Großvater, die Eisenbahn durch dieses Tal zu bauen. Es geschah eine Menge ... Etwas, wofür das Tal berühmt ist, sind die plötzlichen Stürme. In der gewissen Nacht, als ein solcher Sturm aufzog, glaubte mein Großvater, er hörte einen Baum umfallen. Sie haben die Bäume um das Haus bemerkt. Ursprünglich wurden sie gepflanzt, um Schutz zu spenden. Mein Großvater dachte, der Baum wäre auf die Geleise gestürzt. Er war so besorgt, daß er den Fahrplan vergaß, obwohl er gewöhnlich jeden Zug im Kopf hatte. Sie können sich denken, was dann geschah. Der Lärm des herannahenden Zuges wurde vom Wind verschluckt. Das kam jedenfalls bei der Untersuchung heraus.«

Wenn ein vergleichsweise Fremder eine derartige Geschichte erzählt, weiß man nie genau, was man sagen soll; man ist versucht, die Leere mit irgendeiner belanglosen Frage auszufüllen.

»Und lag der Baum auf den Geleisen?« fragte Margaret.

»Nein. Kein Baum war umgefallen. Der Alte hatte sich geirrt.«

»Dann wurde die Untersuchung ziemlich nachlässig durchgeführt?«

»Man hatte immer damit gerechnet, daß es mit Wide Joe böse enden würde, und der Ausschuß bestand nur aus hiesigen Männern. Er war allgemein unbeliebt. Er brachte seine Tochter dazu, ihre Verlobung mit einem Eisenbahner aus Pudley zu lösen; in eine niedrigere Klasse einheiraten undsoweiter. Doch es stellte sich heraus, daß er sich ein bißchen geirrt hatte. Der Mann kam ins Parlament, und es ging ihm am Ende deutlich besser als meinem Großvater, der bei der Eisenbahn blieb. Zu dem Zeitpunkt war es natürlich zu spät. Und mein Großvater war ohnehin schon tot.«

»Das war Ihre Tante?« erkundigte sich Mimi.

»Die Schwester meines Vaters, ja«, entgegnete Roper. »Wechseln wir das Thema. Erzählen Sie mir vom lustigen Londoner Leben.«

»Das ist nichts für uns«, sagte Mimi. »Für uns Mädchen gibt es nur einen langweiligen Tag nach dem anderen.«

Der Moment schien Margaret günstig, ihren Pullover zu holen, da ihr immer noch kalt war. Sie ging nach oben. Einerseits wäre sie froh gewesen, nach dem anstrengenden Tag zu Bett gehen zu können, doch empfand sie zugleich einen unerklärlichen, kaum halbbewußten Widerwillen, Mimi und Roper so vertraulich plaudernd alleine zu lassen. Doch als sie die düstere Treppe mit ihrem massigen, unansehnlichen, polierten Geländer aus dunklem Holz hinaufstieg, erlitt sie einen Schock, der ihre Schläfrigkeit zeitweilig verjagte.

Der Vorfall war unbedeutend und vollkommen erklärlich. Es war zweifellos die tote Düsternis des Hauses, der ihn für Margaret so erschreckend machte. Als sie den Treppenabsatz des ersten Stocks erreicht hatte, sah sie eine Gestalt, die rasch vor ihr zurückzuweichen schien und durch eine der großen, holzgetäfelten Türen schlüpfte. Der Eindruck von Verstohlenheit hätte allein auf die ausgesprochen dürftige Beleuchtung zurückgeführt werden können. Doch was das Öffnen und Schließen der Tür betraf, ließen Margarets Ohren keinen

Zweifel zu. Und auch über einen zweiten Punkt vergewisserte sie das weit weniger verläßliche Zeugnis ihrer Augen: die zurückweichenden Füße verursachten ein klickendes Geräusch; die halb sichtbare Gestalt war zweifellos die einer Frau gewesen. Sie schien einen dunklen Mantel und Rock zu tragen, der ihre helleren Beine deutlich hervortreten ließ.

Sinnlose Ängste niedertretend, die jenseits aller Erklärbarkeit lagen, stieg Margaret die zweite Treppe hinauf und betrat das Schlafzimmer. Immerhin konnte es ja sein, daß Beech den Haushalt nicht allein besorgte; höchstwahrscheinlich bestand Ropers Dienerschaft aus einem Ehepaar. Margaret setzte sich auf einen der harten Stühle, die Beech gebracht hatte, und nahm ihre Angst genauer in Augenschein. Vor ihrem geistigen Auge nahm sie Gestalt an: eine gesichtslose Wachsfigur, daran ein Schild, ›Miss Roper‹, wahnsinnig, tot, auf schreckliche Weise zurückgekehrt. Die Kleidung der Gestalt, die Margaret gesehen hatte, war nicht die der tragischen Viktorianerin aus Wendley Ropers Erzählung, doch andererseits war Miss Roper erst vor kurzem gestorben und könnte in dieser Hinsicht mit der Zeit gegangen sein, wie es immer mehr alte Damen tun. Das wäre allerdings weniger wahrscheinlich, wenn sie wirklich wahnsinnig gewesen wäre, wie Mimi annahm und wie es die Geschichte der geplatzten Verlobung unumstößlich verlangt haben würde, hätte sie einer der vielen Romanciers der Epoche erzählt. Das Zimmer, in dem Margaret sich befand, hatte alles gesehen. Als ihr diese Tatsache wieder in den Sinn kam, schienen sich auf einmal die rußigen, schäbig tapezierten Wände von allen Seiten auf sie zuzubewegen; die ganze lange und schmale Mansarde wollte sich bedrohlich über ihr zusammenziehen. Obwohl er weitaus größer war, erschien es Margaret mit einem Male, als hätte der Raum die Ausmaße eines Eisenbahnabteils, eine Ähnlichkeit, die durch die eigentümliche Position der Fenster, je eines an jedem Ende, noch gesteigert wurde. Die Fenster altmodischer Eisenbahnwaggons waren gewöhnlich vergittert, Margaret war gerade alt genug, um das zu wissen. Diese Erinnerung tröstete sie mehr, als eigentlich vernünftig war.

Margaret, die sich etwas entspannte, bemerkte, daß sie reglos dagesessen hatte. Ihre Muskeln waren steif, und sie konnte ihren Herzschlag und Puls hören, es war schwer zu sagen, ob sie in gewohnter Weise weiterschlugen. Sie mußte geraume Zeit in einem Zustand verharrt haben, der gelähmtem Entsetzen gleichkam. Doch beider einzige Uhr befand sich an Mimis Handgelenk, ihre eigene war gestohlen worden, als sie sich die Hände auf der Damentoilette eines Restaurants gewaschen hatte, in das sie ihr Vater zum Geburtstag ausgeführt hatte.

Zu alledem war ihr kälter denn je. Sie nahm einen Pullover aus ihrem Rucksack und zog ihn an. Er hatte einen V-Ausschnitt und lange Ärmel. Die Wärme seiner eleganten, dichtmaschigen, schwarzen Wolle war wohltuend. Ehe sie wieder hinunterging, rückte Margaret die Lampe zurecht, die im Zimmer aufgestellt worden war. Dabei kam ihr Ropers Bemerkung in den Sinn, wonach der ganze erste Stock von der Sammlung seines Großvaters eingenommen wurde, was das Benehmen der Frau, die sie gesehen hatte, aus irgendeinem Grund nicht weniger beunruhigend erscheinen ließ. Doch eine Minute später überquerte sie entschlossen den Treppenabsatz des ersten Stocks, natürlich ohne irgendwelche Nachforschungen anzustellen, und gelangte zur Tür des grotesken Wohnzimmers, ohne daß (wie sie einigermaßen überrascht feststellte) etwas besonderes vorgefallen wäre.

Sobald sie aber eingetreten war, wurde deutlich, daß sich die Atmosphäre in dem Raum merklich geändert hatte, seitdem sie gegangen war. Ihre Ängste wurden abgeschnitten wie bei einem Einstellungswechsel im Film, um durch ein verwirrendes Gefühl ersetzt zu werden, das ebenso heftig und unbestimmt war wie die ganz andersartigen Empfindungen, die

die kurze Zeitspanne zwischen der flüchtigen Erscheinung der Frau auf der Treppe und dem Erreichen des Stuhls in ihrem Zimmer begleitet hatten. Nicht allein, daß Mimi und Roper jetzt nebeneinander auf dem riesigen Ledersofa vor dem kalten Kamin saßen; Margaret spürte sogar, daß sie auf geschmacklose Weise voneinander abgerückt waren, als sie ihr Kommen gehört hatten.

»Hallo«, sagte Mimi keck. »Du warst lange weg.«

Einen Augenblick lang war Margaret versucht, der Situation eine Wendung nach ihrem Sinn zu geben (wie sie glaubte, daß es geschehen würde), indem sie von den Gründen für ihre lange Abwesenheit berichtete; was das Geheimnis um Miss Roper anging, gelang es ihr indes, sich zurückzuhalten.

War es möglich, daß Miss Roper überhaupt nicht tot war, fragte sie sich unvermittelt.

»Kümmere dich um deine eigenen Angelegenheiten«, gab sie in Mimis Tonart zurück.

»Ich hoffe, Sie haben den Weg gefunden«, sagte Roper höflich.

»Kein Problem, vielen Dank.«

Eine kurze Stille trat ein.

»Beech ist leider bereits zu Bett gegangen, sonst würde ich Ihnen beiden noch etwas anbieten. Ich habe keinen weiteren Diener.«

Nachdem die erst Welle von Übelkeit in ihr aufgestiegen war, gab sich Margaret die allergrößte Mühe, ihre Fassung zu bewahren.

»Leben Sie hier allein mit Beech?«

»Ganz allein. Deshalb ist es so erfreulich, Sie beide hier zu haben. Ich sagte schon zu Mimi, daß ich sonst nur meine Bücher habe.«

Es war das erste Mal, daß Margaret ihn den Vornamen nennen hörte.

»Er lebt das Leben eines Einsiedlers«, ergänzte Mimi. »Forschung, weißt du. Ein Hundeleben, wenn du mich fragst. Schlimmer als unseres.«

»Woran arbeiten Sie?« fragte Margaret.

»Kannst du's nicht erraten, Schätzchen?« Mimi fühlte sich inzwischen außerordentlich wohl.

»Eisenbahnen, fürchte ich. Eisenbahngeschichte.« Roper lächelte ein Gelehrtenlächeln, müde und tadelnd, doch zugleich von außerordentlicher Arroganz. »Als einem Roper liegt einem das halt im Blut. Ich zeigte Mimi gerade dies hier.« Er hielt ein Buch in dunkelgrünem Schutzumschlag hoch.

»›Early Fishplates‹«, las Margaret, »von Howard Bullhead.« Das Werk schien überaus ausführlich und äußerst technisch. Hier und da war das Buch mit nüchternen kleinen Zeichnungen geschmückt.

»Was hat das mit Eisenbahnen zu tun?«

»Fishplates«, rief Mimi, »halten die Schienen am Boden.«

»Nun, nicht ganz«, sagte Roper, »aber so ähnlich.«

»Wer ist Mr. Bullhead?«

»Bullhead ist ein eher technischer Eisenbahnerwitz. Ich bin der wirkliche Autor. Ich ziehe es vor, ein Pseudonym zu benutzen.«

»Das Buch ist ein einziger, irrer Thriller«, sagte Mimi. »Wendley verkauft gerade die Filmrechte.«

»Es liegt mir halt ganz und gar im Blut«, sagte Roper noch einmal. »Das Familienmotto könnte dasselbe sein wie das von Bismarck: ›Blut und Eisen‹.«

»*Wollen* Sie es denn verbannen?« fragte Margaret. »Ich bin sicher, das Buch ist faszinierend.«

Mimi aber war aufgesprungen. »Wie wäre es mit einer Tasse Tee? Was haltet ihr davon, wenn *ich* Sie mache?«

Roper zögerte einen Moment. Margaret nahm an, daß seine Abneigung zuzustimmen mit dem Wunsch Mimi zu gefallen im Widerstreit lag.

»Ich helfe dir.« Eigentlich entsprach Tee in der Nacht sowenig Mimis Art, daß Margaret sie anstarrte.

»Das wäre wirklich ganz reizend«, entschied Roper schließlich. Der Wunsch, Mimi zu gefallen, hatte ohne Frage gesiegt, obschon man sich kaum vorzustellen vermochte, was er sonst hätte sagen sollen. »Ich zeige Ihnen die Küche. Das ist wirklich nett von Ihnen.« Er zögerte noch einmal. Dann folgten Sie ihm beide aus dem Zimmer.

Noch ehe der Kessel in der biederen alten Küche heiß war, herrschte in Margaret neuer Aufruhr. Roper schien insgesamt nicht mehr so charmant und kultiviert wie gegen Ende des Abendessens, wiederholt blitzten jetzt Angeberei und sogar Dümmlichkeit auf. Das Verrückte an der Sache aber war, daß Margaret es nicht mehr länger vor sich selbst verbergen konnte, daß sie ihn anziehend fand. Eine Empfindung, mit der sie nur wenig Erfahrung hatte und die ihrem Verstand zuwider war, regte sich unbändig in ihrem Hirn wie das Licht in einer Quecksilbersäule. Über andere Dinge hingegen urteilte ihr Verstand vollkommen klar, so daß sie sich wie zwei verschiedene Personen fühlte, eine denkende und eine wollende. Möglicherweise gab es sogar eine dritte Person, eine empfindende, die inzwischen sehr müde war.

Mimi, die beizeiten schnell müde wurde, schien ganz und gar unermüdlich. Sie sprang zwischen den fremden Küchengeräten umher, drehte an Hähnen, suchte Töpfe und plapperte über den Butangaskocher gebeugt.

»Ihr Gas riecht nicht gut. Ich rufe den Service an.«

»Dem Geruch wird Kohlengas hinzugefügt, als Sicherheitsvorkehrung«, sagte Roper.

»Warum nehmen sie dann keinen schöneren Geruch?«

»Was würden Sie denn vorschlagen?«

»Nicht gerade Chanel, aber Heu oder liebliche Rosen.«

»Die Gaswerke möchten nicht, daß sich ihre sämtlichen Kunden in einen angenehmen Tod verlieben.«

»Wie würden *Sie* am liebsten Selbstmord begehen?«

Obwohl dies eines von Mimis üblichen Themen war, wäre es Margaret lieber gewesen, sie hätte sich ein anderes ausgesucht. Aber Roper antwortete nur: »Altersschwäche, glaube ich.«

Er schien fasziniert von ihr. Weder er noch Margaret taten irgend etwas, um bei der Vorbereitung zu helfen. Zu guter Letzt fing Mimi wahrhaftig an zu singen, und der Austausch leerer Bemerkungen fand ein Ende.

Als Mimi die Teekanne füllte, verschwand Roper unerwartet.

»Gefällt er dir?« fragte Margaret.

»Er ist in Ordnung. Ob es wohl etwas Eßbares dazu gibt?« Mimi fing an, in riesige, leere Brotkästen zu spähen.

»Hast Du noch irgend etwas über ihn herausbekommen?«

»Nicht das geringste.«

»Findest du nicht alles reichlich seltsam?«

»Es braucht aller Sorten, um eine Welt zu bauen, Liebes.«

»Es braucht anscheinend eine ausgefallene Sorte, um eine Eisenbahn zu bauen. Du selbst hast vermutet . . .«, Roper war zurückgekommen.

»Ich dachte, wir beschließen diesen reizenden Abend in meiner Höhle, meinem Arbeitszimmer, wissen Sie. Es ist viel wärmer und gemütlicher da. Normalerweise zeige ich es Besuchern nicht. Ich möchte irgendwo ganz zurückgezogen sein. Zum Arbeiten, verstehen Sie. Aber *Sie* sind kein gewöhnlicher Besuch. Ich habe gerade nachgesehen, es brennt sogar ein Feuer im Kamin.«

Diese letzte, etwas seltsame Bemerkung erschien Margaret nicht weniger seltsam durch die Art und Weise, in der sie vorgebracht wurde; als hätte der Sprecher im voraus eine Nebensächlichkeit arrangiert, die zu geringfügig war, um deren Vorbereitung überzeugend rechtfertigen zu können. »Kommen Sie, lassen Sie mich das Tablett tragen.«

»Ich habe nach etwas Eßbarem gesucht«, sagte Mimi. »Glauben Sie, Beech hat ein paar Teebrötchen oder dergleichen aufgehoben?«

»Ich habe noch etwas Kuchen in meiner Höhle«, sagte Roper wie der Held aus einem guten Buch für Jungen.

Diesmal war die Tür offen, und aus dem Zimmer ergoß sich freundliches Licht in die Eingangshalle.

Das Zimmer war von jedem anderen Raum, den sie in diesem Haus betreten hatten, vollkommen verschieden und glich nicht im geringsten einer Höhle oder auch nur einem Arbeitszimmer. Die Lampen waren modern, wirkungsvoll, passend und dekorativ. Die Sitzgelegenheiten waren weich und bequem. Der Eisenbahnfluch (wie Margaret es nannte) schien hier vollkommen abwesend. Wie Roper gesagt hatte, brannte ein vorzügliches Feuer in einem modernen Kamin, umgeben von reizlosen, aber keineswegs häßlichen holländischen Kacheln. Dies schien das wirkliche Wohnzimmer des Hauses zu sein.

»Was für ein schönes Zimmer!« rief Mimi. »Sieht so aus, als sei am Ende doch eine Frau im Haus. Warum konnten wir nicht früher hierherkommen?« Ihre schnell wachsende Dominanz kam Margaret beinahe hysterisch vor.

»Ich dachte, der Anlaß erfordere Förmlichkeit.«

»Sie sind ein Spielverderber, wenn Sie mich fragen.« Mimi ließ sich in ein Sofa fallen und streckte die behosten Beine von sich. »Gieß ein, Margaret, bitte!«

Margaret, die sich darüber klar war, daß eigentlich Mimi in schlechtem Licht erscheinen sollte, es in Wahrheit aber sie, Margaret, war, die sich, wie ungerechtfertigt auch immer, in dieser Lage befand, wiederholte mit dem Tee denselben Dienst, den sie bereits beim Kaffee geleistet hatte. Roper, der das Tablett auf einem kleinen Tisch bei einem Sessel abgestellt hatte, in dem Margaret sich jetzt unweit des Feuers niederließ, trug eine der großen, vollen Tassen zu Mimi. Er schenkte ihr mit fürsorglicher Vertraulichkeit Milch ein und schien einen ihrer üblichen Witze über die gewünschte Zuckermenge hinreißend komisch zu finden. Er bewegte sich ziemlich gut, dachte Margaret. Mimi hatte überdies recht, was seine Stimme anging. Seine Bemerkungen hingegen schienen zumeist, wenn er auch niemals über sich selbst sprach, im Lichte dieser Tatsache auffallend egozentrisch. Es wäre unausstehlich, ihm ein ganzes Leben zuhören zu müssen.

Unversehens trug er Kuchen auf. Keine der Frauen sah, wo er hergekommen war, doch als er vor ihnen stand, entdeckten beide, daß sie noch Appetit hatten. Er schmeckte nach Vanille und wurde von Zitronat erstickt.

In der Küche war Margaret aufgefallen, daß der Schienenverkehr trotz der späten Stunde unabweisbar zuzunehmen schien; aber in diesem kleinen Raum war das Geräusch sehr gedämpft, da die Strecke auf der abgelegenen Seite des Hauses verlief. Trotzdem hörte man noch immer die ständig vorbeirollenden Züge.

»Warum fahren jetzt noch so viele Züge? Es muß beinahe Mitternacht sein.«

»Längst vorbei, Liebes«, unterbrach Mimi, die Uhrträgerin. Der Umstand schien ihr besondere Freude zu bereiten.

»Wie ich merke, sind Sie es nicht gewohnt, in der Nähe einer Eisenbahn zu leben«, sagte Roper. »Viele Arten von Zügen werden während der gewöhnlichen Verkehrszeiten von den Schienen ferngehalten. Was Sie jetzt hören, sind die Ladungen, die Sie nicht sehen, solange die Bahnhöfe geöffnet sind. Die Eisenbahn ist wie ein Eisberg, wissen Sie: Nur sehr wenig ist für den gewöhnlichen Betrachter sichtbar.«

»Nicht sichtbar vielleicht, aber gewiß hörbar.«

»Das Geräusch stört Sie?«

»Nein. Aber geht das wirklich Tag und Nacht so?«

»Aber sicher. Tag und Nacht. Zumindest auf wichtigen Hauptlinien wie dieser.«

»Ich nehme an, Sie bemerken es schon lange nicht mehr?«

»Ich bemerke es, wenn es nicht da ist. Wenn ein bestimmter Zug zu seiner Zeit ausbleibt, bin ich ziemlich verstimmt. Sogar dann, wenn ich schlafe.«

»Aber es gibt doch bestimmt nur für die Personenzüge Fahrpläne?«

»Meine liebe Margaret, *jeder* Zug hat einen Fahrplan, jeder örtliche Warenverkehr, jede noch so geringe Lokbewegung. Selbstverständlich nicht die Six-Pence-Fahrpläne, die Sie am Bahnhofsschalter kaufen. Nur ein kleiner Teil aller Zugbewegungen ist darin verzeichnet. Selbst der Mann am Schalter weiß so gut wie nichts.«

»Nur Wendley weiß alles«, sagte Mimi vom Sofa aus.

Die anderen saßen zu beiden Seiten des Feuers, vor dem sie sich ausgestreckt hatte; sie hatten über ihren Körper hinweg gesprochen. Margaret fiel auf, daß Roper jetzt zum ersten Mal ihren Vornamen benutzte. Es schienen Stunden vergangen zu sein, seit er Mimi mit dem ihren gerufen hatte. Plötzlich, als sie Mimi beobachtete, wie sie sich in ihren Hosen und dem enganliegenden Rollkragenpullover räkelte, erkannte Margaret deutlicher als lese sie es in einem Buch, worauf es ankam: Mimi war körperlich anziehend, sie selbst war es wahrscheinlich nicht. Und nichts sonst im Leben, auf der ganzen Welt zählte wirklich. Nichts, *nichts.* Ihre Klugheit, alles in allem (wie sie fand) freundlicher, kultivierter und die Tochter eines Lords zu sein, all dies war Staub unter Mimis Wagenrädern, Punkte auf der Liste zahlloser unerwünschter Hindernisse im Leben. Margaret streckte ihre Beine unvorteilhaft von sich.

»Kann ich noch eine Tasse Tee haben?« fragte Mimi. Ihr kleiner, runder Kopf war gewiß anziehend.

»Hier, bitte«, sagte Margaret. »Nun werdet Ihr beide erlauben, daß ich zu Bett gehe. Ich glaube, ich kann Schlaf gut gebrauchen, nachdem ich so durchnäßt worden bin.«

»Ich bin ein Ekel«, rief Mimi mit zärtlicher Anteilnahme. »Kann ich irgend etwas für dich tun? Wie wäre es mit einer Wärmflasche, Wendley? Margaret ist immer hilflos wie ein Schmetterling. Ich muß mich um sie kümmern.« Sie war auch ohne Frage sehr liebenswert.

»Keine Wärmflasche, bitte«, entgegnete Margaret. »Dafür ist noch nicht die richtige Jahreszeit. Ich komme zurecht, Mimi. Bis später. Gute Nacht.«

Zwischen ihrer Zuneigung und dem Wunsch, sie loszuwerden, dachte Margaret auf dem Weg nach oben, bestand bei Mimi absolut kein Widerspruch; sie nahm ihre Gefühle einfach der Reihe nach, holte das meiste aus allen heraus und gab zweifellos auch das meiste.

Diesmal gab es keine schemenhafte Gestalt, die von der Treppe fortschlich; möglicherweise rechnete Margarets Vorstellung jedoch mit einem anderen Phantom. Sobald sie das Zimmer betreten hatte, sah sie, daß das versprochene zweite Bett angekommen war, ebenso schmal und bescheiden wie das erste. In dem länglichen Zimmer standen die Betten weit auseinander. Margaret konnte nicht sicher sein, ob das zweite Bett schon dagewesen war, als sie das Zimmer beim letztenmal betreten hatte.

Mit ihren umherirrenden, unsteten Gedanken war sie immer noch bei der Szene unten, als sie das Bett auswählte, das am weitesten von der Tür entfernt stand. In diesem Augenblick schien es ihr nicht sonderlich angebracht, auf Mimi Rücksicht zu nehmen. Margaret streifte in der feuchten Luft ihre Kleider ab und ließ sie mit ungewohnter Achtlosigkeit über einen der beiden dunklen, dünnbeinigen Stühle fallen; dann, als gerade ein Zug vorbeistampfte, der die kleinen, vergitterten Fenster an den beiden Zimmerenden rasseln ließ und die Vorhänge teilte, um ein infernalisches Gleißen eindringen zu lassen, stieg sie in ihren Pyjama und in das kleine, enge Bett. Sie bemerkte jetzt zum ersten Mal, daß es keine

Laken gab, nur klamme Decken. Die einzelne Öllampe zu löschen war mehr, als ihr Mut und Kälte gestatteten. Sie knöpfte ihre Jacke bis obenhin zu, wobei sie wünschte, sie wäre langärmlig gewesen. Es war nur sinnloser Stolz gewesen, groteske Feindseligkeit, die sie eine Wärmflasche hatte ablehnen lassen.

Es war ihr ganz und gar unmöglich, zu schlafen. Ihr Kopf hatte einen Höllentanz in Gang gebracht, der frühestens in einigen Stunden zur Ruhe kommen würde. Das Bett war das erste wirklich unbequeme, in dem Margaret je geschlafen hatte. Es war so schmal, daß Decken von normaler Größe so weit festgesteckt werden konnten und wurden, daß sie unter dem Benutzer überlappten, sich ineinander verwickelten, um ihn einzuschnüren, so schmal, daß die billigen, harten Federn des Eisenrahmens kein bißchen unter dem Gewicht des Schlafwilligen nachgaben. Die Matratze war nicht dafür geschaffen, ein Rautenmuster aus harten, metallischen Rippen ganz zu bedecken.

Wenn Margaret es auch am Tag vorzog, in Einklang mit ihrem zurückhaltenden und nüchternen Wesen Kleider zu tragen, die am Hals hochgeschlossen waren, stellte sie fest, daß sich im Bett dieselbe Einstellung, wie sehr die Temperaturen sie auch erfordern mochten, zu Erstickungsängsten auswuchs. Es war ihr auch, solange sie zurückdenken konnte, unmöglich gewesen, bei Licht zu schlafen. Und zu alledem gesellten sich die Züge; weniger ihr periodisch wiederkehrendes Rattern, wie sie herausfand, als die offenbar länger werdenden Pausen dazwischen. Unten schienen die Züge immer häufiger gefahren zu sein, hier oben schienen sie allmählich spärlicher zu werden. Das war wahrscheinlich, überlegte Margaret, eine Folge der Langsamkeit, mit der, wie es heißt, die Zeit für diejenigen verrinnt, die den Schlaf suchen. Vielleicht hätte auch Wendley Roper eine Erklärung gewußt, anhand graphischer Tabellen oder des speziellen Familienwissens. Die Langzeitwirkung bestand darin, daß der Zugverkehr Margaret wie etwas nur in ihrem Kopf Existierendes vorkam, wie die großen, festumrissenen Schemen, die die Sicht des Migränekranken verstellen. »So werde ich nie einschlafen«, sagte Margaret zu sich selbst mit solcher Deutlichkeit, daß es schien, als hätte jemand anders die Worte gesprochen.

Sie zwang sich dazu, sich aus den steifen Decken zu befreien, öffnete den Kragen ihrer Pyjama-Jacke, obgleich ihr keineswegs warm war, und löschte das Licht, das beim leisesten Atemhauch erstarb. Was in aller Welt trieb Mimi bloß? überlegte sie, verwirrt wie ein Schulmädchen.

Sogleich nachdem sie sich in ihr stockfinsteres Bett zurückgetastet hatte, rollte ein Zug vorbei, der vollkommen anders konstruiert sein mußte. Es gab kein Pfeifen der Dampfmaschine, kein Donnern und Stampfen der Räder – nur *ein* anhaltendes, ziemlich hohes, rasselndes, metallisches, unmenschliches Heulen. Der neue Zug schien den Abhang herunterzukommen, doch zum ersten Mal war sich Margaret nicht sicher. Das Geräusch jagte ihr heftige Angst ein. »Es ist ein Lazarettzug«, hatte ihre Mutter vor langer Zeit von etwas gesagt, von dem sie alle Einzelheiten vergessen hatte, außer daß es das Schrecklichste gewesen war, wovon Margaret je gehört hatte. »Er ist voll mit verwundeten Soldaten.«

In einem Anfall entsetzlicher Furcht, als die Leiden der Kindheit in ihr Erwachsenenleben eindrangen, mußte Margaret eingeschlafen, oder doch in Ohnmacht gefallen sein. Denn was sich danach ereignete, konnte nur ein Traum oder eine Halluzination gewesen sein.

Das Zimmer schien sich mit farblosem Licht zu füllen. Zwar war dieses Licht jetzt außerordentlich schwach, der Prozeß seines ersten Aufblendens und Zunehmens schien aber schon lange im Gange zu sein. Während sie das erkannte, wurde einem anderen Teil von Margarets Verstand bewußt, daß alles nichtsdestoweniger eine Angelegenheit von nur wenigen Minuten sein konnte. Sie kämpfte darum, die Empfindung des beinahe Endlosen mit dem äußerster Knappheit in Einklang zu bringen. Das Licht schien außerdem die genaue und sichtbare Entsprechung des Geräusches zu sein, das der *neue* Zug verursacht hatte.

Dann sah Margaret etwas sehr Schreckliches: Es begann mit dem umgedrehten, toten Gesicht einer alten Frau, von der Farblosigkeit des Leuchtens; es endete mit der geschrumpften Gestalt der Frau, die auf rätselhafte Weise über der Falltür von Margarets, einem Zugabteil ähnelnden Zimmer baumelnd sichtbar wurde. Unter dem Dach hatte sich Miss Roper erhängt. Ihr graues Haar war so wirr und zerzaust, als habe es selbst die Strangulation herbeigeführt.

Margarets Hände griffen entsetzt nach ihrer eigenen entblößten Kehle. Dann öffnete sich die Zimmertür, und jemand mit einem Licht erschien in ihrem Rahmen.

»Sie haben mich wohl nicht klopfen gehört.«

So wie sie aus Ropers Worten das Echo des Mannes aus dem Gasthaus herausgehört hatte, als Mimi und sie angekommen waren, so vernahm sie jetzt ein anderes Echo – das Echo von Beechs kühler Entschuldigung für das Schlafzimmermalheur, das Mimis Zorn so sehr entfacht hatte. Für Margaret war es, als hätte ein Alptraum das Stadium erreicht, da der Gequälte, obschon noch nicht erwacht und dem Traum noch nicht entronnen, sich doch des Traumes wohlbewußt ist. Doch verwandelte sich alles wieder in den finstersten Alptraum, als Margaret sich der Schattenfrau auf der Treppe erinnerte und erkannte, daß dieselbe Frau jetzt bei ihr im Zimmer war.

Margaret brach zusammen. Sie hielt immer noch ihre Kehle umklammert und rief immer wieder mit schriller, aber nicht lauter Stimme: »Geh weg! Geh weg! Geh weg!«

Wieder war es wie in ihrer Kindheit.

Die fremde Frau näherte sich, setzte die Lampe ab, faßte sie bei den Schultern und begann sie zu schütteln. Margaret wußte wohl, daß sie, wer immer sie auch sein mochte, nicht die tote Miss Roper sein konnte, und das war alles, worauf es anzukommen schien. Sie hörte auf zu wimmern wie ein vor Angst gelähmtes Kind und sah dann, daß die Hand, die noch auf ihrer Schulter lag, einen matten, kohlschwarzen Ring trug, und erkannte, als sie aufblickte, daß das Gesicht über ihr und das dichte schwarze Haar Beech gehörten, genauso wie die gleichmütig um Entschuldigung bittende Stimme Beech gehört hatte.

Der Alptraum gewann wieder die Oberhand, aber diesmal nur für einen kurzen Augenblick ihres Erwachsenenlebens, denn Margaret schien jetzt keinen Zweifel mehr daran zu haben, daß Beech tatsächlich *eine Frau* war.

»Wo ist Ihre Freundin?«

»Sie ist unten geblieben. Ich bin früh zu Bett gegangen.«

»Früh?«

»Wie spät ist es? Ich habe keine Uhr.«

»Halb Vier.«

Das Zweideutige der Lage wurde Margaret in allen Einzelheiten bewußt, als würde die Bühnenbeleuchtung an sämtlichen Stellen gleichzeitig eingeschaltet.

»Was geht Sie das überhaupt an? Wer sind Sie?«

»Was glauben Sie denn, wer ich bin?«

»Ich dachte, Sie wären der Diener.«

»Ich habe für die alte Miss Roper gesorgt. Bis zu ihrem Tode.«

»Heißt das, Sie waren gezwungen, sich wie ein Mann zu kleiden?« Sie sah jetzt, daß die Frau einen dunklen Mantel und Rock und eine weiße Bluse trug.

»Wendley konnte nicht gut allein mit jemandem in einem Haus leben, mit dem er nicht verheiratet war. Mit jemandem, den er nicht zu heiraten beabsichtigte.«

»Warum sind Sie dann nicht gegangen?«

»Nach dem, was mit Miss Roper geschehen war?«

»Was haben Sie mit Miss Roper gemacht?« Margaret sprach sehr leise, aber bestimmt. Jedes Gefühl war in ihr erstorben, außer einer unter der Oberfläche flackernden Eifersucht auf Mimi, einer den Tod wünschenden Sympathie für die mordende Fremde an ihrer Seite, so daß sie fähig war, ebenso bestimmt wie vorher hinzuzufügen: »Miss Roper war verrückt, oder?«

»Ganz und gar nicht. Warum sagen Sie das?«

»Ihr Vater verhinderte ihre Heirat. Die Gitter vor den Fenstern.«

»Man kann an der Liebe leiden, ohne wahnsinnig zu werden, wissen Sie. Und nicht nur Irrenhausfenster haben Gitter.«

Die große, weiße Hand mit dem schwarzen Ring am Verlobungsfinger war die ganze Zeit auf Margarets Schulter liegengeblieben. Nun wurde Sie mit einer heftigen Bewegung fortgenommen.

»Also war das hier einfach ein Gefängnis? Warum? Was hat Miss Roper getan?«

»Es hatte etwas mit der Eisenbahn zu tun. Ein Geheimnis, das der Großvater an sie weitergegeben hatte und das sie Wendley nicht offenbaren wollte. Ich habe nie nach Einzelheiten gefragt. Ich war verliebt. Sie wissen genausogut wie ich, was das bedeutet.«

»Was für ein Geheimnis? Und warum mußte es ein Geheimnis bleiben?«

»Ich weiß nicht, was für ein Geheimnis. Ich will es auch gar nicht wissen. Sie wollte es vor Wendley bewahren, weil sie wußte, was er damit machen würde. Sie versuchte die ganze Zeit, es anderen Leuten zu sagen.«

»Deshalb . . .«, Margaret hätte fast gesagt, »deshalb winkte sie also«, unterbrach sich aber. »*Was* hätte Wendley denn getan?«

»Ihre Freundin dürfte inzwischen eine Vorstellung davon haben.« Diese unerwartete Bemerkung wurde im Ton äußerster Gehässigkeit vorgebracht.

»Was meinen Sie damit? Wo ist Mimi?« Dann überrollte sie eine plötzliche Panik. »Ich werde Mimi sofort holen gehen.« Sie kämpfte sich aus ihrem Kinderbettchen und stieß sich dabei heftig an den Eisenstäben. Die Züge schienen schon lange ausgeblieben zu sein, und es war grauenhaft still im Stillen Tal.

Die Frau näherte sich dem billigen, kleinen Schlafzimmerstuhl, auf dem Margarets Kleider übereinanderlagen, wie sie sie hatte fallen lassen, griff sich Margarets Tuch und hielt es mit beiden Händen im Abstand von etwa zehn Zentimetern. Im unbedeutenden Licht einer Öllampe begann eine langsame Jagd durch den länglichen engen Raum.

»Sie sind nicht wirklich auf seiner Seite«, schrie Margaret hoffnungslos. »Sie wissen, was unten geschieht.«

Die Frau gab keine Antwort, sondern vergrößerte nur den Abstand zwischen ihren Händen ein wenig. Margaret erkannte, welch dummer Fehler es gewesen war, sich freiwillig das von der Tür am weitesten entfernte Bett auszusuchen. Trotzdem waren wie beim ›Fangenspielen‹ von Kindern einige Ausweichmanöver möglich, bevor sie sich an die hinterste Wand gedrängt sah, ohne Ausweg und fast genau unter der Falltür in der Zimmerdecke. Wenn sie nur die andere Tür erreichen könnte, die Zimmertür! Manches wäre dann möglich.

Als sie die Stelle unter der Falltür erreichten, streifte Margarets Absatz Mimis offenen Rucksack, von der Eigentümerin dorthin geschleudert, von Margaret seither vergessen oder unbemerkt geblieben und verborgen im trüben Licht. Margaret bückte sich.

Drei Sekunden später lag ihre Gegnerin rücklings auf dem Boden, einen Strom dunklen Blutes im Dämmerlicht vergießend und Mimis stabiles Taschenmesser in der ziemlich dicken, weißen Kehle. »Kommt aus Schweden, Liebes«, hatte Mimi gesagt. »Ist verboten, sowas hier zu verkaufen.«

Margaret mußte nicht lange in den Jackentaschen der toten Frau suchen, um Beechs Schlüsselbund zu finden. Das war ein Glück, da dem Schrei der getöteten Frau, der in den Gang der Ereignisse unten hineingeplatzt war, hastende Schritte auf der finsteren Treppe folgten. Die flinke Mimi stürzte schreiend ins Zimmer: »Schließ ab! Um Gottes Willen, schließ ab!« Und Margaret hatte die ganze Länge des Dachbalken-Zimmers durchquert und die Tür verriegelt, ehe Wendley Roper, schwerfällig und nicht gewohnt, sich zu bewegen, den Treppenabsatz draußen erreicht hatte. Der große Schlüssel drehte sich mit einem quietschenden Schnappen in dem tauglichen, teuren Schloß, das ihm nicht entgangen sein konnte. Die Eisenbahnhoteltür war ungemein stabil, ein schönes Stück Tischlerarbeit. Margaret wartete mit gesenktem Körper auf Ropers Attacke. Doch hier war eine Axt vonnöten, und es geschah überhaupt nichts - weder Schläge gegen die Tür, noch eine Stimme, nicht einmal sich entfernende Schritte.

Mimi, die nicht wußte, daß das Zimmer einen dritten Bewohner hatte, saß auf der Kante ihres Bettes und dehnte mit den Händen ihre Hosentaschen. Sie keuchte ein wenig, aber ihr Haar war wie stets zu kurz, um zerzaust aussehen zu können. Margaret hatte ihr Benehmen zuvor geschmacklos gefunden, jetzt war es unerträglich. Sie begann, einen Sturzbach von Flüchen hervorzustoßen, der in Gegenwart der toten Frau besonders abstoßend wirkte.

»Mimi, meine Liebe«, sagte Margaret sanft. »Was sollen wir jetzt machen?« Immer noch im Pyjama, wurde sie von Krämpfen geschüttelt.

Mimi, ihre Hände noch immer in den Taschen vergraben, wandte sich nach ihr um: »Den ersten Zug zur Hölle nehmen, würde ich sagen.«

Obwohl sie nicht weinte, war etwas unerträglich Verzweifeltes um sie. Margaret wollte sie trösten. Mimis Erlebnisse waren unvorstellbar schlimm, schlimmer noch als ihre eigenen gewesen. Sie legte ihre Arme um Mimis kalten, steifen Körper. Dann versuchte sie, Mimis Hände aus den Taschen zu ziehen, um sie in die ihren zu nehmen. Mimi half zwar nicht, wehrte sich aber auch nicht sonderlich. Als Margaret, die ihre Handgelenke umfaßt hielt, ihre Hände befreite, rieselte etwas Merkwürdiges zu ihren beiden Seiten auf den Boden. Mimis Taschen waren vollgestopft mit Zugfahrkarten.

Margaret ließ Mimis Handgelenke los, hob eine der Fahrkarten auf und las sie beim Licht der Lampe der fremden Frau. »Diamond Jubilee Spezial. Pudsley-Hasselwickett. Dritte Klasse. Bahnsteig 2/11. Gott schütze unsre Königin.« Mimis Fäuste ballten sich um bunte kleine Haufen aus Papprechtecken.

Es war unmöglich, ihr von der toten Frau zu erzählen.

»Ich ziehe mich an. Dann gehen wir.« Margaret fing an, die Kleider überzustreifen, die sie beim Abendessen getragen hatte. Sie knöpfte den Hemdkragen zu, der sich warm und angenehm um ihren Hals schloß. Sie suchte ihr Tuch und entdeckte einen Zipfel davon in einer Hand der toten Frau, die zusammengerollt auf dem Boden am Ende des Zimmers hinter Mimis Rücken lag.

»Ich packe unsere Rucksäcke«. Vollständig angekleidet fühlte sich Margaret tapferer und weniger verletzlich. Sie tastete zu Füßen der Leiche nach Mimis Rucksack und sammelte den verstreuten Inhalt ein. Doch obwohl sie die Unterlassung für albern hielt, verzichtete sie darauf, Mimis Messer zu holen. Endlich hatte sie beide Rucksäcke gepackt und zurrte sorgfältig die Riemen fest. Mimi hatte ihre Taschen offenbar von Zugfahrkarten geleert und hinterließ vier kleine Haufen auf dem dunklen Teppich, einen aus jeder Tasche.

Jetzt saß sie sichtlich entspannt da, unternahm aber keinerlei Anstrengungen, Margaret zu helfen.

»Bist du soweit? Wir müssen nachdenken.«

Mimi sah zu ihr auf. Dann sagte sie leise: »Wir können jetzt nirgendwo hingehn.« Mit einer kaum merklichen Geste deutete sie auf die vier Fahrkartenhäufchen.

Keines der Argumente, die Margaret vorbrachte, hatte die geringste Wirkung auf Mimi. Sie hockte bloß auf dem Bett, behauptete, daß sie Gefangene wären und daß sie gar nichts tun könnten.

Margaret, die glaubte, daß Mimis Verstand gelitten hatte, obwohl es dafür keine Anzeichen gab, überdachte die schreckliche letzte Möglichkeit, die Flucht alleine zu versuchen. Doch abgesehen von den zusätzlichen Gefahren für Körper und Seele (so wußte sie nicht, ob Roper nicht vor der Tür lauerte), spürte sie, daß sie außerstande war, Mimi dem, was sich möglicherweise ereignen konnte, alleine zu überlassen. Sie setzte ihren Rucksack auf den Boden neben Mimis. Wenn er gepackt war, hatte sie stets Mühe, ihn lange Zeit zu tragen.

»Na schön. Warten wir, bis es hell wird. Das dürfte wohl nicht mehr lang dauern.«

Mimi sagte nichts. Margaret schaute sie an und sah zum ersten Mal, daß Mimi weinte. Margaret schlang noch einmal die Arme um ihren jetzt nachgiebigen Leib, und die beiden Frauen küßten sich zärtlich. Sie kamen aus sehr verschiedenen Verhältnissen, und es war das erste Mal, daß sie dergleichen getan hatten.

In Margarets Hirn entstand die verzweifelte Vorstellung, es könnte ihnen jemand zu Hilfe eilen. Bestimmt kamen irgendwelche Besucher ins Haus, und weder sie noch Mimi waren kraftlose alte Frauen. Margarets Augen wanderten unwillkürlich zu dem Messer in der Kehle ihres Opfers.

Lange Zeit saßen die beiden Frauen zusammen und sprachen wenig.

Margaret hatte schon seit Stunden nicht mehr an die Eisenbahn draußen gedacht. Nach jenem eigentümlichen Zug, der einem Traum geglichen hatte, war keiner mehr vorübergerollt. Dann erklang aus sehr weiter Ferne der luftige Geist einer Lokomotivpfeife; zutiefst körperlos zu dieser Zeit und an diesem Ort, doch voller Versprechen für Margaret.

Sie erhob sich und zog die Vorhänge vor einem der sonderbaren, vergitterten Fenster beiseite.

»Sieh mal, es dämmert.«

Ein Streifen von Tageslicht schob sich langsam über den Horizont und kündigte einen schönen Tag an, eine Seltenheit in solch gebirgiger Landschaft. Margaret, nach Taten dürstend, sah sich geschwind im Zimmer um. Sie selbst trug Farben, die im schwachen Licht wohl nicht hervorstechen würden. Mimis Grau war kaum hilfreicher. Man konnte nur eins tun. Sie sprang durch das Zimmer und riß ein großes Stück Stoff aus der blutgetränkten Bluse der toten Frau. Dann, als Mimi im zunehmenden Licht zum ersten Mal die Leiche bemerkte, stieß Margaret das schmale Fenster auf und winkte zuversichtlich dem sich nähernden Arbeiterzug.

Die nächste Schneise

»Ich komme Sie besuchen«, sagte der Mann. »Morgen. Morgen nachmittag.«

Er sah ihr fest in die Augen, aber er lächelte dabei ganz gewiß nicht.

Aber Noelle lächelte. »Sie wissen nicht, wo ich wohne«, sagte sie.

»Das weiß ich sehr wohl«, sagte der Mann.

Es wäre ihm bestimmt ein leichtes gewesen, Simon und Mut danach zu fragen, die die Gastgeber der Party waren, aber es war eine seltsame Vorstellung, daß er dies getan haben sollte, bevor er Noelle überhaupt begegnet war, bevor er sie in Augenschein genommen hatte, und sicher nicht, bevor er von ihr gehört hatte. Vor diesem Augenblick hatte er nicht durchblicken lassen, daß er überhaupt irgend etwas über sie wußte. Es wäre Noelle absurd vorgekommen, ihn zu fragen, woher er Bescheid wußte.

»Wir können es nicht dabei belassen«, sagte der Mann mit einigem Nachdruck. »Das geht nicht.«

»Vielleicht doch«, entgegnete Noelle.

»Ich kenne die Gegend um Woking recht gut«, sagte der Mann. »Ich werde Sie morgen gegen drei Uhr abholen, und wir werden im Wald spazierengehn.«

Es war richtig, daß es dort, wo Noelle lebte so etwas wie Wald fast in jeder Himmelsrichtung gab, aber das traf auf viele Wohngebiete in Surrey zu. Vor allem gab es einen Wald auf der anderen Straßenseite, direkt vor ihrer Haustür.

»Ich verspreche Ihnen nicht, daß ich da sein werde«, sagte Noelle. »Das kann ich nicht.«

»Dann werde ich einfach auf mein Glück vertrauen«, sagte der Mann. »Wir dürfen es nicht dabei belassen, und hier werden wir keine Fortschritte machen.«

»Wie heißen Sie eigentlich?« fragte Noelle.

Dieser Ton ergriff im Lauf der Jahre Besitz von ihr. Sie bedauerte das, aber man kann nicht erwarten, Leute *en masse* zu finden, die die eigene Privatsprache sprechen. Sie wird zwangsläufig ausgehöhlt durch die Lingua franca.

Geradeso, als wollten sie die Ansicht des Mannes bekräftigen, daß eine weitere Verständigung unmöglich sei, klappte Mut in diesem Augenblick den Plattenspieler auf, und Simon schaltete die neue Neonbeleuchtung ein. Simon und Mut absolvierten Parties, als handele es sich um eine Generalprobe. So wenig wie möglich wurde dem Zufall überlassen. Noelle fragte sich immer, was wohl geschehen würde, wenn es jemals zu einer Aufführung kommen sollte.

Nach wie vor ohne ein Lächeln war der Mann im Lichterglanz und Lärm verschwunden. Noelle fragte sich, ob er sich gerade mit jemand anders verabredete – vielleicht mit den North Downs als Kulisse. Andererseits mochte er ebensogut auf dem Heimweg sein. Für ihn hatte die Party wohl ihren Zweck erfüllt.

Nur wenn Melvin, ihr Gatte, auf einer seiner Geschäftsreisen war, ging Noelle überhaupt auf diese Parties, wo fast jeder jünger war als sie selbst. Aber das war nichts Besonderes, und sie machte sich klar, wie glücklich sie sich schätzen durfte, daß sie Leuten wie Simon und Mut zur Last fallen konnte. Nicht daß speziell Mut sehr viel jünger gewesen wäre. Noelle und Mut hatten sich vormals ein Appartement geteilt, der damals noch blutjunge Simon war bereits jahrelang Muts Liebhaber gewesen, als Noelle Melvin noch gar nicht kennengelernt hatte. Wenn Mut nicht im Zimmer war, konnte sie sich ganz auf eine Miniaturleidenschaft oder einen raschen Annäherungsversuch von Simon verlassen. Es war eine Tradition, die Bestand hatte.

Wie die Dinge lagen, schien sich immer noch eine erstaunliche Zahl von Männern ein wenig in Noelle zu verlieben und süße, zärtliche Gespräche mit ihr den Dingen vorzuziehen, die anderswo zu haben waren. Noelle hatte nie gewußt, ob es nur ihre äußere Erscheinung oder etwas weniger Augenfälliges war, das sie anzog. Sie machte sich oft klar, wie wenig Grund zur Klage sie hatte.

Noelle war absolut aufrichtig gewesen, als sie sagte, daß sie weder etwas versprechen könne noch wolle. Melvin kam manchmal vorzeitig zurück. Soweit sie erkennen konnte, war nichts Unerfreuliches oder Befremdliches daran. Es schien normal, daß Melvin von den Passatwinden der Geschäftswelt hierhin und dorthin getragen wurde, jedem erging es so. Vorbei sind die Tage überschaubarer Fron auf hohen Kontoristenstühlen in unkündbarer Stellung. Das Geschäftsleben hat sich vollständig verändert, wie die Geschäftsleute zu betonen pflegen.

Außerdem konnten Judith oder Agnew früher aus der Schule kommen. Das kam häufig vor. Und wenn sie bei der Ankunft eines der beiden Kinder zu Hause war, mußte sie sich Zeit nehmen; entweder um eine Geschichte voller Groll und Aufruhr anzuhören, oder um besorgt herauszufinden, was sich diesmal zugetragen hatte.

Aber als es so weit war, schlug die Uhr, die sie von ihrem Vater geerbt hatte (sie war ein Geschenk seiner Firma gewesen, weniger als ein Jahr vor seinem Tod), drei, und die Türklingel erklang leise, noch bevor das letzte dumpfe Echo verhallt war.

Der Mann streckte ihr höflich seine Hand entgegen. »Mein Name ist John Morley-Wingfield. Mit Bindestrich, wie ich leider gestehen muß. Bringen wir das gleich zu Anfang hinter uns.«

Sein Gesichtsausdruck war ernst, aber nicht traurig. Sein braunes Haar war ansehnlich, aber nicht übermäßig gelockt und hatte jetzt vielleicht seine eindrucksvollste Phase, da es sich stellenweise lichtete, aber noch nicht allzu sehr ergraut war. Seine braunen Augen waren einnehmend, ohne gefühlsselig zu wirken. Seine Kleidung war zwanglos, aber nicht nachlässig.

Zögern wäre für Noelle zwecklos gewesen.

»Kommen Sie einen Moment herein«, sagte sie. »Meine Kinder kommen in einer Stunde aus der Schule.«

»Sind sie gute Schüler?«

»Es geht.«

Sie führte ihn in den Raum, den Melvin als Lounge bezeichnete und für den sie selbst keinen besonderen Namen hatte.

»Nehmen Sie Platz; ich bringe uns einen Tee.«

»Wir müssen uns genügend Zeit für unseren Spaziergang nehmen.«

Sie sah ihn an. »Der Wald ist nicht besonders groß. Nicht in dieser Gegend.«

Er setzte sich auf das Sofa mit den Lederpolstern und betrachtete seine hochglanzpolierten braunen Schuhe. »Ich glaube, daß alle Wälder einander ähneln, ganz gleich wie groß oder wie klein sie sind. Innerhalb gewisser Grenzen natürlich. Die Wirkung ist dieselbe. Wenigstens auf mich.«

»Man verirrt sich wirklich nicht in *diesen* Wäldern«, erwiderte Noelle, »das ist ganz unmöglich.«

Er blickte zu ihr auf. Man sah ihm an, daß er all das für Zeitverschwendung hielt und daß er mit ihr aufbrechen wollte.

»Ich beeile mich mit dem Tee«, sagte Noelle. »Fühlen Sie sich wohl? Vielleicht wollen Sie einen Blick hier hinein werfen?«

Sie reichte ihm die letzte Nummer des ›Statist‹. Sie erwähnte nicht, daß ihr Mann die Zeitschrift abonniert hatte. Der Mann, der ihre Adresse gekannt hatte, wußte wahrscheinlich auch über ihren Gatten Bescheid.

»Oder vielleicht ist das hier unterhaltsamer.«

Sie hielt ihm eine ältere Ausgabe des »National Geographical«-Magazins hin. Auch hier war Melvin der Abonnent, obwohl er darüber klagte, daß er nie dazu kam, es zu lesen, so daß die Nummern unsortiert herumlagen, bis Noelle den Kindern einen Armvoll zur Ausstattung des Sandkastens gab.

Noelle ging in die Küche.

Als sie mit dem Tablett zurückkam, war der Mann schon wieder aufgestanden und betrachtete rastlos die Bücher. Auch sie gehörten Melvin. Noelles befanden sich im oberen Stockwerk, wegen Regalknappheit noch nicht einmal alle ausgepackt.

»Milch und Zucker?«

»Ein klein wenig Milch, bitte. Keinen Zucker.«

»Ich weiß, daß es nicht richtig ist«, sagte Noelle.

Er beugte sich über sie, damit sie ihm seine Tasse geben konnte. Ein schwacher, aber auffälliger Duft ging von ihm aus, der Duft eines sehr guten Clubs.

»Vorsicht«, sagte Noelle.

An seinem Tee nippend, streifte er im Zimmer umher, als sei es voller Menschen – oder vielleicht auch Bäume – und als sei jeder Rastplatz besetzt oder aber knorrig und schartig.

Nun sprach er. »Sie haben ganz wundervolles Haar.« Er stand vor dem großen Fernsehapparat.

Noelle richtete sich ein wenig auf, sagte aber nichts.

»Und wundervolle Augen.«

Noelle konnte nichts dagegen tun, daß sie beinahe merklich lächelte.

»Und eine wundervolle Figur. Man könnte sich keine schönere Gestalt vorstellen.«

Es war ein Problem, daß Noelle ganz einfach nicht wußte, wie wahr oder unwahr diese Behauptungen waren. Es war ihr immer unmöglich erschienen, sich darüber eine klare Meinung zu bilden. Genauer gesagt, sie hatte manchmal einen bestimmten Eindruck und manchmal empfand sie fast das genaue Gegenteil. Man mußte, wenn man konnte, einen Mittelwert bilden aus den Ansichten, die andere äußerten oder andeuteten; und diese anderen schienen allzu oft unaufrichtig zu sein.

»Möchten Sie ein Stück Schokolade?« fragte sie und hielt ihm den Teller hin, den Arm in voller Länge ausgestreckt. Sie trug ein Kleid mit feinen kurzen Ärmeln. Es war immerhin August. Melvin haßte vor allem den August in Pittsburgh, wo er sich von Berufs wegen aufhielt.

»Nichts zu essen, danke.«

Der Mann stand nun auf gleicher Höhe mit dem Astronautenglobus und den Skisport-Journalen.

»Ich mag Ihr Kleid.«

»Es ist sehr schlicht.«

»Sie haben einen wundervollen Geschmack.«

»Bitte seien Sie nicht dermaßen zuvorkommend.«

»Sie wirken auf mich so vollkommen.«

»Nun, das bin ich keineswegs.« Aber sie erwähnte keinen bestimmten Mangel.

»Noch etwas Tee? Geben Sie mir Ihre Tasse.«

Er überquerte den Teppich nach Eskimo-Machart gemessenen, federnden Schrittes.

»Dann müssen wir aber gehen«, sagte er. »Unbedingt. Ich will Sie in Ihrem wahren Element sehen.«

Sie reichte ihm die gefüllte Tasse, ohne ihn anzuschauen. »In einem haben Sie recht«, sagte sie. »Ich liebe unsere Wälder wirklich. Ich wünschte nur, sie wären größer.«

»Sie lieben auch jegliche Musik«, sagte der Mann, der jetzt vor ihr stand.

»Ja.«

»Und die letzten Augenblicke vor Sonnenuntergang auf dem Land?«

»Ja.«

»Und die einsame Ruhe der Mittagsstunde?«

»Normalerweise muß ich das Essen für die Kinder vorbereiten.«

»Und echte Seide auf der Haut getragen?«

»Ich bin nicht sicher, ob ich das jemals getan habe.«

Er stellte die Tasse recht energisch zurück auf das Tablett. Noelle bemerkte, daß sie noch lange nicht leer war.

»Auf geht's. Lassen Sie uns jetzt gehen.«

Sie ging mit ihm hinaus, wie sie war. Er folgte ihr den schadhaften Betonweg mit seiner ausgebleichten Farbenvielfalt hinunter. Der Grund dafür, daß das Tor immer noch knarrte, war, daß die Kinder das Geräusch liebten. Sie konnten stundenlang darauf vor- und zurückschwingen und verschmähten den Gedanken, die Scharniere zu ölen.

Sie überquerte mit dem Mann die Straße und wunderte sich, daß kein Verkehr vorbeirauschte. Alles Leben hielt einen Augenblick lang inne. Sie erklommen die verwitterte Lehmböschung, die in den Wald führte.

»Sie sind der Führer«, sagte der Mann.

»Ich versichere Ihnen, daß dies nicht der New Forest ist.«

»Es ist viel reizvoller.«

Es traf sich, daß Noelle dem beinah zustimmte, oder zumindest wußte, was der Mann damit sagen wollte. Melvin und sie fuhren mit den Kindern jedes Jahr in den New Forest und zelteten auf einem der offiziellen Plätze; und jedes Jahr war der New Forest für sie eine Enttäuschung.

»Sie erfüllen den Wald mit Zauber«, sagte der Mann.

»Wir gehen einfach geradeaus«, sagte Noelle. »Es bleibt uns auch kaum etwas anderes übrig. Alle anderen Wege führen in die Irre. Es sind nur Trampelpfade von Kindern.«

»Und wilden Tieren«, sagte der Mann.

»Ich glaube kaum.«

Sie gingen nun Seite an Seite zwischen den Silberbirken, und wahrhaftig wurde die Stimme der Welt hier viel schläfriger, die der Natur hingegen deutlicher. Es war naturgemäß ein Dienstag: wahrscheinlich der beste Tag für ein solches Unternehmen.

»Gestatten Sie, daß ich meinen Arm um Sie lege?« fragte der Mann.

»Ich denke schon.«

Er machte es perfekt, weder schlaff noch mit dem Ungestüm des Halbwüchsigen. Noelle begann angenehmer Zerstreutheit nachzugeben. Ihr blieben noch genau fünfunddreißig Minuten.

»Hier fangen die Buchen an«, sagte sie. »Einige sollen sehr alt sein. Nichts wächst im Bereich ihrer Wurzeln.«

»Das macht uns den Weg frei«, sagte der Mann.

Bisher war der Pfad sanft angestiegen, jetzt aber war er auf der flachen Höhe angelangt und wurde abschüssig. Noelle wußte, daß der Wald sich hier ausweitete. Nichtsdestotrotz führte der breite, ausgetretene Pfad nirgendwohin, weil Grund und Boden am anderen Ende des Waldes Privatbesitz waren, der intensiv bewirtschaftet wurde und seit langer Zeit nicht mehr betreten werden durfte – zweifellos aufgrund unzureichenden öffentlichen Widerstands zur damaligen Zeit. Hätte man Noelle gefragt, wem der Wald gehörte, wäre sie um eine Antwort verlegen gewesen. Er schien aus eigenem Recht zu existieren.

»Herrliche Bäume«, sagte der Mann. »Und Sie verkörpern Ihren Geist.« Er blickte hinauf in das hohe, mächtige Geäst. Sein Griff wurde dabei weder fester noch lockerer: bewundernswert. Sie gingen langsam weiter.

»Dort ist Schluß«, sagte Noelle und deutete mit ihrem freien Arm nach vorn.

Zwei- oder dreihundert Meter vor ihnen endete der Wald in einer Senke oder Lichtung von bescheidener Größe, wahrscheinlich nur das Werk all derer, die an diesem Punkt kehrtgemacht und den gleichen Weg die Böschung hinauf zurückgegangen waren.

»Ich sagte Ihnen ja, wie klein der Wald ist«, sagte Noelle. »Nicht viel größer als ein Zelt.«

»Das macht gar nichts«, sagte der Mann sanft. »Es bedeutet nichts. Nichts dergleichen bedeutet etwas.«

Überall am Weg hatten wie üblich verstreute Abfälle gelegen, aber auf der Lichtung am Ende befand sich eine beträchtliche Menge davon.

»Wie widerlich!« rief Noelle. »Was für eine Entwürdigung!«

»Sehen Sie nicht hin«, sagte der Mann wie zuvor. »Schauen Sie nach oben. Betrachten Sie die Bäume. Lassen Sie uns einen Augenblick Rast machen.«

Man konnte nicht behaupten, daß die herumliegenden Buchenstämme von den zuständigen Stellen zu Picknickplätzen ausgekehlt worden waren, doch waren die besagten Segmente unzweifelhaft zum Zwecke öffentlicher Benutzung zurechtgesägt und zugehauen und wie in einem Fernsehzimmer verstreute Sitzkissen gruppiert worden. Es mußte Wochen in Anspruch genommen haben, aber Noelle war der Anblick durchaus vertraut, und sie hatte vor langer Zeit beschlossen, sich darüber nicht aufzuregen. Sie erkannte, daß die immense Weltbevölkerung allerorten auf ihrer Bequemlichkeit bestand. Es war, als herrsche ein fortwährender Krieg.

Als sie sich niedergelassen hatten, begann der Mann, sie zu liebkosen, und sie wollte für die verbleibende Zeit darin versinken. Sie saßen mit dem Rücken zum Abschluß des Waldes und zu dem Ackerland, das dahinter begann. Aber nach wenigen Augenblicken – vielleicht kostbaren Augenblicken – zog er unerwartet seinen Arm fort und erhob sich.

»Verzeihen Sie«, sagte er. »Ich würde mich gern ein wenig umsehen. Warten Sie hier. Ich werde bald zurück sein.«

»Wohin wollen Sie gehen?«

»Nur bis zur nächsten Schneise.«

Natürlich war ihr bewußt, daß es ganz und gar albern und peinlich gewesen wäre, noch etwas zu erwidern. Melvin machte sich auf diese Weise oft für ein paar Minuten davon und hatte das sogar schon getan, als sie verlobt gewesen waren. Alle Männer taten das. Dennoch gab es etwas, das sie einfach nicht stillschweigend übergehen konnte.

»Ich muß mich in spätestens sechs Minuten auf den Rückweg machen.« Der beständige Umgang mit Kindern garantiert Pünktlichkeit in solchen Fällen.

Er war bereits mehrere Schritte weit gegangen, als sie ihren Satz beendet hatte. Nun verharrte er und wandte sich halb zu ihr um. Er sah sie eine Weile lang an, drehte sich dann wieder um und setzte seinen Weg wortlos fort. Noelle mußte später einräumen, daß ihr sofort ein Unterschied zwischen der Körperhaltung dieses Mannes und der Körperhaltung von Männern im allgemeinen aufgefallen war. Es schien beinah so, als würde der Mann schweben oder gleiten, so wohlgesetzt waren seine Schritte.

Der Mann verschwand mit anmutigen und eindrucksvollen Schritten in der Waldung zu ihrer Rechten. Dort waren Unterholz und Buschwerk ziemlich dicht, so daß er bald nicht mehr zu sehen war. Noelle hörte, wie Zweige und Äste unter seinen braunen Schuhen zerbrachen, worunter zweifellos ihr Hochglanz litt. Vermutlich kämpfte er sich durch das Unterholz, schien dabei aber sehr zügig voranzukommen, und kurz darauf war nichts mehr von ihm zu hören.

Noelle gab ihm vier unbehagliche Minuten und stand dann ihrerseits auf. Sie rief laut: »Ich werde mich auf den Weg machen müssen. Ich muß gehen.«

Es kam keine Antwort; kein Anzeichen oder Geräusch.

»Wo sind Sie?« Nicht einmal ein Specht ließ sich hören.

Noelle rief jetzt sehr viel lauter: »John! John, ich muß gehen!«

Damit waren alle Möglichkeiten ausgeschöpft. Es war nicht von ihr zu erwarten, daß sie den Rest des Nachmittags nach ihm rufen würde oder einen Eine-Frau-Suchtrupp zusammenstellte. Es kam wohl kaum in Frage, daß der Mann sich verirrt hatte, wie sie bereits erkannt hatte. Also blieb ihr nur eine Möglichkeit. Sie ging rasch nach Hause, ihre Gedanken und Gefühle waren in Aufruhr.

Als sie angekommen war, beherrschte sie nur ein Wunsch: daß der Mann, sofern er auf die eine oder andere Weise wieder aus dem Wald auftauchte, nicht in ihrem Hause erschiene, wenn die Kinder beim Tee saßen.

Er erschien nicht wieder. Aber Noelles Nerven flatterten, bis sie sich in ihrem separaten Bett zur Ruhe begab.

Am nächsten Morgen telephonierte sie mit Mut. Ihr war nicht danach gewesen, solange die Kinder sich noch im Haus befanden.

»Dieser Mann auf eurer Party. John Morley-Wingfield. Erzähl mir von ihm.«

»John Morley war so eine Art Politiker des 19. Jahrhunderts, meine Liebe. Er schrieb die Biographie von Gladstone; auf seine Art ein gutes Buch.«

»Bestimmt. Aber es geht um einen anderen Mann.«

»Es geht immer um einen anderen Mann, meine Liebe.«

»Ich spreche von dem John Morley-Wingfield, der auf eurer Party war.«

»Nie gehört, meine Liebe. Ich kenne die Hälfte der Leute nicht mal mit Namen. Möchtest du, daß ich Simon frage, wenn er zurückkommt?«

»Ich denke schon. Etwas ziemlich Komisches ist passiert. Ich erzähle es dir, wenn wir uns sehen.«

»Was ist er denn für ein Typ?«

»Zuvorkommend und kompetent. Wie ein Diplomat.«

»Auf *unserer* Party?«

»Ich bin ziemlich gut mit ihm ausgekommen.«

»Das Problem mit dir ist, daß du deine eigene Stärke nicht kennst. Aber was soll's. Ich habe den Namen notiert. Ich werde Simon fragen. Aber freu dich nicht zu früh. Was gibt's Neues von Melvin?«

Zur Freude gab es schließlich überhaupt keine Veranlassung, denn einige Zeit ließ sich Mut nicht mehr darüber vernehmen, und Noelle ließ das Stadium der Wißbegier rasch hinter sich. Sie machte sich klar, daß man häufig Männer halbwegs kennenlernt, die es sich dann bald anders überlegen, und zwar aus dem einen oder anderen von diversen Beweggründen, die für einen selbst nicht unbedingt von Nachteil sind. Nichts im mindesten Ungewöhnliches war geschehen.

Tatsächlich war der einzige Effekt, daß Noelle sich scheute, im Wald spazierenzugehen; nicht nur in dem Wald direkt vor ihrer Tür, sondern auch in allen anderen Wäldern der Umgebung. Einige davon waren ohnehin nur Fleckchen widerborstiger Wildnis voller Gestrüpp und Dornbüschen; kaum lohnenswert, wenn einem gar nichts anderes übrigblieb.

Doch eines Sonntags, vier oder fünf Monate später, schlug Melvin einen Spaziergang mit den Kindern vor. Der Grund war, daß sie den Wagen an einen Geschäftsfreund verliehen hatten, dessen eigener offenbar gestohlen worden war; und Noelle hatte darauf vergessen, den Zweitwagen anzumelden. Melvin hatte sehr verständnisvoll reagiert, wie er es immer tat, *immer*.

»Gib mir nur ein paar Minuten, um meine Sachen zusammenzusuchen«, sagte Melvin.

Noelle wußte, was das hieß, und kleidete sich selbst in lohfarbene Hosen und eine Holzfällerjacke. Das mindeste, was sie tun konnte, war, in diesen vermeintlichen Nebensächlichkeiten, die sich so oft als bedeutsam erwiesen, zu kooperieren. Die Kinder waren bereits als Pioniere verkleidet.

Als Melvin wieder erschien, stellte er sie natürlich alle in den Schatten. Ein flüchtiger Betrachter hätte ihn kaum von Wild Bill Hickock unterscheiden können, vor allem da Melvin sein Freizeitzubehör meist in den Staaten oder in Toronto kaufte.

Es war gar keine Frage, daß sie nirgendwo anders als in den Wald aufbrachen, denn für alles andere wäre ein Fahrzeug erforderlich gewesen. Den Kindern war es gestattet worden, den Schulweg hin und zurück zu laufen, weil Noelle sich durchgesetzt und die Verpflichtung abgelehnt hattte, sie viermal am Tag eine so kurze Strecke zu fahren, was immer die anderen Mütter auch tun oder vorbringen mochten. Melvin wiederum setzte sich durch, wenn es sich um mögliche Autobahngebühren bei sonstigen Fahrten handelte.

»Denk dran, es könnte regnen«, sagte Melvin nun.

Naturgemäß hatten sich in Noelle von Anfang an gewisse Bedenken geregt, und als sie sich zwischen den Silberbirken befanden, frohlockte sie, daß sie zumindest so anders angezogen war, fast verkleidet. Darüber wirkten die Wälder immer vollkommen anders, wenn man mit der gesamten Familie unterwegs war. Es spielten sich verblüffend andere Dinge ab, wenn man seine Familie dabeihatte, als bei Ausflügen ohne sie. Diese Tatsache machte den Wechsel von dem einen zum anderen Zustand stets so aufregend.

»Paßt auf, gleich werden wir einen Büffel sehen«, sagte Melvin zu den Kindern. Agnew jauchzte vor Entzücken, aber Judith verhakte die Finger im Gürtel und machte ein zynisches Gesicht.

»Hast du dein Lasso, mein Sohn?« fragte Melvin.

Agnew schwang es über seinem Kopf und begann zwischen den knorrigen Baumwurzeln herumzutollen. Judith setzte sich ebenfalls in Bewegung, wobei sie die Hände nach vorn über den Kopf hob und in kurzen Abständen zusammenklatschte, als jage sie Schmetterlinge, was nicht der Fall war. Es gab keine Schmetterlinge. Es gab nie viele davon.

»Ich bin fertig mit der Welt«, sagte Melvin leise zu Noelle, als die beiden Kinder sich in vermeintlich sicherer Entfernung befanden, so kurz diese in Wirklichkeit auch war. »Ich bin völlig ausgepumpt.« Im Kreis seiner Familie pflegte Melvin sich bodenständig, hausbacken auszudrücken. Er verwandte nie dieselbe Sprache wie bei seiner Arbeit.

»Du siehst ein bißchen blaß aus«, sagte Noelle, ohne sich zu ihm umzudrehen. Sie hatte es bereits bei seiner Rückkehr aus Johannesburg am vorvergangenen Tag bemerkt. Dabei wollte keine Art von Blässe zu seiner Rancharbeiter-Aufmachung passen.

»Ich weiß nicht, was ich tun soll, Noelle«, fuhr er fort. Sie hatte niemals eine Verkürzung oder Verdrehung ihres Vornamens oder einen Kosenamen geduldet. »Mein Kopf fühlt sich an, als ob er zerspringen wollte. Es geht mir immer schlechter seit dieser Pleite in Edmonton im Februar.«

Noelle hatte den Eindruck, daß Melvin öfter nach Edmonton reiste als irgendwohin sonst und daß das immer wieder zu Schwierigkeiten führte, obwohl es bei jenem letzten Mal zweifellos am schlimmsten gewesen war, weil Melvin seitdem immer wieder, vor Wut und Verstörung bebend, davon gesprochen hatte. Edmonton in Alberta natürlich, nicht das heimelige Edmonton von John Gilpin.

»Du solltest eine Ruhepause einlegen«, sagte Noelle. »Das werden wir uns wohl leisten können.«

»Kommt nicht in Frage«, entgegnete Melvin mit, wie es Noelle vorkam, übermäßiger Düsterkeit in der Stimme. Er hatte Noelle nie gestattet, sich auch nur nach einer Teilzeitarbeit umzusehen. Das gehörte zu den Dingen, von denen sie nicht wußte, ob sie sich nun darüber freuen oder grämen sollte. Sie wußte, daß sie nicht gerade mit besonderen Qualifikationen aufwarten konnte.

»Ich kann keinen einzigen Tag aussetzen«, sagte Melvin. »Ich würde sofort gefeuert. Gib dich da keiner Illusion hin.«

Sie nahm an, daß er damit wohl recht hatte. Viele ihrer hiesigen Bekannten waren mit Männern verheiratet, die man für entbehrlich erklärt hatte, wie es Brauch geworden war.

Die Angelegenheit erhielt für den Augenblick Aufschub, als Agnew zu Boden stürzte, Füße und Beine in sein Lasso verstrickt, als wäre er ein Jungstier.

Noelle brachte ihn wieder auf die Beine. Sie hatte die Geistesgegenwart langer Erfahrung, wie ein Akrobat oder ein Schaukämpfer.

»Keine Knochenbrüche«, sagte sie und strich über Agnews modischen Lockenwildwuchs. »Kein Blut. Kein blauer Fleck.«

Was letzteres betraf, konnte man wirklich nicht sicher sein, aber solche Dinge sagte man eben, und sehr wahrscheinlich hielt solcher Zuspruch den Schaden in Grenzen.

Judith lief noch immer herum und fing Phantom-Falter. Sie war ein geschmeidiges, langbeiniges kleines Mädchen, aber sie hatte schon Tiefe, Noelle darin ganz ähnlich.

»Du hast dein Gebiet erkundet«, sagte Melvin und versetzte Agnew mit gespielter Männlichkeit einen Stoß zwischen die Schulterblätter. »Du bist abgeworfen worden, aber du bist wieder aufgestanden und sitzt fest im Sattel.«

»Es war das blöde Seil«, sagte Agnew.

»Reit weiter, Cowboy«, verfügte Melvin patriarchalisch und beispielhaft.

»Warum sollte er?« wollte Judith aus einiger Entfernung und von niemand im besonderen wissen, außer vom Universum selbst.

»Beweg dich«, rief Melvin. »Zeig's ihnen. Zeig was du drauf hast.«

Agnew schaute skeptisch drein, aber er begann wieder herumzutoben. Glücklicherweise waren sie jetzt bei den Buchen angelangt, wo die Wurzelstränge zwar dicker, aber daher auch besser sichtbar waren. Agnew hatte angefangen, sein Lasso wie eine Angelschnur zu benutzen: Alle Vertiefungen im Wurzelwerk waren voller Fische. Manche enthielten tatsächlich ein wenig Wasser. Es hatte wochenlang immer wieder geregnet. Noelle war die ganze Zeit in einem modischen Regenmantel unterwegs gewesen.

»Ich sehe das Ende der Fahnenstange«, sagte Melvin zu Noelle. »Es muß was passieren, oder ich klappe zusammen.«

Die zwei Kinder rannten nun den Abhang hinunter zu der Lichtung, wo jedermann kehrtmachte und wieder hangaufwärts stieg. Die vergleichsweise langgliedrige Judith, vergleichsweise unbelastet von Rancherzubehör *en miniature,* kam mühelos als erste an. Sie begann einen Aschanti-Tanz, den sie in der Schule im Fernsehen gesehen hatte.

Noelles Herz sank mit jedem Schritt abwärts und pochte schneller. Sie hatte wie gewöhnlich vergessen, daß aller Mut einen verläßt, wenn die Gefahr, welcher Art auch immer, zeitlich, räumlich oder beides, einem unmittelbar bevorsteht.

»Ich habe daran gedacht, eine Versetzung zu beantragen«, sagte Melvin. »Ich habe dir nichts davon erzählt, weil ich nicht wollte, daß du dir Sorgen machst.« Er versuchte, sich aus seinem Trapperwams zu schälen, obwohl es nicht wärmer geworden war und Noelle von Minute zu Minute mehr fröstelte.

Sie hatten sich jetzt alle auf der Lichtung versammelt. Der Müll ringsum war aufgeweicht, das meiste davon war vermutlich von Riesenratten gefressen worden. Keine andere Menschenseele war zu sehen oder auch nur zu hören, zweifellos aufgrund der unbeständigen Wettervorhersage.

»Tja, dann bleibt uns wohl nichts anderes übrig, als umzukehren«, sagte Noelle fast augenblicklich.

»Nein!!!« Den Trick laut und unisono zu protestieren, hatten die Kinder in der Schule gelernt.

»Laßt uns einen Moment ausruhen«, schlug Melvin vor.

»Es ist zu klitschig«, protestierte Noelle.

»Ich hab' noch den ›Frontiersman‹ vom letzten Mal dabei«, verkündete Melvin und zog die Zeitschrift aus der Brusttasche seines abgelegten Wamses. »Ich reiße ihn mitten durch, dann können wir jeder die Hälfte nehmen. Ich komme sowieso nicht dazu, ihn zu lesen.«

»Wir können doch nicht zwischen dem ganzen Müll sitzen. Das ist ekelhaft. Es ist entwürdigend.«

Aber Melvin saß schon auf einem der zurechtgestutzten Baumsegmente und streckte ihr ritterlich die größere Portion der zweigeteilten Zeitschrift entgegen.

»Nur einen Augenblick, Noelle«, sagte er wehmütig, ohne ein Lächeln. »Ich muß mich ein wenig regenerieren.«

Also ließ sie sich neben ihm auf dem Baumstumpf nieder. Sie bemühte sich sehr, ihr Hinterteil auf dem kleinen, dünnen Papierstoß zu halten. »Geht nicht zu weit weg«, rief sie den Kindern zu. »Wir machen hier nur ganz kurz halt.«

Melvin hatte sein Holzfällermesser gezückt und fuhr mit seinem Finger über die Schneide. Sein Blick gleichermaßen konzentriert und abwesend. Glücklicherweise war die Klinge wohl nicht allzu scharf.

»Ich träume oft davon, wie alles eigentlich hätte sein sollen«, sagte Melvin. »Auf irgendeiner Insel. Unserer Insel. Du im Bastrock, ich im Leopardenfell, vielleicht einem weißen Leopardenfell, die ganze Zeit Sonne und zum Essen Brotfrüchte, Mango, Kokosnüsse und fliegende Fische. Tag und Nacht die Brandung am Riff und ab und zu in der Ferne ein Schoner, dem wir zuwinken. Paradiesvögel, die von Palme zu Palme huschen. Schnatternde, schaukelnde Affen. Dich auf dem warmen Sand in der Dunkelheit unter dem Kreuz des Südens lieben.«

»Schön«, sagte Noelle und nahm zärtlich seine Hand. »Das würde mir gefallen.«

Melvin sah sie skeptisch an. Agnew hatte auch oft genau diesen Blick, ererbt oder erworben.

»Es ist mein Ernst. Wirklich«, sagte Noelle sanft. »Es würde mir gefallen. Aber wir müssen praktisch denken.« Sie konnte nicht umhin, sich ein wenig auf der kleinen, improvisierten Sitzfläche hin und her zu winden.

»Ja? Müssen wir das?« Er fuhr mit dem Holzfällermesser über seinen Handrücken.

»Selbstverständlich, Liebling. Ich bin überzeugt, daß wir zusammen einen Weg finden. Einen praktischen.«

Das sagte sie immer, und sie wäre von Herzen froh gewesen, wenn es sich jemals als möglich erwiesen hätte. Was in Wirklichkeit regelmäßig eintrat, war, daß sie an einer Mischung aus Langeweile und Ekel beinah zugrundeging, ehe Melvin einen greifbaren Fortschritt bei der Beschreibung aller Einzelheiten der jeweiligen Krise erzielt hatte. Sie hatte nie bezweifelt, daß Melvins Berufsleben entsetzlich war. Das Problem war nur, daß ein entsetzliches Leben andere weniger ausfüllt als ein glückliches Leben.

Er drückte ihre Hand. »Falls mich nicht vorher die Männer in den weißen Kitteln holen«, sagte er.

»Ich halte sie von dir fern«, erwiderte sie sanft. »Ich werde ihre Aufmerksamkeit auf mich lenken.«

Unweigerlich amüsierten sich die Kinder, die in der Nähe bleiben sollten, zwischen den Abfällen. Sie erforschten ausrangierte Konserven- und Getränkedosen, entzifferten klitschige Druckerzeugnisse, stellten Spekulationen über unappetitliche Markenartikel an. Sie waren eigentlich nur ein paar Meter weit weg. Seit jeher war elterlichen Intimitäten Verstohlenheit aufgezwungen.

»Du würdest jedermanns Aufmerksamkeit auf dich lenken, Noelle«, sagte Melvin fast flüsternd.

Noelle wandte den Blick von seinem erschöpften Gesicht ab und schaute einen Moment lang zu dem dichteren Laubwerk auf der rechten Seite der Lichtung hinüber.

»Es wäre schön, wenn du jetzt im Augenblick *meine* auf dich lenken würdest«, sagte Melvin *sotto voce.*

»Wir müssen *praktisch* denken«, entgegnete Noelle.

Melvin schleuderte das Messer in den Erdboden, aber es blieb nicht stecken, sondern lag bloß als Beigabe zu den Abfällen da.

»Kinder!« rief er. »Geht ein bißchen spielen.«

Noelle sprang auf. »Nein, nicht!« rief sie ihnen zu.

Verwirrt kamen die Kinder zum Stillstand, bevor sie das Dickicht erreicht hatten, auf das sie zugestürmt waren. Sie fingen an, ›Triangel‹ auf dem unebenen Boden zu spielen. Es war ein Spiel, das alle spielten und bei dem man auf einer kleinen Fläche hin und her flitzen mußte. Es wäre besser gewesen, wenn sie mehrere Mitspieler gehabt hätten, aber Agnew und Judith waren jung genug, um zu improvisieren. Das Spiel ähnelte Schlagball, einer Elementarversion davon.

»Das geht doch wirklich nicht«, sagte Noelle zu Melvin. Sie setzte sich wieder neben ihn. »Wir bleiben noch ein paar Minuten, damit die Kinder sich austoben können, und ich will sehen, daß ich sie etwas früher ins Bett bekomme als sonst.«

»Ich will dich *jetzt*«, sagte Melvin.

Noelle lächelte ihn an, sagte aber nichts. Obwohl sie sich selbst in ihrer Vorstellung eher als Hinterwäldlerin sah, war ihr Melvin in einem seiner Geschäftsanzüge wirklich lieber. Zur Zeit von Watteau und Fragonard vergnügten sich Leute in den Wäldern, die Perücken, Reifröcke und geblümte Seide aus Lyon trugen. Sie hingegen hatten gestreifte Spazierstöcke.

»*Jetzt*«, sagte Melvin. Er hob das Messer auf und schob es in den Halteriemen. »Laß uns im Wald verschwinden. Die Kinder werden es eine Weile nicht mal bemerken.«

Melvin hatte oft schrullige Ideen dieser Qualität. Noelle sah darin Ventile für den Druck, dem große Teile seines Lebens ausgesetzt waren.

Er erhob sich und zog Noelle in die Höhe. »Laß uns ausprobieren, wie spurlos wir verschwinden können.«

Sie hatte herausgefunden, daß es in solchen Augenblicken das beste war, mitzumachen, so weit es sich praktisch vertreten ließ.

Im Augenblick traf es wohl zu, daß die Kinder ganz in ihrem Rennen und Toben aufgingen. ›Triangel‹ ist körperlich weit anstrengender als zum Beispiel ›Ringel-Rangel-Rose‹. Die Kinder schienen nicht einmal zu bemerken, daß ihre Gaucho-Eltern sich über die zertrampelte Lichtung davonmachten – genau wie Melvin gesagt hatte. Und schließlich gab es keinen wirklichen Grund, warum Noelle nicht in das Buschwerk eindringen sollte.

»Ich glaube nicht, daß wir *verschwinden* werden«, sagte sie. »Wir kommen bloß auf die nächste Schneise.«

»Bist du schon dort gewesen?«

»Eigentlich nicht.«

»Woher weißt du's dann? Wenn wir vom Kriegspfad abirren, geraten wir in den undurchdringlichen Regenwald.«

Jedenfalls wußte Noelle es. Sie hatte eine präzise Vorstellung davon, wie es auf der anderen Seite der Büsche aussah. Sie hatte sie immer schon gehabt. Sie mußte einmal dort gewesen sein, obwohl sie sich an die Umstände nicht zu erinnern vermochte.

»Es ist unmöglich, in diesen Wäldern zu verschwinden«, sagte sie. »Oder in einem der anderen Wälder in der Gegend.«

Melvin hatte in der Absicht, ihnen einen Pfad zu hacken und zu schlagen, erneut das Messer hervorgeholt.

»So dicht ist es nicht«, sagte Noelle. »So viel Aufwand ist gar nicht nötig. Man könnte fast in Abendgarderobe durchkommen.«

So war sie es also, die voranging, obwohl das Ganze Melvins Idee gewesen war, während er die Sache eher von der handwerklichen Seite her in Angriff nahm. Erwartungsgemäß hatte sie das Dickicht in etwa neunzig Sekunden durchquert und befand sich auf der nächsten Schneise. Wie sie erwartet hatte, war es dort still und beruhigend, frei von Abfall, weil frei von Wegen. Die Bäume wuchsen höher und würdevoller. Etwas wie natürliche Architektur, etwas Geheimnisvolles herrschte hier. Blattwerk verhüllte den Himmel, Moos den Boden.

Das Moos war so dicht und so offensichtlich jungfräulich, daß es unter den speziellen Umständen des Augenblicks anzüglich wirkte. Noelle watete förmlich hindurch und überquerte dabei die Schneise. Die Kinder mochten eine Zeitlang außer Reichweite ihrer Eltern sein, sie löste sich eilends aus Melvins Reichweite, der weiter hinter ihr zurückgeblieben war, als sich in Metern ausdrücken ließ. Sie vernahm nicht einmal mehr seine Holzfäller-Übungen, vielleicht weil sie nicht sonderlich darauf achtete.

Sie trat zwischen die Bäume auf der anderen Seite der Schneise; sie waren nicht im mindesten überwältigend und entsprachen samt und sonders gänzlich normalen Größenverhältnissen. Sie war sicher, daß sie nie zuvor weiter vorgedrungen war, und sie war sich dessen sehr deutlich bewußt. Sie hatte keine Vorstellung, auf was sie stoßen würde, obwohl sie ganz genau wußte, wie klein ihr Spielraum war. Ihre Flucht war eine Sache des Augenblicks und der Diplomatie.

Sie blieb stehen. Sie war bereits am Ende der Welt angekommen, schneller noch, als sie erwartet hatte. Es war markiert durch ein Drahtgewirr vieler verschiedener Arten und Sorten von Draht, ausgespannt zwischen verfaulten, schiefen Pfählen, von Bohrasseln umkrochen.

Da stand ein Haus in Fachwerkbauweise, jedoch ohne Strohdach. Die ziemlich großen Fenster hatten allesamt rautenförmige Scheiben. Ein schräges Gebilde aus Kunststein ragte über dem Gartentor auf. Manche Einzelheit erinnerte an ein Kloster. Eine sehr sauber geschnittene, großblättrige Hecke verlief rund um den rechteckigen Garten, in dem jedes Detail perfekt ausgeführt war. Die Hecke war so niedrig, daß Noelle an der Stelle, wo sie parallel zum Drahtgewirr an der Grenze zur Welt verlief, einen Blick darüber werfen konnte.

In einem der Gartenbeete hob ein Mann eine Grube aus. Zu diesem Zweck war eine größere Menge Blumen herausgehoben worden, die nun einsam und verlassen auf dem Gras lagen. Eigentlich hätte man das neue Gebilde eher als Furche denn als Grube ansprechen können.

Der Mann war in Hosenträgern und trug Schlips und Kragen, als agierte er aus einem spontanen Impuls heraus. Es handelte sich um ein elegantes Seidenhemd und eine Moiré-Krawatte. Er war die einzig sichtbare Gestalt, nur ein Tier wieselte rastlos in einem kleinen Käfig beim Haus hin und her. Der Mann konzentrierte sich auf seine Arbeit, und ein paar Minuten vergingen, bevor überhaupt in Frage kam, daß er aufblicken mochte.

Soweit es Noelle betraf, war es auch gar nicht nötig, daß er aufblickte. Sie wußte genau, um wen es sich handelte. Wenn die Drähte vor ihr straff gespannt statt veheddert gewesen wären, hätte sie nach ihnen gegriffen und sich daran geklammert.

Es war ihr zu keiner Zeit in den Sinn gekommen, daß John Morley-Wingfield in so enger Nachbarschaft lebte. Zumindest erklärte es, warum er so umstandslos verschwunden war. Darüber hinaus hatte er, wenn er ein Haus wie dieses besaß, fast mit Sicherheit Frau und Kinder, gab es doch sogar ein Haustier im Käfig.

Aber sie konnte sich immer noch nicht bewegen oder wegschauen. So also war es, zur Salzsäule zu erstarren, zumindest kurzfristig, bis Melvin zu ihr aufschließen würde, ein Messer in der einen, eine Miniaturaxt in der anderen Hand. Der Mann vor ihr würde zwangsläufig bald eine Verschnaufpause einlegen, da er fast mit Sicherheit nicht an körperliche Ausdauerarbeit gewöhnt war.

Von einem Moment zum anderen sah er Noelle direkt in die Augen.

Obwohl sein Haar kaum in Unordnung geraten war, war sein Gesicht eine Maske der Irritation, mit Augen, aus denen Entsetzen sprach, Augen, die so riesig waren, als würden sie nie wieder zu ihrer früheren Größe zurückfinden.

Noelle drehte sich um und rannte davon. Sie schaffte es, wie jeder in einer solchen Lage, all den Wurzeln, Dornbüschen und Erdlöchern auszuweichen. In Sekundenschnelle war sie wieder auf der friedlichen und menschenleeren Schneise und stolperte darüber hinweg. Innerhalb einer Minute war alles in Aufruhr. Sie rief: »Melvin! Melvin!«

Melvin antwortete. »Hier, verflucht.«

Bevor sie ihn finden konnte, war sie bereits auf der anderen Seite des Dickichts. Die Kinder hatten in diesem Moment zu spielen aufgehört und schlenderten auf sie zu.

»Was ist los, Mami? Ist was passiert?«

»Ich bin *hier*!« brüllte Melvin aus dem Gebüsch. »Verdammt!«

»Ich glaube, Euer Vater hat sich wehgetan«, sagte Noelle. »Laßt uns sehen, ob wir ihm helfen können, ja?«

Melvins linke Hand war blutüberströmt. Es gehörte seit jeher zu ihren ganz intimen Kenntnissen voneinander, daß bei ihm die übliche Differenzierung zwischen Rechtshändigkeit und Linkshändigkeit weniger ausgeprägt war. Bei den meisten Gelegenheiten schien er imstande, sowohl die Rechte als auch die Linke gleichermaßen effektiv zu gebrauchen. Noelle war nie zuvor jemanden mit dieser Fähigkeit begegnet.

»Wir müssen dich jetzt so schnell wie möglich nach Hause bringen und verbinden. Du mußt dich hinlegen und ausruhen, und Agnew und Judith werden mäuschenstill zu Bett gehen.«

»Wieso das denn?« fragte Judith.

Aber Agnew war auf dem gesamten Rückweg lieb und hilfsbereit.

Diesmal dauerte Noelles Nervenflattern beträchtlich länger als beim vorigen Mal, und ihre Nervosität wurde verschärft durch die unerwarteten Komplikationen, die auf Melvins Mißgeschick folgten. Er mußte zu Hause bleiben und die meiste Zeit das Bett hüten, während sein erschöpfter Organismus mit den Toxinen kämpfte. Und die ganze Zeit, dabei aber immer plastischer, sah er seine Position in der Firma schwinden, verblassen und sich auflösen. Die Vorstellung stand ihm so klar vor Augen, daß sie oft auch Noelle nur allzu deutlich schien.

»Aber sie können dich nicht so einfach loswerden. Das wäre nicht mal legal.«

»Sie kennen Mittel und Wege. Daß du dich da nicht irrst. Wir werden verhungern, Noelle. Aber komm jetzt erst her zu mir. Zieh dein Kleid aus.«

Schließlich rief Mut an. Melvin lag mit einer besonders anspruchsvollen Konstellation von Komplikationen im Bett. Streng genommen und angesichts der gegenwärtigen Umstände war seine Abwesenheit vom Schauplatz im Erdgeschoß ein Segen.

»Wie macht sich Melvin?«

»Nicht besonders gut. Er glaubt, daß die Infektion sein Gehirn vergiftet.«

»Und was glaubst du?«

»Ich habe keine Ahnung. Eins kommt zum anderen.«

»Du hast doch nach diesem Mann gefragt – den du angeblich auf unserer Party getroffen hast?«

»Ja, hab ich«, sagte Noelle. »Weiß Simon etwas über ihn?«

»Simon hat nie von ihm gehört, aber das heißt gar nichts. Der Witz ist, ich glaube, du hast seinen Namen aus der Zeitung. Ich glaube, du hast geträumt.«

»Vielleicht habe ich das wirklich«, erwiderte Noelle. »Aber wie kommst du jetzt darauf?«

»Es gab einen Kriminellen dieses Namens, und anscheinend wird sein Fall wieder aufgerollt. Ich bin im ›Buch der Verbrechen‹ der Cornflakes-Firma darauf gestoßen. Wie du weißt, bekommt man ein Exemplar für die Gutscheine auf der Rückseite der Verpackung. Simon hat sie gesammelt und eingeschickt. So was macht man, wenn man Rechtsanwalt ist. William Morley-Westall. Er lebte in Kesington Square.«

»Wie war der Name?« fragte Noelle zaghaft.

»William Morley-Westall. Der Name, den du mir genannt hast.«

»Diesen Namen habe ich dir nicht genannt. Du bist diejenige, die durcheinander ist, Mut.«

»Ich war mir ganz sicher.«

»Nun, es stimmt aber nicht. Und was geschah schließlich mit *deinem* Mann?«

»Er kam nach Broadmoor. Wahrscheinlich ist er inzwischen draußen, bestimmt schon lange. Sie werden ja heute nur ein paar Monate festgehalten. Simon meint, das sei absolut falsch. Aber man streitet immer noch über den Fall. Es ist andauernd in den Nachrichten. Da wirst du es ganz sicher auch gesehen haben.«

»So wird es wohl gewesen sein, Mut. Im Augenblick komme ich nicht dazu, mir über so etwas Gedanken zu machen.«

Aber natürlich war es schwierig, sich darüber *keine* Gedanken zu machen. Männer und ihre Träume! Ein Mann, den es zum Verbrechen treibt, eine ganz und gar schreckliche Vorstellung. Der andere zermürbt von Problemen und nahezu mit Gewißheit auf den eigenen Ruin und den seiner Familie zusteuernd.

Das Desaster stand nicht unmittelbar bevor, da sie einige Ersparnisse hatten, auf die sie zurückgreifen konnten, aber schließlich mußte Melvin ins Krankenhaus eingeliefert werden. Wahrscheinlich wäre das schon früher geschehen, wenn es ein Bett für ihn gegeben hätte.

Noelle begann die Stellenanzeigen in der Regionalzeitung, von der sie zu diesem Zweck einzelne Nummern kaufte, zu lesen, zunächst allerdings nicht sehr systematisch. Sie ertappte sich sogar dabei, wie sie die Angebote und Kleinanzeigen im Fenster des Ladens betrachtete.

Woche um Woche verging, und während es immer dringlicher wurde, vernünftig zu sein, wurde es auch immer schwieriger. Noelle vermutete, daß die Ärzte ratlos waren, obwohl sie das naturgemäß nicht zugaben. Sie selbst hatte begonnen, das Leben als Ganzes als so unergründlich wie nie zuvor zu betrachten. Es war fast unmöglich zu entscheiden, welche Schritte angemessen gewesen wären.

Judith hatte angefangen, auf viele verschiedene Arten zu kränkeln, zwei oder drei davon zur gleichen Zeit, und machte dabei umstandslos deutlich, daß die Wurzel aller Übel in ihren Ängsten um ihren Vati und in ihren Zweifeln an ihrer Mami lag. Agnew andererseits hatte seine Unrast abgelegt und war ein ganz netter kleiner Junge geworden. Es war, als würde ein freilaufender Jungstier aufhören, sich hetzen und treiben zu lassen. Noelle begann, ihm allmählich Vertrauen zu schenken, sich in weniger wichtigen Dingen ganz auf ihn zu verlassen. Früher war sie nie fähig gewesen, mit ihm zu reden, sich bei ihm beliebt zu machen und ihm zu vertrauen.

Eines Abends klingelte das Telephon. Es war nach elf.

»Steh bitte auf, Liebling«, sagte Noelle zu Agnew, dessen zerzauster Kopf auf ihrem Schoß lag. »Nur eine Sekunde.«

Agnew reagierte sehr entgegenkommend.

»Hallo. Du bist's, Mut.«

»Komm am Freitag zu unserer Party. Tut mir leid, daß ich dich so spät einlade. Es werden die üblichen Leute da sein und das übliche Drumherum.«

»Ich glaube nicht, daß ich sollte.«

»Es würde dich auf andere Gedanken bringen.«

»Nein, nicht eigentlich.«

Agnew starrte sie mit großen Augen an, wenngleich weniger groß als jene anderen Augen, die sie so oft vor sich sah.

»Trotzdem vielen Dank«, sagte Noelle. »Es ist lieb von dir.«

»Wie geht es denn eigentlich Melvin?«

»Schlechter, soweit ich das beurteilen kann. Die Ärzte scheinen vor einem Rätsel zu stehn.«

»Ganz im Ernst, Noelle, ich denke, es ist an der Zeit, ihn nach Hause zurückzuholen. Wo er jetzt ist, führt ein Blinder den anderen.«

Agnew war vom Fußboden aus an ihr hochgekrochen und schmiegte sein Gesicht an ihren Oberschenkel.

»Du hast wahrscheinlich recht, Mut. Aber du weißt, wie miserabel ich als Krankenschwester bin. Du weißt aus eigener Erfahrung, was für ein hoffnungsloser Fall ich bin.«

»Weiß ich«, sagte Mut. »In diesem Fall kann ich dir nur empfehlen, zu der Party zu kommen. Zumindest wird es dich auf andere Gedanken bringen.«

»Davon bin ich nicht überzeugt. Letztes Mal hat es das nicht getan.«

Agnew löste sich von Noelle. Er wäre beinahe erstickt.

»Du meinst den geheimnisvollen Mann. Simon hat, was ihn angeht, eine neue Idee. Nach deiner Beschreibung glaubt er, kann es nur ein Mann namens John Martingale gewesen sein, der ganz in der Nähe lebt. Er soll einen wunderschönen Garten haben.«

»Ich will nicht darüber sprechen«, entgegnete Noelle. »Das Ganze hat viel zu weite Kreise gezogen. Ich werde dir eines Tages davon erzählen.«

»Die ganze Sache ist bestimmt ein Hirngespinst, wie ich dir gesagt habe.«

»Ja – und doch wieder nicht«, sagte Noelle.

»So ist das also!« sagte Mut. »Dann komm zu unserer Party und mach dich von *zwei* Dingen frei. Ich glaube, du brauchst ganz entschieden Abwechslung.«

»Danke, Mut, aber es geht nicht. Wirklich nicht. Bitte frage mich beim nächsten Mal wieder.«

»Ja, natürlich werde ich das. Alles Gute für Melvin. Auch von Simon.«

Als sie den Hörer auf die Gabel legte, hatte Noelle den Eindruck, daß Agnew seine Glieder im Stil eines kleinen Götzenbilds aus Speckstein, allerdings in leuchtenden Farben, eng um den Körper geschlungen hatte. Er hockte da wie ein heiliges Kätzchen. Niemals in früheren Jahren, nicht einmal, als er noch ein Baby war, hatte sie etwas so Seltsames und zugleich so Zweideutiges bei ihm bemerkt.

»Na, Liebling?« fragte sie ein wenig vorsichtig.

Er sah sie an und kroch zu ihr zurück. Sie nahm ihn hoch, setzte ihn auf ihr Knie und drückte ihn an sich.

Fast genau in diesem Augenblick klingelte erneut das Telephon. Noelle hielt Agnew fest und schaffte es, ihren Arm auszustrecken, wobei sie neuerliches Drängen ihrer besten Freundin Mut erwartete.

»Ja, ich bin's«, sagte sie in Muts Tonfall und drückte Agnew.

Aber es war nicht Mut.

»Mrs. Corcoran am Apparat?«

»Ja.«

»Mrs. Melvin Corcoran?«

»Ja.«

»Dann werden Sie mich aus dem Krankenhaus kennen. Leider habe ich schlechte Nachrichten für Sie.«

Etwa eine halbe Meile entfernt wohnte eine Frau namens Kay Steiner. Wenn Noelle in Melvins Abwesenheit auf Parties gegangen war, hatte Kay Steiner fast immer die Kinder die Nacht über zu sich genommen. Es schien ihnen fast gefallen zu haben, zu ihr zu gehen. Sie lobten das Essen und schienen beide auf die Art, wie sie mit ihnen umging, anzusprechen. Mrs. Steiner hatte keine eigenen Kinder, aber sie war keine Witwe, wie oft vermutet worden war. Es war nur so, daß ihr Mann, Franklin Steiner, häufig über längere Zeit nicht zu Hause war. Noelle konnte sich nicht entsinnen, jemals gehört zu haben, was er während dieser Zeit oder überhaupt tat, aber er machte auf seine Art einen ganz netten Eindruck, wenn man ihm gelegentlich begegnete. Was Kay Steiner anging, konnte es überhaupt keinen Zweifel geben. Kay war ein Schatz.

Nach dem Begräbnis, dem mehrere Leute beiwohnten, die unerwartet erschienen, und darüber hinaus kaum jemand, den die Hinterbliebenen kannten, sprach Noelle in Ruhe mit dem Anwalt, der geäußert hatte, daß es sinnvoll sei, die Lage der Dinge so bald wie möglich zu überschlagen.

Er erkundigte sich, ob Mr. Mullings, der einer der Testamentsvollstrecker war, ihrem Gespräch beiwohnen dürfe. Noelle hatte Melvins Freund Ted Mullings einige Male zu Mittag oder Abend bewirtet, und anschließend hatte er in ihrem Hause übernachtet; sie wußte, daß der andere Testamentsvollstrecker, der ein wenig älter war, nur der Form halber hinzugezogen worden war. Ted Mullings hatte bereits beim Begräbnis eine herausragende Rolle gespielt; er war den weiten Weg von seinem Zuhause bei Sandgate mit seinem Jaguar gefahren, wofür er sich einen Tag von seiner Arbeit freigemacht hatte.

Am Ende der Diskussion, die recht kurz ausfiel, erschien die Zukunft, die sich vor Noelle und den beiden Kindern auftat, so offen wie nur irgend möglich. Sie würde eine vollkommen neue Welt für sie drei schaffen müssen. Noelle war weiß wie die Wand. Was die Amerikaner *challenge* nennen, hatte nie ihre besten Seiten zum Vorschein gebracht.

Sie hatten nach der Beisetzung gemeinsam Tee getrunken, und Kay Steiner hatte während des kurzen Gesprächs mit den Juristen stillschweigend einen kleinen zweiten Imbiß als Wegzehrung für die Männer vorbereitet.

Während sie versuchte, ihre fünfte oder sechste Tasse Tee herunterzubringen, dachte Noelle daran, daß sie in weniger als drei Wochen 38 werden würde. Kay Steiner wußte das nicht, während Mut natürlich ihr Alter kannte, aber nicht herumerzählte, zumindest blieb sie der Wahrheit nicht treu. Die Kinder wußten um den Tag und nahmen naturgemäß an der Feier teil, über die nackten Tatsachen hatte man sie indes im unklaren gelassen. Vielleicht mußten sie für lange Zeit nichts erfahren. Noelle dachte daran, wie eigenartig es war, daß sie zum Requiem ihres Mannes ganz alltäglich gekleidet war.

Jeder konnte sehen, daß sie erschöpft war. Kay, die Gute, machte den Vorschlag, Judith und Agnew ein paar Tage zu sich zu nehmen, so daß Noelle Zeit finden würde, wieder festen Boden unter die Füße zu bekommen. Die Kinder waren zu diesem Zeitpunkt nicht zugegen, und Noelle nahm das Angebot ohne Zögern an. Judith hatte schrecklich geweint und war bereits im Bett. Agnew hatte von Sekunde zu Sekunde blasser und erwachsener ausgesehen.

Es gab Widerstand, als es Zeit war zu gehen, aber Kay handhabte das geschickt, und Ted Mullings machte das Angebot, sie in seinem leuchtend gelben Jaguar zu Kays Haus zu fahren. Agnew stieg als erster ein, doch Judith weigerte sich ungestüm, auch nur einen Schritt zu tun, sie mußte von

Kay auf dem gesamten Fußmarsch vorwärtsgezerrt werden, während Agnew vor der Haustür wartete, da Ted Mullings sich auf den Rückweg nach Kent zu seiner Frau machen mußte.

Der Anwalt nahm eine Menge Arbeit mit nach Hause, zumal er einen so großen Teil des Tages seinem Büro ferngeblieben war, dann war Noelle allein im Haus. Sie hatte Kays Angebot abgelehnt, auch sie selbst für diese eine Nacht aufzunehmen. Sie mußte über vieles nachdenken, und das Alleinsein mochte es ihr erleichtern, obwohl sie alles andere als sicher war, daß dem wirklich so sein würde.

Es war Herbst, und sie warf die Fleischreste des Begräbnisessens ins Feuer. Melvin hatte immer darauf bestanden, möglichst viele Kaminfeuer anzufachen, und heute war nur eines entzündet worden. Noelle mußte Clarice, der Haushaltshilfe, gewöhnlich auf die Finger schauen. Derartige unausbleibliche Übungen in Autorität mißfielen ihr außerordentlich.

Die Uhr ihres Vaters schlug sechs. Noelle kam es vor wie Mitternacht, aber zumindest blieb ihr eine angemessene Zeitspanne für all die Gedanken, die sie sich machen mußte, all das Unmögliche, das sie leisten mußte, ohne die rechte Erfahrung, ohne das nötige Temperament.

Sie hatte kaum die Kraft, sich noch eine Tasse Tee zu machen oder auch nur ein Verlangen danach zu verspüren. Sie nahm einen Bumerang in die Hand, den Melvin aus Darwin mitgebracht hatte. Melvin hatte angegeben, ihn einfach in einem Laden gekauft zu haben, aber es war ein besonderer Laden gewesen. Der Bumerang sei kein kommerziell produziertes Spielzeug, hatte er gesagt, sondern eine echte Waffe. Seither hatte er auf seinem Schreibtisch gelegen. Noelle faßte ihn wehmütig an. Das Haus war natürlich vollgestopft mit allen möglichen Dingen, die irgendwie veräußert werden mußten, und zwar möglichst mit Gewinn. Nicht einmal Melvins Lebensversicherung hatte sich als besonders geeignet erwiesen für die Umstände, die nun eingetreten waren. Noelle erkannte, daß sie unverzüglich mit dem Nachdenken beginnen mußte. Ihre Situation war um etliches besser als die zahlreicher anderer Witwen. Sie war sich dessen sehr wohl bewußt.

Doch da läutete es an der Tür.

Noelle sah nach der Uhr ihres Vaters. Es war noch nicht ganz zehn Minuten nach sechs. Ohne Zweifel hatte jemand etwas vergessen. Unwillkürlich dachte Noelle, daß sie selbst vergessen worden war. Sie errötete für einen Augenblick, dann gelang es ihr, die Tür zu öffnen.

Vor ihr stand der Mann aus dem Haus auf der anderen Seite des Waldes. Natürlich zeigte er keine Spur der Irritation mehr, in der Noelle ihn zuletzt gesehen hatte. Er starrte sie auch keineswegs mehr an. Diesmal trug er sogar einen Hut, den er allerdings abnahm, als sich die Tür öffnete. Er begann sofort zu sprechen.

»Ich habe mit großer Anteilnahme von Ihrem schweren Verlust gehört. Ich hielt es nicht für richtig, unaufgefordert zum Begräbnis zu erscheinen, aber ich möchte Ihnen sagen, daß ich Ihnen sehr gern in irgendeiner Form behilflich wäre. Ich glaube, man sollte eine solche Äußerung so früh wie möglich tun. Also sage ich es hiermit und sage auch, daß es mir damit wirklich Ernst ist. Vielleicht gestatten Sie mir, mich für Sie um die vielen Dinge zu kümmern, die jetzt auf sie zukommen müssen?«

»Es gibt in der Tat viel zu tun«, sagte Noelle. Sie spürte, daß sie von den Häusern auf der anderen Straßenseite aus, jenseits des ausgetretenen Zugangs zum Wald, beobachtet wurde.

»Vielleicht wäre es hilfreich, wenn wir unser Verhältnis zueinander im Licht der geänderten Umstände neu bestimmen könnten?«

Noelle sah ihn zum ersten Mal an. »In Ordnung«, sagte sie. »Wenn Sie meinen. Kommen Sie bitte auf ein paar Minuten herein.«

Er folgte ihr hinein. Sie hatte das Gefühl, daß sie ihm seinen Hut abnehmen sollte, aber in einem modernen Haus gab es dafür keine spezielle Ablage.

»Ich habe die Kinder außer Haus gebracht«, sagte sie.

Er saß wieder auf demselben Sofa, dem Sofa, auf dem sie selbst gerade einen Blick in ihre unsichere Zukunft geworfen hatte.

»Das ist ein Bumerang«, sagte er, als sei dies weithin unbekannt.

»Er gehörte meinem Mann.«

»Ihr Verlust wäre für jeden furchtbar.«

Noelle nickte.

»Vor allem für eine Frau, die so sensibel und empfindsam ist wie Sie. Ihre Wangen sind blaß, ihre herrlichen Augen umschattet.«

»Ich habe meinen Mann sehr gern gehabt.«

»Natürlich. Sie sind warmherzig und voller Zärtlichkeit.«

»In mancher Hinsicht war er nicht besonders erwachsen. Ich glaube, er brauchte mich.«

»Wer würde *Sie* nicht brauchen?«

Noelle zögerte. »Mögen Sie ein Glas Sherry?«

»Wenn Sie mir dabei Gesellschaft leisten.«

»Ja, ich werde Ihnen dabei Gesellschaft leisten. Es ist vielleicht der letzte Sherry für lange Zeit.« Sie füllte die zwei Gläser. »Ich gebe zu, daß ich mich in einer schwierigen Position befinde, Mr. Morley-Wingfield. All das hier muß verkauft werden. Alles.«

Er schien zu lächeln. »Sie werden doch nicht ernsthaft mit meinem Einverständnis rechnen, wenn Sie mich mit einem dermaßen absurden Namen anreden?« Er erhob sein Glas. »Auf die bestmögliche Zukunft!« sagte er sehr feierlich.

»Sie haben gesagt, das sei Ihr Name«, erwiderte Noelle, ohne auf seinen Toast einzugehen. »Sie haben mir diese Information sogar von sich aus gegeben. Wie heißen Sie denn nun *wirklich?*«

»Mein Name ist John«, sagte er, wobei er sie augenscheinlich anlächelte.

»Mut und Simon scheinen nichts über Sie zu wissen.« Sie saß auf einem der ledergepolsterten Messingenden des Kaminvorsatzes.

»Das Kompliment kann ich zurückgeben. Ich weiß wenig über sie. Nur, daß ich Sie bei ihnen traf. Das ist sehr bedeutsam. Ich hoffe, für uns beide. Ich hoffe es sehr.«

»Ich sollte Ihnen wohl sagen«, bemerkte Noelle, »daß ich Sie in Ihrem Garten beim Graben beobachtet habe. Ich war mit meinem Mann dort.«

»Sie irren sich«, erwiderte er. »Niemals mehr habe ich freiwillig zum Spaten gegriffen, seit ich von Harrow abging.«

»Wissen Sie, wie die Krankheit meines Mannes begann? Seine tödliche Krankheit?«

»Zu meiner Schande muß ich gestehen, daß ich es nicht weiß.«

»Wir gingen mit den Kindern im Wald spazieren. Mein Mann bestand darauf, zur nächsten Schneise weiterzugehen, während wir die spielenden Kinder zurückließen. Er zog sich eine ziemlich üble Rißwunde zu, von der er sich nicht mehr erholt hat. Eine Art Blutvergiftung, nehme ich an, aber die Ärzte standen vor einem Rätsel. Schließlich starb er daran.«

»Der Anlaß ist für eine derartige Bemerkung eigentlich zu traurig, aber ich stehe offen gestanden ebenfalls vor einem Rätsel. Ich kann der Geschichte nicht folgen. Sie hat ein phantastisches Element, meine süße Noelle. Das rührt daher, daß Sie so aufgewühlt sind von all dem, was geschehen ist.«

Ihr ging durch den Kopf, daß er sie zum ersten Mal mit ihrem Namen angeredet hatte. Sie wußte, daß es so war.

»Das hat mir Mut am Telephon auch gesagt. Aber es ist nicht wahr. Als wir auf der nächsten Schneise waren, haben wir Sie graben sehen. Wir haben Sie ganz deutlich gesehen.«

»Also hat Ihr Mann mich auch gesehen?«

»Nein«, sagte Noelle nach einer Sekunde. »Ich glaube eigentlich nicht. Er war mit den Gedanken woanders. Aber ich weiß ganz genau, daß ich Sie gesehen habe.«

»Wie war ich gekleidet?« fragte der Mann. »Als Sie mich beim Graben beobachtet haben. Wie war meine Aufmachung?« Sein Ton war vollkommen freundlich, spöttisch vielleicht, obwohl er ihr offen in die Augen blickte.

»Sie hatten Ihr Jackett abgelegt.«

»Mein liebes Mädchen! Was kommt nun? Habe ich etwa in Hosenträgern gegraben?«

»In der Tat, ja.«

Der Mann löste den Blick von ihr und betrachtete den Eskimo-Teppich. Er hatte sein Glas geleert, wie übrigens Noelle das ihre.

»Das alles erscheint mir sehr unwahrscheinlich«, sagte der Mann, wenngleich im Tonfall nur milden Einspruchs.

»Die Lauterkeit Ihres Glaubens«, fügte er hinzu, »läßt Sie reizender und entzückender aussehen denn je. Mit welchen Vermutungen konnte unsere gemeinsame Freundin Mut dienen? Übrigens auch eine entzückende Frau, wenn auch nur ein Gänseblümchen auf einer Frühlingswiese, während Sie die lieblichste aller Lilien sind, Körper und Seele und Geist.«

Er hatte aufgehört, mit dem Bumerang herumzuspielen, und legte ihn neben sich auf das Lederpolster. Noelle ging zum Sofa herüber und hob ihn auf. Sie behielt ihn fest in der Hand.

»Möchten Sie noch ein Glas Sherry?«

»Wenn *Sie* möchten.«

Sie füllte die Gläser und kehrte zurück zu ihrem Platz am Kaminvorsatz.

»Früher«, sagte sie, »wußte ich gar nicht, daß Sie in der Nachbarschaft wohnen. Sie hätten es mir sagen müssen.«

»Aber das stimmt doch nicht!« rief er. »Ich kannte diese Gegend nur von meiner Zeit in Sandhurst. Was für Zeiten! Welch Gelächter, welcher Gram.« Er hob sein Glas. »Ich bringe einen neuen Toast aus. Auf eine leuchtende Zukunft, die sich aus den Plagen der Vergangenheit erheben möge!«

Wieder ging Noelle darauf nicht ein.

»Wir müssen damit rechnen, daß wir ein wenig Zeit benötigen werden«, sagte der Mann sachlich. »Es wird die Krönung meines Lebens sein, diese Aufgabe erfüllt zu sehen.«

Mit einem Zug leerte Noelle ihr Glas.

»Da dringt man bis zur nächsten Schneise vor«, sagte sie. »Man geht weiter, und hinter den Bäumen und Büschen auf der anderen Seite steht ein Fachwerkhaus mit vielen großen Fenstern. Und darin wohnen *Sie.*«

»Fachwerkhäuser haben für gewöhnlich keine großen Fenster oder sollten sie zumindest nicht haben. Ich würde niemals in solch einem Haus wohnen.«

Noelle drehte den Bumerang ein ums andere Mal herum.

»Ich habe Sie gesehen«, sagte sie.

Dann warf sie den Bumerang zu Boden. Gegen den Eskimo-Teppich wirkte er wie ein beliebiges modernes Gemälde.

»Welche Rolle spielt das denn!« rief Noelle, halb an sich selbst gerichtet und kaum an den Mann.

Doch es spielte eine Rolle: Das Haus war nur zehn bis fünfzehn Minuten weit entfernt, selbst wenn man sich der Geschwindigkeit seiner Kinder anpaßte und sich dann eher langsam durch die Büsche und das Unterholz vorarbeitete.

»Ich kam in der Hoffnung, bei möglichen Schwierigkeiten behilflich sein zu können«, sagte der Mann, »und offensichtlich ist dies die erste. Es ist nicht weit. Ich schlage vor, wir gehen hin und suchen dieses Haus. Wir kennen beide den Weg recht gut. Nebenbei wird Ihnen die frische Luft guttun.«

»Ich glaube, es wird wieder regnen«, sagte Noelle.

»Wir werden zurück sein, bevor es anfängt.«

Die Schlammschicht auf dem Waldpfad erinnerte Noelle unweigerlich an das Begräbnis. Sie war überrascht gewesen, daß Melvin keine Feuerbestattung verfügt hatte, aber das Testament hatte sich in fast jeder Hinsicht als wenig aussagekräftig erwiesen.

Während des Begräbnisses hatte es fortwährend genieselt, aber jetzt war die Luft nur mehr von durchdringender Feuchtigkeit.

Noelle trug ihren modischen Regenmantel, der Mann jedoch war augenscheinlich ohne Schutz. Noelle befürchtete, daß die Bügelfalten seiner Hosen leiden würden, ja daß der feine Stoff seines Anzugs insgesamt leiden und seiner Form und Festigkeit verlustig gehen könnte. Seine Schuhe waren bereits verschmiert und bespritzt. Noelle trug Stiefel.

»Sind Sie sicher, daß Sie damit ins Gelände wollen?« fragte sie ihn.

»Ich beabsichtige, ein paar Schwermutsgeister auszutreiben«, sagte er.

Sie stiegen den Abhang zur Lichtung hinunter. Die häufigen Schauer hatten alles in Matsch verwandelt. Plastiktüte war nicht mehr von zerquetschtem Luftballon, Zigarettenschachtel nicht mehr von Puffreispackung zu unterscheiden. Die Kräfte der Natur arrangierten die Entsorgung auf ihre Weise.

»Und nun zur nächsten Schneise!« kommandierte der Mann jovial.

»Das wird vielleicht nicht gehen«, rief Noelle. »Die Büsche sind triefnaß. Sie werden sich Ihren Anzug ruinieren. Ich habe nicht daran gedacht.«

Sie ersparte sich eine Bemerkung über seinen Hut, der noch unpassender war.

»Ich habe in letzter Zeit nicht besonders auf das Wetter geachtet«, sagte Noelle.

»Wir werden im Nu hindurch sein«, sagte der Mann. »Wenn Sie es schon einmal gemacht haben, wissen Sie doch Bescheid.«

Sie vermutete, daß er sich über Melvins Schicksal im klaren sein mußte, obwohl er nicht darüber sprechen würde, möglicherweise niemals wieder.

»Es geht mir nur um Ihren Anzug«, sagte Noelle. »Daß es nicht sehr mühsam ist, weiß ich.«

Sie durfte ihm nicht den leisesten Zweifel daran gestatten, daß sie zumindest einmal hier gewesen war und jenes Haus gesehen hatte. »Man muß sich für etwas Derartiges bei solch einem Wetter wirklich passend anziehen.« Melvin hatte es immer übertrieben, wie er so viele Dinge übertrieben hatte, aber im Grunde hatte er recht gehabt. Dessen war sie sich immer bewußt gewesen.

»Ich werde meinen Hut absetzen«, sagte der Mann, »dann werden Sie sich besser fühlen.«

Und unter seiner Führung waren sie im Nu hindurch. Auf der anderen Seite angelangt, mußte Noelle zugeben, daß sie keinen besonderen Schaden an seinem Anzug feststellen konnte, abgesehen von den Schuhen, und daß ihr eigener elegant fallender Regenmantel unversehrt schien.

Der Mann hatte kurz aufgelacht, aber nun standen sie beide schweigend auf der nächsten Schneise. Die Baumstrukturen, das grüne und braune Laub kamen Noelle mehr denn je wie eine geheimnisvolle Architektur vor. Auch sie riefen die Erinnerung an das Begräbnis in ihr wach, und ihr wurde klar, daß es ihr mit vielen Dingen noch geraume Zeit so ergehen würde, möglicherweise für den Rest ihres Lebens, das ohnehin nur noch kurz sein mochte – wie in Melvins Fall.

»Das hat was«, bemerkte Noelle schließlich. »Das muß ich zugeben.«

»Ja«, sagte der Mann. »Aber Sie sind beinah das einzige Wesen, das es zu spüren vermag. Sie sind eine wunderbare Person.«

Die ganze Zeit über hörte man ein schwaches Klopfen und Pochen, das Noelle beim letzten Mal ganz sicher nicht bemerkt hatte. Sie nahm an, daß sie es unter den damaligen Umständen mit Leichtigkeit überhört haben konnte. Sie erwähnte es mit keinem Wort. Es erinnerte sie an eine englische Aufführung des ›Rheingold‹ im Coliseum, der sie mit einer Gruppe deutscher Geschäftsleute beigewohnt hatte. Sie hatte kein Wort verstanden und keine Note zu schätzen gewußt, wenngleich die Deutschen darauf nachher überaus höflich und umgänglich reagiert hatten.

»Sie küßten mir alle die Hand«, sagte Noelle laut. »Jeder einzelne.«

Der Mann sah sie an.

»Es tut mir leid«, sagte Noelle. »Ich habe laut gedacht. Ich muß sehr müde sein.«

»Natürlich sind Sie müde, liebe, süße Noelle«, sagte der Mann. »Sie wissen kaum, wo Ihnen Ihr reizender Kopf steht und ob es wirklich Ihre hübschen Füße sind, die Sie tragen.« Er schaute auf Noelles Stiefel. »Aber wir werden all das ändern. Langsam, aber sicher.«

Es wäre unhöflich von Noelle gewesen, nicht zu lächeln, aber ihr Lächeln blieb unverbindlich.

»Das Haus, von dem Sie sprachen, steht auf der anderen Seite der Schneise?« fragte der Mann, ohne sich allzu ersichtlich über sie lustig zu machen. Er hatte seinen Hut wieder aufgesetzt.

»Dort hindurch«, sagte Noelle und wies die Richtung.

»Noch mehr Büsche!« rief der Mann in gespielter Ironie aus.

»Keine so dichten. Dann kommt man zu einem Stacheldrahtzaun. Was Ihnen alles bestens bekannt ist. Ihre Schuhe werden leider in dem nassen Moos Schaden nehmen. Aber das ist allein Ihre Schuld.«

»Aber natürlich!« rief der Mann wie zuvor. »Gehen Sie bitte voraus.«

Noelle watete durch das Meer von Moos, ohne zurückzublicken. Sie fragte sich, ob kleine Schlangen und gräßliche Insekten darin verborgen waren, die von der Feuchtigkeit hervorgelockt wurden, aus Gründen der Nahrungsaufnahme möglicherweise.

Auf der anderen Seite waren das Pochen und das Klopfen weit deutlicher zu vernehmen. Noelle warf rasch einen Blick nach hinten. Sie sah, daß die Schuhe des Mannes bei jedem Tritt untertauchten und daß bei jedem Schritt, den er machte, Wasser an ihnen herablief. Sie wußte aus eigener Erfahrung, wie klatschnaß die Hosenränder bei solchen Gelegenheiten werden.

»Alles in Ordnung?« erkundigte sie sich zaghaft.

»Weiter, weiter«, sagte der Mann. »Gehen Sie nur weiter, als ob ich gar nicht da wäre.«

Noelle dachte einen Moment lang nach.

»Gut«, entschied sie. »Wird gemacht.«

Beim Durchqueren des zweiten Gürtels von Bäumen und Sträuchern indes kam sie sehr viel langsamer voran, obwohl dieser Teil der Strecke kurz war.

Die schlichte Wahrheit war, daß es nun überhaupt kein anderes Geräusch mehr gab als jenes Pochen, Klopfen und Rasseln - vielleicht sogar Klirren. Es schien Noelle, als schwelle der Lärm in einem Grad an, der in gar keinem Verhältnis zu der Entfernung stand, die sie zurücklegte, als sie sich ihm zu nähern schien. Noch immer war es wie in der Oper, wo manchmal von einem Augenblick zum anderen wahre Klangorkane aus einem anscheinend friedlichen und steten Fluß entstanden waren. Sie erkannte aber völlig klar, daß der augenblickliche Lärm nichts gegen die Kakophonie auf einer einigermaßen großen modernen Baustelle war – bis jetzt wenigstens nicht. Es gab immer etwas, für das man dankbar sein konnte, wenn man sich der Mühe unterzog, das Leben auf diese Weise zu betrachten.

Außerdem schien all der entstellende Stacheldraht verschwunden oder entfernt worden zu sein – zumindest auf der Teilstrecke, die Noelle unmittelbar in beiden Richtungen überblicken konnte.

Die Hecke um den Garten war noch da, niedrig und schmal, nun jedoch beklagenswert zerfetzt und streckenweise verdorrt.

Das kostspielig aussehende Fachwerkhaus schien verschwunden. Ach, des Menschen Gewißheiten!

Noelle zwang sich, in Regenmantel und Stiefeln die Linie zu überschreiten, die einst der Stacheldraht markiert hatte.

In diesem Augenblick wurde ihr klar, daß, obwohl Stacheldraht bei ihren Freunden in schlechtem Ruf stand, bei denen, die zu diesem Mittel griffen, wohl häufig größtenteils menschenfreundliche Motive eine Rolle spielten. Für Melvins Freunde wäre dies eine ausgemachte Sache gewesen. Was sie jetzt erlebte, glich einem Aufmarsch zum Sturmangriff.

Sie blickte über die zerzauste Hecke nach unten.

Dort erstreckte sich ein Loch oder eine Höhlung von gewaltigem Ausmaß, riesengroß im Durchmesser und weit tiefer, als Noelle zu schauen vermochte.

Überall in der Tiefe waren Männer mit Bauarbeiten beschäftigt, das nahm sie jedenfalls an. Hunderte von Männern, Tausende, hätte sie beinahe vermutet. Männer, die mit nahezu allem beschäftigt waren, was der Verstand ersinnen konnte – und nicht nur Noelles ausgeglichener und nüchterner Verstand.

Bald bemerkte sie, daß auch Frauen dort unten arbeiteten: in erster Linie an Schreibmaschinen, an Rechenmaschinen, an Computern. Noelle war all dies vertraut aus den Tagen, als sie selbst in Büros gearbeitet hatte, was Mut noch immer tat.

Der Lärm war sicherlich für jeden Zuhörer mit normalem menschlichem Empfinden völlig ausreichend; aber Noelle fiel rasch auf, daß er längst nicht laut genug war für all das, was sich dort tatsächlich abspielte. Der Vergleich mit der modernen Baustelle von durchschnittlicher Größenordnung fiel ihr wieder ein. Eigentlich hätte der Lärm viel, viel lauter sein müssen. Dessen war sie sicher. Vielleicht war dies der beunruhigendste Gedanke überhaupt an dem Tag, da ihr Mann zu Grabe getragen worden war.

Noelle wandte sich um und stand mit dem Rücken im rechten Winkel zur Gartenhecke. Sie hielt nach allen Richtungen Ausschau nach dem Mann, der ihr diese seltsame Erfahrung an einem solchen Tag der Trauer aufgenötigt hatte.

John Morley-Wingfield war, wie das Drahtgewirr, nicht mehr zu sehen. Seine Erscheinung hatte nicht mehr Substanz als sein Name.

Natürlich konnte er ungeachtet seiner Worte am letzten Dickicht gescheitert sein, konnte sich schließlich doch entschlossen haben, auf seine Kleidung Rücksicht zu nehmen, konnte sogar den Rückzug angetreten haben, bevor er die Moosfläche ganz überquert hatte, und Noelle in aller Ruhe auf jener Seite der erbaulichen Schneise erwarten, wo sie zu Hause war.

Sein Beweis wäre bis zu einem gewissen Punkt geführt. Noelle hatte selbst gesehen, daß es im wahrsten Sinne des Wortes kein Fachwerkhaus mit übergroßen Fenstern gab. Möglicherweise war Mr. Morley-Wingfield in Wahrheit ein Bodenspekulant, der sein Anwesen abgerissen hatte, um mehr oder weniger an derselben Stelle eine Fabrik oder ein Bürohochhaus zu errichten. Nur wenige von Melvins Freunden hätten daran viel auszusetzen gehabt, und einige von ihnen hätten argumentiert, daß eine derartige Umwandlung

Arbeitsplätze auf vielen verschiedenen Ebenen schaffen und daher zum Fortschritt beitragen würde.

Die Luftfeuchtigkeit war jetzt in heftigen Niederschlag übergegangen, und zudem hatte der Himmel sich zu verfinstern begonnen. Während des ganzen Erlebnisses hatte Noelle unterschwellig registriert, wie spät am Tag es bereits war. Möglicherweise war daher der zweite beunruhigende Umstand, daß all diese Leute zu dieser Stunde noch arbeiteten.

Man konnte jetzt nur noch von strömendem Regen sprechen. Noelle fragte sich, ob rechter Hand die Schneise hinauf wohl ein Weg aus dem Wald hinausführte: eine Abkürzung. Sie wollte nicht noch einmal in ihrem Leben, wie kurz oder lang es auch sein würde, auf jene Moränen von vertrocknetem oder aufgeweichtem Müll stoßen, dort, wo die Leute kehrtmachten. Ganz zu schweigen von jenen kunstvoll gestalteten öffentlichen Sitzplätzen, die mit den Kerben oder Krusten von Inschriften übersät waren.

Aber der rechte Weg entlang der unbekannten moosbedeckten Schneise wäre just zu diesem Zeitpunkt eine neue Erfahrung zuviel gewesen. Die Schneise mochte ihr vergleichsweise neutral vorkommen, aber selbst in einem Vorstadtwald konnte die einbrechende Dunkelheit unerwartete Risiken mit sich bringen, wie der arme Melvin so oft betont hatte. Noelle war sicher, daß Melvin in derartigen Dingen oft recht gehabt hatte.

Tatsächlich hatte Noelle, während ihr diese Gedanken durch den Kopf gingen, die schwammige Moosfläche, die diesmal weniger den Eindruck erweckte, Blutegel und Süßwasserskorpione zu beherbergen, als vielmehr irgendwie bodenlos zu sein, schon fast wieder überquert. War John Morley-Wingfield womöglich einfach an einer besonders nachgiebigen Stelle versunken?

Sie schlug sich in die inzwischen fast vertrauten Büsche. Hier war das Geräusch des Regens unterdessen laut genug, um das entfernte Hämmern und Klopfen der Überstunden-Arbeiter zu ertränken.

Noelle vermochte einen Schrei nicht zu unterdrücken. Der Heckenrosenstrauch direkt vor ihr war immer noch rot von Blut bespritzt - ganz wie beim letzten Mal, als sie ihn gesehen hatte. Der Regen von Wochen und Monaten hatte nichts daran geändert.

Vorbei am verrottenden Abfall, den Abhang hinauf, das sanftere Gefälle zwischen den Silberbirken hinab, rannte Noelle nach Hause, durch ihre Stiefel behindert und mit halbgeschlossenen Augen. Sie war einigermaßen überrascht, daß sie ihr Zuhause überhaupt noch fand.

Doch sie ging nicht hinein - teils, weil auch der Mann bald dort sein konnte, teils, weil auch Melvin noch dort sein konnte (man sagt, daß es vierzig Tage dauert, bis sich die Toten endgültig verabschieden), teils und vielleicht in der Hauptsache aus anderen, tieferen Gründen.

Statt dessen ging sie zum Haus von Kay Steiner. Obwohl erschöpft von ihrem Lauf hügelan und hügelab, schritt sie zügig und unauffällig aus. Und war es nicht inzwischen zu dunkel, als daß die Nachbarn sie unter Fernsehverzicht noch hätten beobachten mögen?

»Ich habe es mir anders überlegt. Kann ich die Nacht über bei Ihnen bleiben?«

»Natürlich, meine Liebe. Ich hielt es sowieso für das beste. Ich habe Sie nur ungern in diesem düsteren Haus alleingelassen.«

»Ja, es war *wirklich* düster, nicht wahr?«

Kay Steiner sah Noelle an. »Nun ja«, erlaubte sie sich zu sagen, »unter den Umständen . . .«

»Nein. Es war nicht nur das.«

»Wirklich? Wenn das so ist, ziehen Sie besser alle hier ein, bis Franklin zurückkommt.«

»Kay? Lieben Sie Franklin?«

»Natürlich liebe ich Franklin. Stellen Sie doch nicht so törichte Fragen. Und jetzt ziehen Sie Ihre Stiefel und die nassen Sachen aus. Diese schicken Regenmäntel sind einfach nicht dicht, nicht wahr? Ich leihe Ihnen ein paar Sachen, wenn Sie wollen. Wir haben dieselbe Größe. Vielleicht sollte ich Ihnen sagen, daß Judith ein wenig Fieber hat. Das kommt wohl daher, daß sie auf dem Weg hierher so widerborstig gewesen ist. Sie hat Essen und Trinken verweigert, und sie hat sehr geweint. Das ist natürlich kein Grund zur Sorge. Ich leihe Ihnen ein Thermometer, damit Sie die Nacht über selbst ihre Temperatur messen können.«

Noelle betrat das Eßzimmer in Kays Kleidern, die nicht so ausgesucht waren wie ihre eigenen, deshalb aber keineswegs weniger teuer oder weniger modisch.

Kay hatte den Tisch liebevoll gedeckt und blaßrote Kerzen angezündet, wie zu einem besonderen Anlaß.

Sie hantierte mit Eifer in der Küche. Die vielen Flächen waren übersät mit Lebensmitteln und Gerätschaften. Kay trug eine Schürze, die für British Airways warb. Das ›British Leyland‹-Kochbuch lag aufgeschlagen vor ihr.

»Ich sehe nicht ein, warum wir nicht das Beste aus der Situation machen sollten«, sagte die liebenswerte Kay. »Es freut mich, daß Ihnen dieser Pullover gefällt. Er ist mein Lieblingsstück. Ich habe ihn unter ziemlich romantischen Umständen geschenkt bekommen.«

Sie konsumierten mehrere Gläser Sherry und eine ganze Flasche Wein. Franklin Steiner gehörte einem Wein-Club an, der einer wohlbekannten Firma assoziiert war, welche die Auswahl traf: weder kostspielige Spitzenprodukte noch billiges Gesöff.

»Lassen Sie uns den Kaffee in der Diele trinken«, sagte Kay schließlich.

»Sagen Sie«, fragte Noelle, während Kay die Tassen vollgoß. »Haben Sie sich schon einmal einen Liebhaber genommen? Seit Ihrer Heirat mit Franklin, meine ich.«

»Ja«, sagte Kay. »Ich habe mir mehrere *genommen,* wie Sie das nennen. Sie nehmen keine Milch, nicht wahr?«

»Keine Milch«, erwiderte Noelle. »Aber ich hätte nichts gegen einen Löffel Zucker.«

»Das sollten Sie aber besser lassen«, sagte Kay, voller Wärme und Verständnis.

»Ich weiß«, sagte Noelle.

Kay reichte ihr die Tasse. Alle Teile gehörten zu einem Service, das Franklin irgendwo auf einer Auktion erstanden hatte.

»Ändert es etwas?« fragte Noelle.

»Woran, meine Liebe?«

»An Ihren Gefühlen für Franklin. An der Qualität Ihrer Ehe.«

»Ganz gewiß nicht. Wie ernst Sie sind!«

»Ja«, sagte Noelle. »Ich glaube, ich bin ein ernster Mensch.«

»Das muß es auch geben«, sagte Kay.

Noelle begann, ihren Kaffee umzurühren. »Haben Sie jemals einen Mann gekannt, der sich John Morley-Wingfield nannte?«

»Wenn Sie meinen, ob er einer von ihnen war, ist die Antwort nein. Meine hatten keine derartigen Namen.«

»Er lebt vielleicht in der Nachbarschaft«, sagte Noelle. »Aber Sie haben nie von ihm gehört?«

»Nie«, sagte Kay. »Und ich glaube, Sie auch nicht. Sie haben ihn sich nur erträumt.«

In Kays Nachthemd, ganz in Pink, lag Noelle in einem von Kays Betten, ohne Schlaf zu finden. Da Kay keine Kinder hatte, gab es nicht weniger als vier überzählige Zimmer in dem Haus; und da Kay Kay war, standen alle vier stets zur Verfügung. Das war gelegentlich ganz sinnvoll – so wie jetzt.

Die Tür öffnete sich leise. In dem Lichtschein, der aus dem Flur einfiel, konnte Noelle Agnews zerzausten Kopf erkennen.

»Mami.«

»Was hast du, Liebling?«

»Wer war der Mann, mit dem du spazierengegangen bist, als ich schon hier war? War es Vati?«

Die fast vollständige Dunkelheit machte es Noelle entschieden leichter.

»Natürlich war es nicht Vati, Agnew. Es war jemand ganz anderes. Aber wie kommt es, daß du ihn überhaupt gesehen hast?«

»Mrs. Steiner machte viel Wind um Judith, das war mir langweilig, da bin ich nach Hause gelaufen. Wer war der Mann, Mami?«

»Es war ein Freund von Vati, der nicht eher kommen konnte. Solche Leute gibt es im Leben immer. Man darf sich von ihnen nicht aus der Bahn werfen lassen.«

»Mami, wirst du ihn heiraten?«

»Ich glaube nicht, Agnew. Ich habe vorerst nicht vor, *irgendjemand* zu heiraten. Nur dich.«

»Wirklich nicht, Mami? Warum bist du dann mit ihm weggegangen, wenn er bloß Vatis Freund war?«

»Er wollte mich auf andere Gedanken bringen. Das war lieb von ihm. Es ist ja ein schwerer Tag für mich gewesen, Agnew.«

»Bist du *sicher,* daß das alles ist, Mami?«

»Ganz sicher, Agnew. Nun komm ein Weilchen zu mir ins Bett, und wir sprechen nicht mehr darüber, wir denken nicht mal mehr daran.«

Agnew legte seine Arme um sie, preßte sich eng an ihre Brüste; alles war friedlich bis zum nächsten Tag.

Die Schulfreundin

Ausgenutzt zu werden,
ist der geheime Wunsch jeder Frau.
Prinzessin Elizabeth Bibesco

Es wäre falsche Bescheidenheit zu leugnen, daß Sally Tessler und ich die Leuchten der Schule waren. Später wunderte sich niemand darüber, daß ich mich immer rascher verschlechterte, aber Sally blieb über einen beträchtlichen Zeitraum hinweg eine Leuchte. Wie viele Männer, aber nur wenige Frauen, selbst wenn sie der Gelehrsamkeit zuneigen, verband Sally eine aufrichtige Liebe zu den Klassikern der Antike mit einem Verständnis für die Mathematik, das mir mit meinem sehr begrenzten Interesse fast wie Zauberei erschien. Sie gewann drei Stipendien, zwei Goldmedaillen und einen Aufenthalt bei den Hellenen mit Erstattung aller Auslagen. Ehe sie noch die Abschlußprüfung bestanden hatte, hatte sie ein kleines Buch ›Mathematik für Laien‹ veröffentlicht, das ihr meines Wissens eine erstaunliche Geldsumme eintrug. Später edierte sie mehrere lateinische Autoren von geringerem Rang in Buchreihen von so kleiner Auflage, daß sie ihr nichts als innere Befriedigung beschert haben konnten.

Die Fundamente dieser ganzen Gelehrsamkeit waren höchstwahrscheinlich bereits in Sallys frühester Kindheit gelegt worden. Es ging die Geschichte, daß Dr. Tessler einst das Opfer einer schweren Ungerechtigkeit gewesen war oder dies doch wenigstens glaubte. Alles sprach dafür, daß er, mit den Worten der Nachbarn, »nie sein Haus verließ«.

Sally selbst erzählte mir einmal, daß sie nicht nur keine Erinnerung an ihre Mutter hatte, sondern auch nie auf eine Spur oder Hinterlassenschaft von ihr gestoßen war. Von Anfang an war Sally, so sagte man, von ihrem Vater allein aufgezogen worden. Gerüchte wollten wissen, daß Dr. Tesslers Regiment ein dreifaches war: Lesen, Plackerei im Haus und Gehorsam. Ich folgerte, daß letzterer ihm dazu diente, das übrige zu erzwingen. Wenn Sally nicht gerade die Fußböden schrubbte oder den Abwasch besorgte, studierte sie Vergil und Euklid. Schon damals argwöhnte ich, daß die Gewohnheit des Doktors, seinen Willen durchzusetzen, einer Prüfung durch die anderen Eltern nicht standgehalten hätte. Ganz bestimmt jedoch verfügte Sally, als sie in die Schule eintrat, über weit mehr als nur über Grundwissen in fast jedem Unterrichtsfach und dazu in einigen anderen mehr, die gar nicht unterrichtet wurden. Sally stellte daher von Anfang an eine beträchtliche Verunsicherung für die Lehrerinnen dar. Sie lag stets zwei oder mehr Jahre unter dem Durchschnittsalter ihrer Klasse. Sie hatte sich eine regelrechte Technik angeeignet, um Kenntnisse zu erwerben. Sie achtete das Wissen ihrer Lehrer und hatte ein Gespür für dessen Fehlen ... Ich habe einmal herauszufinden versucht, über welches Thema Dr. Tessler promoviert hatte. Es gelang mir nicht, aber natürlich erwartete man damals von einem Deutschen den Doktortitel.

Es war die erste Schule, die Sally besuchte. Ich gehörte der Klasse an, für die sie ursprünglich eingeteilt worden war, in der sie aber nur weniger als eine Woche blieb, so sehr stellte sie mit ihrem gewaltigen Wissensschatz uns übrige in den Schatten. Sie war damals dreizehn Jahre und fünf Monate alt, fast ein Jahr jünger als ich. (Zu meiner Ehre muß ich erwähnen, daß ich am Ende des Schuljahrs versetzt wurde und daher mehr oder weniger mit dem Wunderkind Schritt hielt, wenn auch möglicherweise aus besonderen Gründen.)

Ihr Haar war ausgesprochen schön, von hellstem blond und glänzend vom Bürsten, dabei kurzgeschnitten und keineswegs besonders frisiert, meistens sogar sehr unordentlich. Sie hatte dunkle Augen, blasse Haut, eine große, vornehme Nase und einen noch größeren Mund. Ihre Figur war zierlich, aber frühreif, sie erinnerte mich später an Tessa in ›Die treue Nymphe‹. Es gab glücklicher- oder unglücklicherweise keine Schuluniform, und Sally erschien ausnahmslos in einem dunkelblauen Kleid von fremdländischem Aussehen und äußerster Schlichtheit, das nichtsdestoweniger ihr Markenzeichen wurde. Als sie heranwuchs, schien sie Neuausgaben desselben Kleids zu tragen – neu und erweitert, wie bestimmte Publikationen.

Sally war wirklich schön, doch würde man wohl schwerlich eine zweite von solch reizendem Aussehen finden, die dieses Umstands und seiner Tragweite so wenig gewärtig war. Und natürlich trugen ihre Gleichgültigkeit gegenüber ihrer Erscheinung und ihre einfache Kleidung zu ihrem Charme noch bei. Sie schien von überaus freundlicher und unbekümmerter Wesensart zu sein, ihre Stimme war langsam bis schleppend. Aber dennoch lebte Sally offenbar nur, um zu arbeiten, und obwohl ich vermutlich ihre engste Freundin war (der Drang, mit ihr Schritt zu halten, erklärt großenteils meine eigenen schulischen Fortschritte), fand ich wenig genug über sie heraus. Sie verfügte anscheinend über gar kein Taschengeld. Als dies sich zu einer sozialen Benachteiligung schlimmsten Ausmaßes auswuchs – und da meine Eltern sich Großzügigkeit erlauben konnten und dies auch taten –, teilte ich regelmäßig mit ihr. Sie akzeptierte diese Regelung umstandslos und mit Wärme. Ihrerseits machte sie mir dafür häufige kleine Buchgeschenke: ein Exemplar von Goethes ›Faust‹ im Original mit einem etwas abschreckenden braunen Ledereinband oder eine Petronius-Ausgabe mit einigen bemerkenswerten Zeichnungen ... lange Zeit später, als ich

Geld für einen Freund benötigte, trug ich den ›Faust‹ ohne große Hoffnung zu Sotheby's. Wie sich herausstellte, handelte es sich um eine neugebundene Erstausgabe ...

Aber anläßlich eines Gesprächs über die Illustrationen der Petronius-Ausgabe (für ein Mädchen durchschaute ich das Lateinische verhältnismäßig gut, aber die Kursivschrift und die Länge des Buchstabens ›S‹ schüchterten mich ein) machte ich die Entdeckung, daß Sally über den Gegenstand der Bilder mehr wußte als irgendeiner von uns. Trotz ihrer bestürzenden Bildung hatte sie damals - und sicherlich auch noch danach - anscheinend keinerlei persönliches Interesse daran. Es war, als hielte sie in der feinsten, lieblichsten Weise einen Vortrag über ein entlegenes Thema oder, um eine abgedroschene, an dieser Stelle aber zutreffende Redewendung zu gebrauchen, über Botanik.

Wir gingen auf eine ganz gewöhnliche Schule, und Sex beschäftigte uns sehr. Sallys Einstellung dazu war verblüffend und ungewöhnlich. Schließlich bat sie mich ausdrücklich, den anderen nicht weiterzusagen, was sie mir eben eröffnet hatte.

»Wo denkst du hin«, antwortete ich herausfordernd, aber immer noch nachdenklich.

Und tatsächlich erzählte ich erst sehr viel später jemandem davon, als ich feststellte, daß ich von Sally Dinge erfahren hatte, die überhaupt niemand außer mir zu wissen schien, Dinge, die für sich genommen mein Leben nicht wenig beeinflußt haben, wie ich manchmal glaube. Ich habe einmal nachzurechnen versucht, wie alt Sally zum Zeitpunkt dieses Gesprächs war. Sie kann kaum mehr als fünfzehn Jahre alt gewesen sein.

Schließlich gewann Sally ihr Universitätsstipendium, und ich scheiterte knapp, gewann aber den Essay-Preis in Englisch sowie die Medaille für gute Führung, die mir eher wie ein Stigma vorkam (und auch jetzt noch vorkommt), wobei ich mich mit dem Gedanken tröstete, daß sie eher meinem erfolgreichen Vater als mir verliehen worden war. Sallys Betragen war jedenfalls weit besser als meines, nämlich nichts weniger als untadelig. Ich hatte mich in der Absicht für das Stipendium beworben, meine Prüfer, hätte ich es denn wider Erwarten gewonnen, zu drängen, es Sally zuzuerkennen, die es wirklich brauchte. Als sich dieser zweifellos unpraktische Plan als unnötig erwies, brachen Sally und ich zu getrennten Ufern auf, sie zu ihren intellektuellen Triumphen, ich zu meinen weniger bedeutenden Leistungen. Wir korrespondierten zwischenzeitlich, aber mit abnehmender Tendenz, da das Feld unserer gemeinsamen Interessen immer kleiner wurde.

Am Ende verlor ich sie für einen beträchtlichen Zeitraum völlig aus den Augen, obwohl ich im Laufe der Jahre gelegentlich Rezensionen ihrer gelehrten Bücher las und ihren Namen in Leitartikeln über den Altphilologen-Verband und ähnliche unverzichtbare Körperschaften erwähnt fand. Ich hielt es für ausgemacht, daß wir Schwierigkeiten haben würden, uns überhaupt noch zu verständigen. Mir entging nicht, daß Sally nicht heiratete. Kein Wunder, dachte ich und gab mich albernen und gehässigen Spekulationen hin ...

Als ich einundvierzig war, geschahen zwei Dinge, die für diese Erzählung von Bedeutung sind. Das erste war, daß eine Katastrophe über mich hereinbrach, die dazu führte, daß ich wieder bei meinen Eltern einzog. Einzelheiten tun nichts zur Sache. Das zweite war der Tod von Dr. Tessler.

Ich hätte vermutlich auf jeden Fall von Dr. Tesslers Ableben gehört, denn meine Eltern, die ihn – wie ich und die übrigen Nachbarn auch – nie persönlich kennenlernten, hatten ihm gegenüber immer eine milde Neugier gehegt. Es trug sich zu, daß ich in dem Moment davon erfuhr, als ich den Trauerzug sah. Ich machte Besorgungen für meine Mutter und dachte über die Widrigkeiten des Lebens nach, als ich bemerkte, wie der alte Mr. Orbit seinen Hut, den er beim Bedienen der Kunden immer aufbehielt, abnahm und den Kopf zu einem kurzen Gebet senkte. Durch das Sortiment diverser Körnerkost im Fenster sah ich die Umrisse eines sehr altmodischen und reichgeschmückten, pferdebespannten Leichenwagens vorüberziehen, darauf ein Sarg, der in ein Leichentuch aus abgewetztem Purpursamt gehüllt war. Trauergäste schienen indes gänzlich zu fehlen.

»Hätte nie geglaubt, daß ich noch mal 'nen Leichenwagen mit Pferd zu sehen kriege, Mr. Orbit«, bemerkte die alte Mrs. Rind, die vor mir anstand.

»Wird wohl ein Armenbegräbnis sein«, meinte ihre Freundin, die alte Mrs. Edge.

»Schluß damit!« sagte Mr. Orbit mit einiger Schärfe und stülpte seinen Hut wieder auf. »Das ist Dr. Tesslers Begräbnis. Kann mir nicht denken, daß er Angehörige hat, die sich darum kümmern.«

Ich glaube, die drei alten Leute steckten daraufhin ihre weißen Köpfe zusammen und begannen eine geflüsterte Unterhaltung; ich selbst war bereits, kaum daß ich den Namen hörte, auf dem Weg zur Tür. Ich blickte hinaus. Der gewaltige altertümliche Leichenwagen - nicht einmal voluminöse schwarze Federbüsche fehlten - wirkte viel zu protzig für die schmale herbstliche Straße. Es erinnerte mich an Spielzeuge verschiedener Größe, die nicht zueinander paßten. Jetzt sah ich, daß an Stelle von Trauergästen eine Bande von Straßenjungen, im schwindenden Licht nur schemenhaft erkennbar, johlend und spottend hinter der Bahre herrannte - eine höchst bedauerliche Szene in einer wohlanständigen Ortschaft.

Das erste Mal seit Monaten, wenn nicht Jahren, dachte ich an Sally.

Drei Tage später stand sie ohne Vorankündigung vor der Haustür meiner Eltern. Ich selbst öffnete.

»Hallo, Mel.«

Man hört von Menschen, die nach vielen Jahren wieder miteinander zu reden beginnen als sei nur die entsprechende Anzahl Stunden verstrichen. Dies war ein solcher Fall. Sally sah darüber hinaus nahezu unverändert aus. Vielleicht war ihr glänzendes Haar eine halbe Schattierung dunkler, aber es war noch immer kurz und unfrisiert. Ihre bezaubernde weiße Haut war faltenlos. Ihr großer Mund lächelte reizend, aber wie immer etwas abwesend. Sie trug höchst alltägliche Kleidung, sah aber in keiner Weise wie ein Tutor oder Schulmeister aus, wenngleich sie ebensowenig wie eine Frau von Welt wirkte. Es war, dachte ich, schwer zu sagen, wie sie aussah.

»Hallo, Sally.«

Ich küßte sie und wollte ihr mein Beileid aussprechen.

»Vater ist in Wirklichkeit vor meiner Geburt gestorben, wie du weißt.

»Ich habe so etwas gehört.« Liebend gern hätte ich mehr gehört, aber Sally legte ihren Mantel ab, ließ sich vor dem Kamin nieder und sagte:

»Ich habe all deine Bücher gelesen. Sie waren wunderbar. Ich hätte es dir schreiben sollen.«

»Danke«, entgegnete ich. »Ich wünschte, es gäbe mehr Leute, die das so sehen wie du.«

»Du bist Künstlerin, Mel. Du kannst nicht erwarten, daß du auch noch Erfolg hast.« Sie wärmte ihre weißen Hände. Ich war nicht sicher, ob ich wirklich eine Künstlerin war, aber ich hörte es gern.

Lederbezogene Sessel standen im Kreis um das Feuer. Ich setzte mich neben sie auf den Boden.

»Ich habe oft von dir in der Literaturbeilage der ›Times‹ gelesen«, sagte ich, »aber das ist auch alles. Seit Jahren, seit viel zu vielen Jahren.«

»Ich freue mich, daß du immer noch hier lebst«, war ihre Antwort.

»Nicht *immer noch.* Wieder.«

»Oh?« Sie lächelte auf ihre freundliche, abwesende Art.

»Nach einer Sitzung in der Bratpfanne und einer direkt im Feuer ... Ich bin sicher, du bist vernünftiger gewesen.« Ich tastete mich immer noch vor.

Aber sie sagte nur: »Jedenfalls bin ich froh, daß du hier lebst.«

»Ich kann nicht behaupten, daß *ich* froh darüber bin. Aber warum du?«

»Ahnungslose Mel! Weil ich auch hier leben werde.«

Darauf wäre ich im Leben nicht gekommen.

Ich konnte mich einer direkten Frage nicht enthalten.

»Wer hat dir mitgeteilt, daß dein Vater krank war?«

»Ein Freund. Ich bin aus Kleinasien hierher gekommen. Ich habe mich dort mit Tonscherben befaßt.« Sie war bemerkenswert wenig gebräunt für jemand, der in der Sonne gelebt hatte, aber ihre Haut wurde nicht rasch braun.

»Es wird schön sein, dich wieder in der Nähe zu haben. Wirklich schön, Sally. Aber was wirst du hier tun?«

»Was tust du denn?«

»Ich schreibe ... Ich habe den Eindruck, daß mein Leben auf anderen Gebieten mehr oder weniger vorbei ist.«

»Ich schreibe auch. Manchmal. Zumindest bin ich Herausgeberin ... Und ich glaube nicht, daß *mein* Leben, streng genommen, überhaupt schon begonnen hat.«

Ich hatte selbstmitleidig geredet, obwohl das nicht unbedingt meine Absicht gewesen war. Ich fand es unmöglich, den Tonfall ihrer Antwort einzuschätzen. Ohne Frage, dachte ich mit einem Anflug von Bosheit, sieht sie grotesk jungfräulich aus.

Eine Woche darauf erschien ein Möbelwagen vor dem Haus von Dr. Tessler, der eine große Anzahl Bücher, ein paar vollgestopfte Koffer und wenig sonst brachte, und Sally zog ein. Sie offerierte mir keine weitere Erklärung für diesen halben Rückzug aus der großen Welt (wir lebten etwa vierzig

Meilen von London entfernt, zu weit für eine Beteiligung am urbanen Treiben, zu nah für ländliche Zurückgezogenheit), aber mir kam in den Sinn, daß Sallys Mittel ihr zweifellos nicht gestatteten, eine Gelegenheit zum mietfreien Wohnen auszuschlagen, auch wenn ich nicht wußte, ob das Haus ihr Eigentum war; ein Testament wurde nie erwähnt. Sally war in praktischen Dingen so unpräzise, war es immer gewesen, daß ich mir darüber ein wenig Sorgen machte. Aber sie lehnte fremde Hilfe ab. Zweifellos konnte sie, wenn sie das Haus zum Verkauf anböte, nicht mit einem Erlös rechnen, der ihr erlauben würde, anderswo zu leben; und ich konnte mir vorstellen, daß sie vor dem Ärger und den Unabwägbarkeiten einer Vermietung zurückschreckte.

Über den Inhalt des Möbelwagens unterrichtete mich Mr. Ditch, der Spediteur, und es dauerte nach Sallys Einzug ganze zehn Tage, bis Sally mir eine Einladung schickte. Während dieser Zeit, und schon als sie meine Mithilfe bei ihren Angelegenheiten zurückgewiesen hatte, hatte ich es für das beste gehalten, sie allein zu lassen. Nun schickte sie mir eine Postkarte, obwohl das Haus, das ich seitdem als das ihre betrachten mußte, nur etwa eine viertel Meile vom Haus meiner Eltern entfernt war. Es war eine Ansichtskarte von Mitylene. Sie lud mich zum Tee ein.

Der Weg führte durch die Alleen und um die Ecken einer Siedlung für Geschäftsleute und Akademiker aus der Mitte des 19. Jahrhunderts. Das Haus meiner Eltern war für erstere gedacht, Sallys für die letzteren. Es stand ganz am Ende einer Sackgasse, und noch immer hing an der Tür des gegenüberliegenden Hauses das Schild eines Zahnarztes.

Ich hatte das Haus oft betrachtet, als Dr. Tessler einzog und bevor ich Sally kennengelernt hatte, aber an jenem Tag setzte ich zum erstenmal meinen Fuß hinein. Von außen sah es mehr oder weniger so aus wie immer. Es war aus grauem Backstein erbaut, der so trist war, daß man sich fragte, wie jemand etwas Derartiges aussuchen konnte (was aber früher in der Umgebung von London viele taten). Rechts der Haustür (zu der eine Treppe mit zwölf mosaikverzierten Stufen in Blau und Weiß hinaufführte) ragte ein überaus ungeschlachtes stumpfwinkliges Erkerfenster vor; es erinnerte an die vorwitzige Nase eines grauen, faltigen Gesichts. Durch dieses Fenster fiel Licht in das Untergeschoß, das Erdgeschoß und das erste Stockwerk; zwischen den beiden letzteren verlief ein einfallsloser roter Fries »mit einem Akanthus-Muster«, wie ein Kranz um die Schläfen einer Matrone. Aus dem Fenster des zweiten Stocks hätte man auf den vorspringenden Erker klettern können, mit gutem Blick in das Sprechzimmer auf der anderen Seite, wenn das Fenster nicht vergittert gewesen wäre, zweifellos eine Sicherheitsmaßnahme für ein Kinderzimmer. Das hölzerne Eingangstor war aus den Angeln gesprungen und mußte zum Öffnen und Schließen angehoben werden. Es war bestürzend schwer.

Die Klingel war intakt.

Sally war naturgemäß allein im Haus.

Als sie die Tür öffnete (die zwei große Buntglasscheiben hatte), bemerkte ich sofort eine Veränderung an ihr; eigentlich die erste Veränderung während der ganzen Zeit, da ich sie kannte, denn die Frau, die vor vierzehn Tagen oder drei Wochen ins Haus meiner Eltern gekommen war, war in meinen Augen fast dasselbe Mädchen gewesen, das mit mir zur Schule gegangen war, als wir Kinder waren. Aber jetzt gab es einen Unterschied ...

Vor allem sah sie anders aus. Früher war immer etwas Besonderes an ihrer äußeren Erscheinung gewesen, mochte ihre Kleidung auch noch so ärmlich gewesen sein. Nun trug sie einen braunen Jumper, der in die Wäsche gehört hätte, und schmuddelige graue Hosen ohne Bügelfalten. Wenn eine Frau Hosen trägt, müssen sie wenigstens Pfiff haben. Diese hier waren nichts als Beinkleider. Sallys Haar war nicht so sehr in malerischer Unordnung wie in früheren Tagen, sondern schrie geradezu nach einem Friseur. Sie trug geschmacklose Sandalen. Und ihr Gesichtsausdruck hatte sich verwandelt.

»Hallo, Mel. Würdest du dich wohl einen Moment setzen, bis das Wasser kocht?« Sie führte mich in das Zimmer mit dem Erkerfenster im Erdgeschoß (das allerdings sehr hoch gelegen war, um einem Untergeschoß Raum zu geben).

»Leg deinen Mantel auf einen Stuhl.« Sie hastete überstürzt davon. Ich hatte den Eindruck, daß Sallys haushälterische Sicherheit seit den legendären Tagen ihrer arbeitsamen Kindheit geschwunden war.

Der Raum war gräßlich. Ich hatte etwas Exzentrisches, Unbehagliches mit Bücherwurmatmosphäre, vielleicht sogar einen Anflug des Makabren erwartet. Aber der Raum war auf höchst unangenehme Weise überaus gewöhnlich. Die Möbel entstammten wahrscheinlich der Massenproduktion der frühen zwanziger Jahre. Diese Sorte Möbel kann man mit noch so viel Zeitaufwand und Politur nicht in einem guten Zustand halten. Der Teppich war schäbig und schreiend bunt. In Goldrahmen hingen seelenlose kleine Bilder. Fürchterliche moderne Nippsachen standen herum. Und es gab einen Radioapparat, der offenbar schon lange defekt war. Gemessen an der Jahreszeit bot das mickrige, qualmende Kaminfeuer nicht übertrieben viel Wärme. Ich schlug Sallys Angebot aus und hüllte mich tiefer in meinen Mantel.

Es gab nichts zu lesen außer einer Vorkriegsausgabe von ›Tit-Bits‹, die ich auf dem Fußboden unter dem welligen Sofa fand. Wie Sallys Jumper hätten auch die schweren Spitzengardinen eine Wäsche vertragen können. Dann kam Sally mit dem Tee-Imbiß: sechs uniforme rötliche Kuchenstücke aus dem erstbesten Laden und eine Flüssigkeit ohne Geschmack, in der Teekrümel schwammen. Das Steingut paßte zum restlichen Zubehör.

Ich fragte Sally, ob sie bereits gearbeitet hätte.

»Noch nicht«, erwiderte sie ein wenig mürrisch. »Ich muß zuerst das Haus in Ordnung bringen.«

»Dein Vater hat wohl viel Unordnung hinterlassen?«

Sie sah mich scharf an. »Vater ist nie aus seiner Bibliothek herausgekommen.«

Sie schien anzunehmen, daß ich mehr wußte, als tatsächlich der Fall war. Um mich herum machte ich schwerlich etwas aus, das den Eindruck einer ›Bibliothek‹ machte. Ich wechselte das Thema. »Meinst du nicht, daß das Haus für einen allein zu groß ist?«

Mir schien dies eine unschuldige, wenn auch nicht sehr einfallsreiche Frage zu sein. Aber Sally antwortete nicht, sondern saß einfach da und starrte vor sich hin. Oder vielmehr schien sie ein unerfreuliches Gedankengebilde in ihrem Inneren zu betrachten.

Ich bin eine Verfechterin spontanen Handelns. »Sally«, sagte ich, »ich habe eine Idee. Warum verkaufst du das Haus nicht, es ist einfach viel zu groß für dich, und ziehst zu mir? Wir haben viel Platz, und mein Vater ist die Großzügigkeit in Person.«

Sie schüttelte nur den Kopf. »Danke, Mel. Nein.« Sie schien immer noch in Gedanken versunken, in unangenehme Gedanken.

»Du weißt doch noch, was du neulich gesagt hast. Daß du froh darüber bist, daß ich hier lebe. Ich werde wohl weiterhin hier leben. Ich hätte dich gern bei mir, Sally. Denke bitte darüber nach.«

Sie stellte ihren unansehnlichen kleinen Teller auf den unansehnlichen kleinen Tisch. Sie hatte einen einzigen winzigen Bissen von ihrem rötlichen Kuchen genommen. Sie streckte ihre Hand sehr zögerlich nach mir aus, ohne mich auch nur im geringsten zu berühren. Sie schluckte kaum merklich. »Mel . . .«

Ich versuchte, ihre Hand zu ergreifen, aber sie zog sie zurück. Plötzlich schüttelte sie heftig den Kopf. Dann fing sie an, über ihre Arbeit zu sprechen.

Sie machte keine Anstalten, noch etwas zu essen oder zu trinken, und in der Tat waren sowohl der Kuchen als auch der Tee, die sie mir immer wieder beiläufig und nach ihrer früheren Art, anbot, bemerkenswert wenig verlockend. Aber sie sprach etwa eine halbe Stunde lang anregend und ungezwungen – über unbedeutende Themen. Schließlich sagte sie: »Verzeih mir, Mel. Aber ich muß sehn, daß ich weiterkomme.«

Sie stand auf. Natürlich stand auch ich auf. Dann zögerte ich.

»Sally ... Bitte denk drüber nach. Ich würde mich sehr freuen. Bitte.«

»Danke, Mel. Ich werde darüber nachdenken.«

»Versprochen?«

»Versprochen ... Danke für deinen Besuch.«

»Ich möchte dich viel öfter sehen.«

Sie stand in der geöffneten Haustür. In der Dämmerung sah sie unbeschreiblich gequält und vergrämt aus.

»Komm mich besuchen, wann immer du willst. Komm doch morgen zum Tee und bleib zum Abendessen.« Alles, was sie aus diesem schrecklichen, schrecklichen Haus befreien würde.

Wieder sagte sie nur: »Ich werde darüber nachdenken.«

Auf dem Nachhauseweg kam es mir so vor, als habe sie mich bloß aus Pflichtgefühl eingeladen. Ihre Veränderung hatte mich sehr verletzt und erschreckt. Als ich meine eigene Eingangstür erreichte, dachte ich, daß die größte Veränderung von allen die war, daß sie kein einziges Mal gelächelt hatte.

Als ich fünf oder sechs Tage danach nichts von Sally gehört oder gesehen hatte, bat ich sie schriftlich, mich zu besuchen.

Tagelang antwortete sie überhaupt nicht; dann schickte sie mir wieder eine Ansichtskarte, diesmal mit einer antiken Büste in einem Museum, auf der sie mir mitteilte, daß sie gern kommen würde, wenn sie nur ein wenig mehr Zeit hätte. Ich bemerkte, daß ihr bei meiner Adresse ein kleiner Fehler unterlaufen war, den sie hastig und unvollständig korrigiert hatte. Der Postbote wußte natürlich Bescheid. Ich konnte mir gut vorstellen, daß es in Sallys Haus viel zu tun gab. Es war eines jener Häuser, in denen die Arbeit nie zufriedenstellend oder vollständig getan ist: ein unersättlicher Schlund von Haus. Aber trotz der Geschichten aus ihrer Kindheit konnte ich mir die Sally, die ich kannte, nicht bei dieser Art von Arbeit vorstellen ... Ich konnte mir nicht vorstellen, *was* sie tat, und ich gestehe, daß ich es wissen wollte.

Einige Zeit danach traf ich Sally in den International Stores. Ich kaufte dort nicht regelmäßig ein, aber Mr. Orbit waren die speziellen Gewürzgurken für meinen Vater ausgegangen. Ich mußte mich fragen, ob Sally sich nicht daran erinnerte, daß man mich in diesem Geschäft nur selten antraf.

Sie war dort, als ich eintrat. Sie trug dieselben schmuddeligen Hosen und dazu diesmal einen weißen Jumper, der in schlechterem Zustand als sein Gegenstück war, nämlich schlicht schmutzig. Gegen die Herbstwitterung hatte sie einen blauen Regenmantel angezogen, der mir derselbe zu sein schien, den sie in der Schule getragen hatte. Sie sah ganz einfach ungepflegt und alles andere als gut aus. Sie schaufelte nervös einen kleinen Berg dunkelblauer Tüten und greller Päckchen in eine sehr betagte Reisetasche. Obwohl der Laden ziemlich voll war, wartete an dem Abschnitt der Ladentheke, an dem Sally stand, niemand auf Bedienung. Ich ging auf sie zu.

»Guten Morgen, Sally.«

Sie umklammerte die scheußliche Reisetasche, als hätte ich vor, sie an mich zu reißen. Dann entspannte sie sich.

»Sieh mich nicht so an«, sagte sie. In ihrer Stimme war ein irritierendes kleines Krächzen. »Schließlich bist du nicht meine Mutter, Mel.« Darauf verließ sie den Laden.

»Ihr Wechselgeld, Miss«, rief der Verkäufer hinter ihr her.

Doch sie war bereits verschwunden. Die anderen Frauen im Laden sahen ihr nach, als sei sie die stadtbekannte Hure. Dann schlossen sie zu dem Thekenabschnitt auf, wo sie gestanden hatte.

»Armes Ding«, sagte der Verkäufer unerwartet. Er war jung. Die anderen Frauen sahen ihn feindselig an und äußerten ihre Wünsche betont brüsk.

Dann ereignete sich Sallys Unfall.

Zu diesem Zeitpunkt konnte kein Zweifel daran bestehen, daß etliches mit ihr nicht stimmte, aber ich war seit jeher so ziemlich ihre einzige Freundin in der Stadt gewesen, und ihr Verhalten mir gegenüber machte es mir schwer, ihr zu helfen. Nicht daß es mir an Willen oder Mut gefehlt hätte, aber ich konnte mich nicht entscheiden, wie ich die Aufgabe in Angriff nehmen sollte.

Ich dachte noch immer darüber nach, als Sally überfahren wurde. Ich meine, daß ihre Schwierigkeiten, worin sie auch bestehen mochten, ihr normales Urteilsvermögen beeinträchtigt hatten. Offenbar war sie, als sie aus dem Postamt trat, auf der Hauptstraße direkt in einen Lastwagen gelaufen. Ich erfuhr kurz danach, daß sie keine Postzustellung in ihr Haus wünschte und auf Postlagerung bestand.

Nachdem sie ins Gemeindekrankenhaus eingeliefert worden war, bat mich die Oberin, Miss Garvice, zu sich. Jeder wußte, daß ich mit Sally befreundet war.

»Wissen Sie, wer ihr nächster Angehöriger ist?«

»Ich bezweifle, daß sie so etwas in diesem Land hat.«

»Freunde?«

»Ich weiß nur von mir selbst.« Ich hatte mich bereits gefragt, welcher mysteriöse Informant ihr Dr. Tesslers Ableben mitgeteilt hatte.

Miss Garvice dachte einen Augenblick nach.

»Ich mache mir Sorgen um ihr Haus. Eigentlich müßte ich wohl in Anbetracht der Umstände die Polizei benachrichtigen und sie bitten, ein Auge darauf zu haben. Aber ich bin sicher, sie würde es begrüßen, daß ich Sie darum bitte.«

Ihr Tonfall bewog mich zu der Annahme, daß Miss Garvice nichts von Sallys jüngster Verwandlung wußte. Vielleicht hielt sie es auch für das beste, sie zu ignorieren.

»Da Sie ganz in der Nähe wohnen, wäre es doch nicht zuviel verlangt, wenn Sie hin und wieder hineinschauten? Vielleicht am besten einmal am Tag?«

Ich stimmte wohl hauptsächlich deshalb zu, weil ich argwöhnte, daß etwas in Sallys Leben um ihretwillen vor den falschen Leuten verborgen bleiben sollte.

»Hier sind die Schlüssel.«

Es war eine beträchtliche Ansammlung für einen solch gewöhnlichen Haushalt wie Sallys.

»Ich mache es wie besprochen, Miss Garvice. Aber wie lange wird es Ihrer Meinung nach dauern?«

»Schwer zu sagen. Aber ich glaube kaum, daß Sally sterben wird.«

Eine Schwierigkeit lag darin, daß ich gezwungen war, mich der Aufgabe ohne Hilfe zu stellen, weil ich niemanden in der Stadt wußte, von dem ich den feinfühligen und taktvollen – sogar liebevollen – Umgang mit Sallys Zwangslage erwarten durfte, den ich für unerläßlich hielt. Auch angesichts der Frage, ob ich das Haus erkunden sollte oder nicht, sah ich mich vor einem Dilemma. Zweifellos hatte ich kein Recht dazu; andererseits hätte es möglicherweise in Sallys ›höherem Interesse‹ sein können, es zu tun. Ich muß jedoch zugeben, daß Neugier zu meiner Entscheidung, die Sache anzugehen, erheblich beitrug. Das bedeutete nicht, daß ich andere einweihen würde, was auch immer dabei ans Licht kommen mochte. Schon dieses scheußliche Wohnzimmer würde Sallys Ruf nicht guttun ...

Miss Garvice hatte unser Gespräch mit dem Vorschlag beendet, meinen ersten Besuch sofort zu machen. Ich ging zum Mittagessen nach Hause. Danach machte ich mich auf den Weg.

Eine meiner ersten Entdeckungen war, daß Sally jede einzelne Tür im Haus abgeschlossen hatte – und daß die Überbleibsel des Tee-Imbisses, den ich vor Wochen mit ihr eingenommen hatte, noch im Wohnzimmer herumstanden; gnädigerweise nichts Eßbares, aber die Teller, Tassen, vornehmen Messerchen und die Teekanne mit einem Bodensatz von Blättern und Flüssigkeit.

Auf den Korridor hinter der Eingangstür führte ein Zimmer, das an das Wohnzimmer angrenzte und dessen Gegenstück im hinteren Teil des Hauses bildete. Vermutlich war einer dieser Räume vom Erbauer (das Haus sah nicht so aus, als sei ein Architekt daran beteiligt gewesen) als Eßzimmer, der andere als Salon gedacht gewesen. Ich ging die Schlüssel durch. Es waren große Schlüssel, die Türen und Schlösser waren protzig überdimensioniert. Schließlich öffnete sich die Tür. Ich nahm einen abgestandenen, kalten Geruch wahr. Das Zimmer schien in völliger Dunkelheit zu liegen. Vielleicht Dr. Tesslers Bibliothek?

Ich tastete innen am Türrahmen nach einem Lichtschalter, konnte aber keinen finden. Ich machte noch einen halben Schritt vorwärts. Der Raum schien schwärzer denn je und der abgestandene, kalte Geruch etwas stärker. Ich beschloß, die Erkundung auf später zu verschieben.

Ich schloß die Tür und ging nach oben. Die Zimmer im Erdgeschoß waren hoch, so gab es zahlreiche und steile Stufen.

Im ersten Stock befanden sich zwei Räume, deren Grundriß den beiden Räumen unten entsprach. Man konnte den Entwurf weder einfallsreich noch praktikabel nennen. Ich versuchte es zuerst mit dem vorn gelegenen Raum und ließ mich erneut auf das Geduldsspiel mit den Schlüsseln ein. Das Zimmer war in desolatem Zustand und enthielt nichts außer einer beträchtlichen Menge von Schriftstücken. Sie schienen einmal auf dem nackten Boden gestapelt worden zu sein, aber die Stapel waren schon vor langer Zeit umgestürzt, und auf ihren Bestandteilen hatte sich eine dicke Schicht flockiger, schwarzer Staubpartikel gebildet. Der Schmutz trat hier in jener extremen Erscheinungsform auf, die bereits den Eindruck schmieriger Undurchdringlichkeit erweckt. Die Aussicht, weiter in diesen verwaisten Massen von Schriftrollen und Manuskripten zu stöbern, jagte mir einen Schauer über den Rücken.

Der rückwärtige Raum war ein Schlafzimmer, vermutlich Sallys. Alle Vorhänge waren zugezogen, und ich mußte das Licht einschalten. Man konnte es wahrhaftig, einer abgedroschenen Phrase folgend, als »karg möbliert« bezeichnen; die Möbelstücke stammten aus derselben Periode wie die im Wohnzimmer, waren aber noch dürftiger und von noch spinnenartigerer Erscheinung. Die Übergröße und Überhöhe des Raums, die wuchtige Kranzleiste des Verputzes und die noch wuchtigere Stuckrose in der Mitte der rissigen Decke betonten die Spärlichkeit der anachronistischen Möblierung. Es war jedoch ein modernes, sehr flaches Doppelbett vorhanden, das aussah, als sei es benutzt, aber seit Wochen nicht mehr gemacht worden. Jemand schien ganz plötzlich, als habe der Wecker geklingelt, aufgestanden zu sein. Ich versuchte, eine Schublade des gebrechlichen Toilettentischs aufzuziehen. Sie quietschte und blieb stecken; sie enthielt Unterwäsche von Sally, die einen kläglichen Anblick bot. Die langen Vorhänge waren schwer und dunkelgrün.

Es war eine niederschmetternde Untersuchung, aber ich machte weiter.

Der zweite Stock erweckte den Anschein, als wäre er ursprünglich ein einziger Raum gewesen, zugänglich von einem kleinen Treppenabsatz. Es gab eindeutige Hinweise auf unfachmännisches Werkeln mit dem offensichtlichen Ziel, den riesigen Raum zu unterteilen, um Bad und Toilette samt eigenen Zugang zu schaffen. War das Haus etwa ursprünglich ohne diese unerläßlichen Annehmlichkeiten gebaut worden? Alles schien möglich. Mir fiel der alte Witz von dem Architekten ein, der das Treppenhaus vergessen hatte.

Aber hier gab es etwas, das mir über die Verwahrlosung hinaus irgendwie beängstigend vorkam. Die ursprüngliche Tür, die von dem kleinen Treppenabsatz in den großen Raum geführt hatte, war allem Anschein nach gewaltsam aufgebrochen worden, und zwar von innen (auffälligerweise war sie so eingehängt, daß sie sich nach außen öffnete). Die Beschädigung war anscheinend nicht in jüngster Zeit erfolgt (es ist allerdings nicht einfach, so etwas zu datieren); aber die geborstene Tür hing noch trübselig in ihrer massiven unteren Angel nach außen und ließ es fast unmöglich erscheinen, den Raum überhaupt zu betreten. Behutsam zog ich ein wenig daran. Das gesplitterte Holz der schweren Tür kreischte durchdringend, als ich es in Bewegung versetzte.

Ich spähte hinein. Die ursprüngliche Form des Raumes war endgültig ruiniert worden, als man den Lattenrost eingebaut hatte, der das Bad abtrennte und mit blasigem, dunkelbraunem Firnis überzogen war. Er enthielt lediglich vermoderndes Spielzeug. Das Kinderzimmer, wie mir die Erinnerung an die Außenansicht sagte. Durch den Spalt zwischen der querhängenden Tür und deren Rahmen warf ich einen Blick auf die vergitterten Fenster. Wie alles übrige in dem Haus wirkten auch die Gitterstäbe überaus massiv. Ich betrachtete noch einmal das Spielzeug. Ich bemerkte, daß es sich augenscheinlich *ausschließlich* um Kuscheltiere handelte. Sie waren verschimmelt und mottenzerfressen, aber dennoch war zu erkennen, daß einige von ihnen offensichtlich verstümmelt worden waren. Da lagen das zerfallende Bein eines Teddybären, etliche Zentimeter vom Torso entfernt, sowie der abgetrennte Kopf eines einfallsreich gemusterten Vogels. Die Szene war so unerfreulich wie alles in dem Haus.

Womit hatte Sally sich den ganzen Tag lang beschäftigt? Wie ich vermutet hatte, ganz sicher nicht mit Hausputz. Blieben noch die Küchenräume – und natürlich die Bibliothek des verstorbenen Doktors.

Im Untergeschoß fanden sich eigenartige Speisereste und Hinweise darauf, daß noch vor kurzem, allerdings dürftig, gekocht worden war. Ich war beinahe überrascht, als ich feststellte, daß Sally nicht von Luft allein gelebt hatte. Insgesamt aber vermittelte das Untergeschoß nichts Ungewöhnlicheres als durchaus vertraute Verwunderung über Umfang und Beschwerlichkeit von Koch-Operationen in den Häusern unserer mittelständischen Urgroßväter.

Ich sah mich nach einer Kerze um, die mir in der Bibliothek Licht spenden sollte. Ich öffnete sogar diverse Schubladen, Verschläge und Schränke. Es schien keine Kerzen zu geben. Der Bibliothek wäre ohnehin, dachte ich, in der herabsinkenden Dämmerung leicht fröstelnd, mit einer Kerze allein nicht beizukommen. Das nächste Mal würde ich die imposante Stablampe meines Vaters mitbringen.

Anscheinend blieb nichts mehr zu tun. Ich hatte nicht einmal meinen Mantel ausgezogen. Ich hatte wenig genug entdeckt, das geeignet war, das Geheimnis zu enträtseln. Ob Sally Rauschgift nahm? Das schien mir sehr weit hergeholt. Ich schaltete das Licht in der Küche aus, stieg zum Erdgeschoß hoch und dann, nachdem ich die Haustür geschlossen hatte, wieder hinunter in den Garten. Ich beäugte das kaputte Eingangstor mit neuem Argwohn. Einige Zeit später fiel mir ein, daß ich keine der Türen im Haus wieder verschlossen hatte.

Am nächsten Morgen wurde ich im Gemeindekrankenhaus vorstellig.

»In gewisser Weise«, sagte Miss Garvice, »geht es ihr viel besser, was einigermaßen erstaunlich ist.«

»Kann ich sie sehen?«

»Leider nicht. Sie hat unglücklicherweise eine sehr unruhige Nacht hinter sich.« Miss Garvice saß mit einer großen gelben Katze auf dem Schoß hinter ihrem Schreibtisch. Als sie sprach, blickte die Katze mit einem Ausdruck gelassener Neugier zu ihr auf.

»Schmerzen?«

»Nicht wirklich, glaube ich.« Miss Garvice schob den Kopf der Katze nach unten auf ihre Knie. Sie machte eine Pause, ehe sie fortfuhr: »Sie hat die ganze Nacht geweint. Und geredet. Eher Hysterie als Fieberwahn. Schließlich mußten wir sie aus dem Gemeinschaftssaal verlegen.«

»Was redet sie denn?«

»Es wäre nicht fair unseren Patienten gegenüber, wenn wir wiederholten, was sie reden, wenn sie nicht bei Sinnen sind.«

»Sicher nicht. Aber ...«

»Ich gebe zu, daß ich überhaupt nicht begreifen kann, was mit ihr los ist. Mit ihrem Verstand natürlich, meine ich.«

»Sie hat einen Schock erlitten.«

»Ja ... Aber als ich sagte ›Verstand‹, hätte ich vielleicht besser ›Gefühle‹ gesagt.« Die Katze sprang von Miss Garvices Schoß hinunter auf den Boden. Sie begann sich an meinen Strümpfen zu reiben. Miss Garvice folgte ihr mit den Augen. »Sind Sie in ihrem Haus gewesen?«

»Ich habe kurz hineingeschaut.«

Miss Garvice wollte mich ausforschen, aber sie beherrschte sich und fragte nur: »Alles in Ordnung?«

»Soweit ich sehen konnte, ja.«

»Ob Sie wohl ein paar Sachen zusammensuchen und beim nächsten Mal mitbringen könnten? Ich bin sicher, daß ich Ihnen das anvertrauen kann.«

»Ich will sehen, was ich tun kann.« Beim Gedanken an das Haus fragte ich mich, *was* ich überhaupt tun konnte. Ich stand auf. »Ich komme morgen wieder, wenn ich darf.« Schnurrend begleitete mich die Katze zur Tür. »Vielleicht kann ich dann auch Sally sehen.«

Miss Garvice nickte nur.

In Wahrheit fand ich keine Ruhe, ehe ich nicht jenen rückwärtigen Raum erkundet hatte. Natürlich fürchtete ich mich, aber die Neugier wog weit schwerer. Ich glaubte - möglicherweise irrte ich -, daß selbst meine Furcht eher Furcht vor dem Unbekannten war als vor etwas, das ich dort wirklich vorzufinden erwartete. Wäre ein guter Freund nah gewesen, ich hätte seine Begleitung sehr begrüßt (dies war eine Aufgabe für einen Mann und für sonst niemanden). Aber wie die Dinge lagen, führte mich die Loyalität gegenüber Sally noch einmal allein dorthin.

Am Morgen hatte sich der Himmel mehr und mehr bedeckt. Während der Mittagszeit begann es zu regnen; den Nachmittag über wurde der Regen immer heftiger. Meine Mutter sagte, ich sei verrückt, das Haus zu verlassen, aber ich zog ein Paar schwere Wanderschuhe und meine Fahrrad-Pelerine an. Von meinem Vater hatte ich die Stablampe geborgt, bevor er am Morgen zur Arbeit gegangen war.

Zuerst betrat ich das Wohnzimmer, wo ich meinen Regenumhang und die durchgeweichte Baskenmütze ablegte. Es wäre vielleicht vernünftiger gewesen, die tropfnassen Sachen in den unteren Regionen aufzuhängen, aber ich empfand es wohl als klüger, sie nicht zu weit von der Haustür entfernt liegenzulassen. Eine Weile stand ich vor dem Spiegel und richtete mein verfilztes Haar. Das Licht ließ rasch nach, und es war nicht sehr viel zu erkennen. Der böige Wind peitschte den Regen gegen das große Erkerfenster, an dem er wie eine zerlaufende Wachsschicht herabsickerte und den spärlichen Blick nach draußen noch verzerrte. Der Fensterrahmen war reichlich undicht, auf dem Boden bildeten sich kleine Lachen.

Ich schlug den Kragen meiner Strickweste hoch, nahm die Stablampe und betrat den rückwärtigen Raum. Fast sofort fand ich im Lichtstrahl den Schalter. Er war in normaler Höhe, aber ungefähr einen Meter vom Eingang entfernt angebracht, als habe man mit Absicht verhindern wollen, daß das Licht von der Tür aus an- oder ausgeschaltet werden konnte. Ich machte Licht.

Ich hatte ausgiebige Spekulationen angestellt, aber was ich dann entdeckte, erstaunte mich nichtsdestoweniger. Zwischen den eigentlichen Wänden des Raumes hatte man drei Gänge aus Mauerwerk hochgezogen, das sich nach oben fortsetzte und unter der Decke ein Gewölbe bildete. Die grauen Steine waren unfachmännisch gesetzt, insbesondere das Gewölbe schien dem Zusammenbruch nahe. Die Innenseite der Tür war mit einer Eisenplatte verstärkt worden. Kein einziges Fenster war offengelassen worden. Ein krudes System elektrischer Beleuchtung war installiert worden, aber weder für Heizung noch für Belüftung war augenscheinlich gesorgt worden. Denkbar, daß der Raum zum Schutz vor Luftangriffen gedacht war; er existierte scheinbar schon seit einiger Zeit. Aber in diesem Fall war schwer ersichtlich, warum er immer noch bewohnt sein sollte, was er ganz offensichtlich war ...

Denn an diesem schaurigen Ort standen viele Bücherregale aus unbehandeltem Holz, die mit zerfallenden bräunlichen Büchern vollgepackt waren, mehrere abgenutzte hölzerne Lehnstühle, ein großer, mit Papieren bedeckter Schreibtisch und ein Feldbett, das, wie das Bett im Obergeschoß, Anzeichen kürzlicher Benutzung aufwies. Am sonderbarsten waren ein kleiner Aschenbecher neben dem Bett, der in Zigarettenstummeln erstickte, und eine leere Kaffeetasse. Ich hob das Kopfkissen hoch; darunter lag Sallys Pyjama, nicht zusammengelegt, sondern einfach daruntergestopft. Es fiel schwer, der unerquicklichen Vorstellung zu widerstehen, daß sie anfangs in dem oberen Zimmer geschlafen hatte, dann aber aus irgendeinem Grund in diese Höhle gezogen war, die ihr Vater, wie sie selbst sagte, nie verlassen hatte.

Mir gefällt der Gedanke, daß ich mich mehr von Phantasie als von Vernunft leiten lasse. Zum Beispiel hatte ich in Betracht gezogen, daß Dr. Tessler in rasenden Wahnsinn verfallen war und daß der Raum, den er nie verlassen hatte, sich als eine Art Gummizelle erweisen würde. Aber von Auspolsterung konnte überhaupt keine Rede sein. Der Raum ähnelte weit mehr einem Kerker. Es schien nicht recht möglich, daß Sallys Vater während ihrer gesamten Kindheit irgendwie unter Kuratel gestanden haben sollte. Auch glich der Raum in fürchterlicher Weise einem Grab. Konnte der Doktor einer jener Visionäre gewesen sein, die sich endlosem Brüten über ›Das Ende‹ hingeben und sich mit Symbolen der Sterblichkeit schmücken wie Donne mit seinem Leichentuch? Es war schwer zu glauben, daß Sally ihrem Vater darin nacheifern würde ... Ich glaube, einige Zeit wehrte ich mich gegen die wahrscheinlichste Lösung, indem ich jeder anderen Vermutung, die mein Verstand aufzubieten vermochte, ernsthafte Bedeutung beimaß. Schließlich stellte ich mich der Tatsache, daß die Örtlichkeit mehr einer Festung glich als einem Verlies oder einem Grab; und die Idee, daß es etwas in dem Haus gab, gegen das man sich schützen mußte, war zwingend. Die verschlossenen Türen, das Bild des Verfalls im zweiten Stock, Sallys Verhalten. Ich hatte es die ganze Zeit über gewußt.

Ich schaltete die trübe Lichtquelle, die an einem gedrehten Kabel hing, aus. Als ich die Tür der Bibliothek verschloß, machte ich mir Gedanken über die unbekannten Plagen, die mein gestriges Versäumnis, das Haus so zurückzulassen, wie ich es vorgefunden hatte, möglicherweise nach sich gezogen hatte. Ich ging die paar Schritte von der Bibliothek zum Wohnzimmer durch den Korridor zurück, in Gedanken versunken und wachsam zugleich. Aber nicht zu tief in Gedanken versunken oder wachsam genug für meinen Seelenfrieden. Denn als ich in dem fast vollständig verschwundenen Tageslicht in das Wohnzimmer zurückkehrte, sah ich, wenn auch nur einen Augenblick, eine Sekunde, ein flüchtiges Aufblitzen lang, *ihn*.

Als wolle er zu meinem Gewinn das karge Licht ganz ausschöpfen, stand er direkt vor dem großen Erkerfenster. Wie er sich mir darbot, sah ich ihn zu drei Vierteln von hinten. Aber ich konnte einen Teil der Konturen seines Gesichtes erkennen: vollkommen weiß (etwas, das man gesehen haben mußte, um es zu glauben), die Haut straff über die Knochen gespannt wie mit einem Abbinder. Ich sah eine Ahnung dünnen Haars. Ich glaube, er trug Schwarz, ein Gewand, das mir ein Gehrock zu sein schien. Er stand gebeugt und schattenhaft, abgesehen von dem Schimmern des weißen Gesichts. Naturgemäß konnte ich seine Augen nicht erkennen. Unnötig zu erwähnen, daß er fast schon im gleichen Augenblick verschwunden war, da ich ihn erblickt hatte, aber es wäre ungenau zu sagen, daß er *augenblicklich* verschwand. Mir blieb Zeit für einen Lidschlag. Zuerst glaubte ich, tot oder lebendig, Dr. Tessler zu sehen, doch gleich darauf dachte ich das nicht mehr.

An diesem Abend unternahm ich den Versuch, meinen Vater ins Vertrauen zu ziehen. Ich hatte in ihm immer den gütigsten Menschen der Welt gesehen, von dem es mich indes weit fortgetragen hatte. Nun war ich, wie häufig anderen gegenüber, gespannt auf verblüffende Reaktionen von seiner Seite.

Nachdem ich meine Geschichte beendet hatte (ich erzählte ihm allerdings nicht alles), wobei er aufmerksam lauschte und ab und an eine kluge Frage über einen Punkt einflocht, den ich unzureichend erläutert hatte, sagte er: »Wenn du willst, sage ich dir, was ich davon halte.«

»Bitte.«

»Es ist ganz einfach. Die ganze Sache geht dich nichts an.« Er lächelte, um seinen Worten den Stachel zu nehmen, aber unter der Oberfläche wirkte er ungewöhnlich ernst.

»Ich habe Sally gern. Im übrigen hat mich Miss Garvice darum gebeten.«

»Miss Garvice hat dich gebeten, nach der Post zu sehen, nicht darum, im Haus herumzustöbern.«

Das war zweifellos mein schwacher Punkt. Aber alles in allem war es auch kein Punkt für ihn.

»Sally hat die Postzustellung aufgekündigt«, konterte ich. »Sie holte gerade ihre Briefe vom Postamt ab, als sie überfahren wurde. Ich kann mir nicht denken, warum.«

»Gib dir keine Mühe.«

»Was ist mit all dem, was ich gesehen habe? Auch *wenn* ich kein Recht hatte, im ganzen Haus herumzulaufen.«

»Mel«, entgegnete mein Vater, »du bist Schriftstellerin. Ist dir bis jetzt noch nicht aufgefallen, daß das Leben aller Menschen voll ist von Angelegenheiten, die du nicht verstehen kannst? Es ist die Ausnahme, wenn du etwas davon verstehen kannst. Ich erinnere mich an einen Mann, den ich kennenlernte, als ich das erste Mal in London war ...« Er brach ab. »Aber glücklicherweise *müssen* wir nicht verstehen. Und aus diesem Grunde haben wir kein Recht, das Leben anderer Leute allzu genau unter die Lupe zu nehmen.«

Ganz und gar verblüfft schwieg ich.

Mein Vater klopfte mir auf die Schulter. »Man kann sich doch einbilden, Dinge zu sehen, wenn das Licht nicht besonders gut ist. Vor allem ein künstlerisch begabtes Mädchen wie du, Mel.«

Selbst von meinen Eltern ließ ich mich gelegentlich noch gern als Mädchen ansprechen.

Als ich in mein Zimmer hinaufging, fiel mir ein, daß ich wieder etwas vergessen hatte. Diesmal waren es die »paar Sachen« für Sally.

Natürlich kam Miss Garvice sofort darauf zu sprechen.

»Es tut mir sehr leid. Ich habe es vergessen. Das muß wohl am Regen gelegen haben«, redete ich drauflos, mich wie eine Halbwüchsige vor einer Respektsperson entschuldigend.

Miss Garvice schnalzte kaum vernehmbar mit der Zunge. Aber ihre Gedanken waren woanders. Sie ging zur Tür ihres Zimmers.

»Serena!«

»Ja, Miss Garvice?«

»Ich möchte ein paar Minuten nicht gestört werden, ja? Ich sage wieder Bescheid.«

»Ja, Miss Garvice.« Serena verschwand und schloß die Tür mäuschenstill. »Ich will Ihnen etwas Vertrauliches mitteilen.«

Ich lächelte. Vertraulichkeiten mit Vorankündigung sind selten der Rede wert.

»Sie kennen unsere Routinemaßnahmen. Wir haben verschiedene Untersuchungen bei Sally durchgeführt. Eine davon machte uns stutzig.« Miss Garvice zündete ein Streichholz an der Reibfläche des Raucher-Sets an, das auf ihrem Schreibtisch stand. Einen Moment lang vergaß sie die dazugehörige Zigarette. »Wußten Sie, daß Sally schwanger war?«

»Nein«, erwiderte ich. Aber es war vielleicht eine Erklärung. Für ein paar Dinge.

»Normalerweise würde ich Ihnen das natürlich gar nicht sagen. Oder jemand anders. Aber Sally ist dermaßen hysterisch. Sie sagen, Ihnen sind keine Angehörigen bekannt?«

»Keine. Was kann ich tun?«

»Ob Sie wohl in Betracht ziehen könnten, sie bei sich aufzunehmen? Natürlich nicht sofort. Wenn wir sie entlassen. Sally wird eine Freundin brauchen.«

»Sie wird nicht kommen. Zumindest wollte sie das nicht. Ich habe sie bereits dazu bewegen wollen.«

Jetzt paffte Miss Garvice den Rauch aus wie eine Lokomotive. »Warum denn das?«

»Ich fürchte, das ist meine Sache.«

»Sie wissen nicht, wer der Vater ist?«

Ich sagte nichts.

»Es ist ja nicht so, daß Sally ein junges Mädchen wäre. Um ganz offen zu sein, manches an ihrem Zustand gefällt mir nicht.«

Nun war es an mir, eine Frage zu stellen.

»Und der Unfall? Hat er Schaden angerichtet?«

»Seltsamerweise nicht. Es ist nicht weniger als ein Wunder; auf die eine oder andere Weise«, sagte Miss Garvice und bemühte sich um einen verständnisvolleren Gesichtsausdruck.

Ich hatte das Gefühl, daß zwischen uns keine weiteren Fortschritte zu erwarten waren. Ich versicherte Miss Garvice, daß ich Sally zu gegebener Zeit noch einmal einladen würde, und fragte erneut, ob ich sie sehen könnte.

»Tut mir leid. Aber Besuch steht für Sally nicht zur Debatte.«

Ich war froh, daß Miss Garvice nicht auf das Thema der ›paar Sachen‹ für Sally zurückkam, obwohl ich mir Vorwürfe machte, weil ich nicht daran gedacht hatte; besonders weil ich nicht den Wunsch hatte, deswegen noch einmal zurückzukehren. Es war nicht daran zu denken, Miss Garvice meine wahren Beweggründe zu erläutern, und die Loyalität gegenüber Sally galt mir noch immer viel; aber es mußte eine Lösung gefunden werden. Ich durfte darüber hinaus keine Schritte unternehmen, die dazu führen mochten, daß jemand anders zu Sallys Haus geschickt wurde. Das beste, was mir einfiel, war, ein paar meiner eigenen ›Sachen‹ auszusuchen und zu behaupten, sie gehörten Sally. Es wäre an Sally, den Ersatz zu akzeptieren.

Aber die Frage, die sich mir am nächsten Morgen aufdrängte, war, ob der Verunreinigung von Sallys Haus durch Maßnahmen im Hause selbst ein Ende gesetzt werden konnte – und ob sie womöglich einen Einfluß auf die Außenwelt ausübte. Sallys rätselhafte Unrast, von der Miss Garvice berichtet hatte, war alles andere als beruhigend, aber im ganzen neigte ich dazu, sie als eine Nachwirkung oder ein Zeichen ihrer Verwandlung zu betrachten. (Zu diesem Zeitpunkt wehrte ich mich dagegen, Sallys Schwangerschaft überhaupt zur Kenntnis zu nehmen.) Es konnte gar kein Zweifel daran bestehen, daß unverzügliches Handeln lebenswichtig war. Exorzismus? Oder etwa Brandstiftung? Ich bezweifle, daß ich zu jenen gehöre, denen ersteres jemals sonderlich zusagen könnte; sicherlich nicht als Methode, um etwas zu verjagen, das für das Gefühl wie für das Auge so deutlich wahrnehmbar war. Letzteres hingegen mochte ohne weiteres (von anderen Widrigkeiten einmal abgesehen) an jenem steinernen Tresor von Bibliothek scheitern. Flucht? Ich zog diese Möglichkeit lange und ernsthaft in Erwägung. Aber immer noch schien mein stärkstes Motiv in der ganzen Angelegenheit Mitleid mit Sally zu sein. Also blieb ich.

Ich stattete dem Krankenhaus an jenem Morgen keinen Besuch ab, weil ich absolut keine Vorstellung hatte, was ich dort hätte tun oder vorbringen sollen, stattdessen kehrte ich am Nachmittag zu dem Haus zurück. Trotz meines Entsetzens vor diesem Ort glaubte ich, ich würde vielleicht auf etwas stoßen, das einen Anhalt für das weitere Vorgehen liefern würde. Ich wollte die verschmutzten Schriftstücke und sogar die Bücher in der Bibliothek näher in Augenschein nehmen. Die Idee, das ganze Anwesen niederzubrennen, war noch keineswegs aus meinen Gedanken verbannt. Ich wollte daher die Brennbarkeit des Hauses und das Ausmaß der Gefährdung für die Nachbarn abwägen ... Die ganze Zeit über schätzte ich natürlich meine eigene Stärke und das, was mit mir geschah, völlig falsch ein.

Aber als ich das aus den Angeln gesprungene Tor anhob, verließ mich plötzlich der Mut – wieder etwas, das mir noch nie zuvor passiert war, weder im Verlauf dieser Ereignisse noch zu einem früheren Zeitpunkt. Mir war sterbenselend. Ich hatte große Angst, ohnmächtig zu werden. Mein ganzer Körper fühlte sich verkrampft und unwirklich zugleich an.

Dann gewahrte ich Mr. Orbits Botenjunge, der mich vom Tor der gegenüberliegenden Zahnarztpraxis aus anstarrte. Ich muß ein sonderbares Schauspiel geboten haben, der Junge wirkte wie versteinert. Ich sah, daß sein Mund weit offen stand. Ich kannte den Jungen ganz gut. Es war aus allen möglichen Gründen wichtig, daß ich mich schicklich benahm. Der Junge vertrat sozusagen die öffentliche Meinung. Ich nahm zwei tiefe Atemzüge, holte den gewichtigen Schlüsselbund aus meiner Handtasche hervor und stieg so gelassen wie möglich die Stufen hinauf.

Im Innern des Hauses ging ich in der Aussicht auf ein Glas Wasser auf direktem Wege ins Untergeschoß. Nun da Mr. Orbits Botenjunge mich nicht mehr anstarrte, fühlte ich mich schlechter denn je, so daß ich ohne Umstände, noch bevor ich nach einem Glas suchen oder zum Wasserhahn gelangen konnte, auf einem der zwei beschädigten Küchenstühle niedersank. Mein Haar war schweißnaß, meine Kleidung schien mir unerträglich schwer.

Da hörte ich Schritte auf der Treppe zur Küche.

Ich vervollständigte die Serie meiner neuen Erfahrungen, indem ich nun wirklich ohnmächtig wurde.

Ich kam durch die Laute eines Tieres wieder zu mir, ein schniefendes, grunzendes Wehklagen, das mit großer Beharrlichkeit aus dem oberen Stockwerk zu dringen schien. Ich habe wohl geraume Zeit gelauscht und sogar, wenngleich vergeblich, versucht, das Tier zu identifizieren, bevor ich mich einigermaßen erholt hatte und bemerkte, daß Sally an der Anrichte lehnte und mich anstarrte.

»Sally! *Du* warst das!«

»Was dachtest du denn? Dies ist mein Haus.«

Sie trug nicht mehr die schmuddeligen grauen Hosen, sondern war auf eine sonderbare Weise gekleidet, auf die ich aus Gründen der Diskretion nicht weiter eingehen will. Auch in anderer Hinsicht war ihre Verwandlung nun vervollständigt: Ihre Augen hatten eine abstoßende Leblosigkeit angenommen, der Knochenbau ihres Gesichts, früher so zart, hatte eine unglaubliche Veränderung durchgemacht. In ihrer Stimme war ein unangenehmes Krächzen, ganz als habe ihr Kehlkopf seine Modulationsfähigkeit verloren.

»Würdest du mir bitte meine Schlüssel zurückgeben?«

Ich hatte Schwierigkeiten zu verstehen, was sie sagte, wobei meine wackelige Verfassung es mir auch nicht leichter machte. Überaus ungeschickt stand ich auf, während Sally mich aus ihren verwandelten Augen anstarrte. Ich hatte auf dem Steinfußboden gelegen. Ich verspürte einen heftigen Schmerz am Hinterkopf und im Nacken.

»Schön, daß es dir bessergeht, Sally. Ich hatte dich vorerst nicht hier erwartet.« Meine Worte klangen unwahrscheinlich dumm.

Sie sagte darauf nichts, sondern streckte nur ihre Hand aus. Auch sie sah anders aus: grau und knochig, mit knotig hervortretenden Venen.

Ich händigte ihr den großen Schlüsselbund aus. Ich fragte mich, wie sie ohne ihn das Haus betreten hatte. Das Tier über uns wimmerte ohne Unterlaß weiter. Jetzt schien ein Geräusch hinzuzukommen, das mir wie das Scharren eines Schweins vorkam. Unwillkürlich blickte ich zur Decke hinauf.

Sally nahm die Schlüssel, nahm sie behutsam und sanft, ohne Heftigkeit, und verdrehte in Parodie meines Blicks ihre stumpfen Augen nach oben und stieß ein ohrenbetäubendes, kreischendes Gelächter aus.

»Magst du Kinder, Mel? Möchtest du *mein Baby* sehen?«

Das gab mir wirklich den Rest, ich weiß nicht mehr genau, wie ich darauf reagierte.

Sally schien nun von schrecklichem Stolz erfüllt. »Glaube mir, Mel«, sagte sie, »es gibt Wege, auf die Welt zu kommen, die du dir nicht träumen läßt.«

Ich hatte wieder angefangen zu zittenr, aber Sally packte mich mit ihrer grauen Hand und begann, mich die Kellertreppe hinaufzuziehn.

»Willst du Patentante sein? Komm, sieh dir dein Patenkind an, Mel.«

Die Laute kamen aus der Bibliothek. Ich umklammerte das obere Ende des Geländers. Verwirrt wie ich war, wurde mir dennoch klar: Das scharrende Geräusch hatte etwas zu tun mit dem Zerreißen von Dr. Tesslers Büchern. Aber es war vor allem das keuchende, kehlige Geschrei der Kreatur, das mir Herz und Muskeln zu Wasser verwandelte.

Oder zu Stahl. Denn während Sally nach mir griff, um mich vom Geländer fort und in die Bibliothek zu zerren, bemerkte ich plötzlich, daß sie überhaupt keine Kraft hatte. Was immer ihr zugestoßen sein mochte, sie war schwach wie ein Gespenst.

Ich riß mich von ihr los, ließ das Geländer fahren und wollte zur Haustür. Sally begann, mein Gesicht und meinen

Hals zu zerkratzen, aber ich setzte mich ganz beachtlich zur Wehr. Da fing Sally an, mit ihrer unnatürlichen Stimme laut zu schreien: Sie versuchte, die Kreatur in den Flur zu zitieren. Sie kratzte und zerrte, während sie ächzend einen Strom gräßlicher Koseworte für das Ding in der Bibliothek hervorstieß.

Schließlich fand ich meine Hände um ihren Hals geschlossen, der trotz des kalten Wetters nackt war. Ich konnte diese zerrüttete Stimme nicht länger ertragen. Sofort begann sie, nach mir zu treten, ihre Schuhe schienen Metallkappen zu haben. Ich hatte die gräßliche Vorstellung, daß ihr Eisenfüße gewachsen waren. Dann schleuderte ich sie von mir fort auf den Boden des Korridors und floh aus dem Haus.

Es war nun dunkel, außerhalb des Hauses irgendwie dunkler als im Innern; ich stellte fest, daß ich noch Kraft genug hatte, den ganzen Weg nach Hause zu rennen.

Ich verreiste für vierzehn Tage, obwohl es im Grunde das letzte war, was ich wollte. Nach dieser Zeit - außerdem stand das Weihnachtsfest vor der Tür - kehrte ich ins Haus meiner Eltern zurück; ich wollte nicht zulassen, daß Sally meine derzeitigen Lebenspläne durcheinanderbrachte.

Den Winter über warf ich in gewissen zeitlichen Abständen von der Ecke der Sackgasse, in der es stand, verstohlene Blicke nach Sallys Haus, entdeckte aber keine Anzeichen eines Bewohners oder einer Veränderung.

Ich hatte von Miss Garvice erfahren, daß Sally einfach aus dem Gemeindekrankenhaus »verschwunden« war.

»Verschwunden?«

»Lange bevor sie entlassungsreif war - das muß ich wohl nicht eigens erwähnen.«

»Wie ist das passiert?«

»Die Nachtschwester machte ihre Runde und stellte fest, daß das Bett leer war.«

Miss Garvice sah mich an, als sei ich eine Kronzeugin. Wären wir in Miß Garvices Dienstzimmer im Krankenhaus gewesen, wäre Serena sicher aufgefordert worden, dafür Sorge zu tragen, daß wir nicht gestört würden.

Sally war noch nicht lange genug wieder da, um in der Stadt viel Aufmerksamkeit zu erregen, und ich stellte fest, daß sie bald niemand mehr erwähnte.

Dann, an einem Tag zwischen Ostern und Pfingsten, stand sie auf einmal vor meiner Haustür.

»Hallo, Mel.«

Wieder war sie es, die das Gespräch begann. Sie war so, wie sie vor dem letzten Herbst immer gewesen war; mit der ihr eigenen seltsamen, unvergänglichen, sorglosen Anmut und ihrem lieblichen, abwesenden Lächeln. Sie trug ein weißes Kleid.

»Sally!« Was hätte man auch sagen können?

Unsere Augen trafen sich. Sie sah, daß sie ohne Umwege zur Sache kommen mußte.

»Ich habe mein Haus verkauft.«

Ich blieb gelassen. »Ich habe ja gesagt, daß es zu groß für dich ist. Komm herein.«

Sie trat ein.

»Ich habe eine Villa gekauft. Auf den Kykladen.«

»Um zu arbeiten?«

Sie nickte. »Das Haus hat mir natürlich einiges eingebracht. Und mein Vater hat mir mehr hinterlassen, als ich erwartet hatte.«

Ich sagte irgend etwas Banales.

Und schon streckte sie sich auf dem großen Sofa aus und sah mich über ihren Arm hinweg an. »Mel, ich möchte, daß du mitkommst und bei mir bleibst. Lange. So lange du kannst. Du bist dein eigener Herr, und es kann nicht dein Wunsch sein, hierzubleiben.«

Psychologen haben, wie ich mich erinnerte, herausgefunden, daß die relative Unterlegenheit von Frauen in Dingen, die man als ›rein intellektuell‹ bezeichnet, auf die größere Entmutigung und Unterdrückung ihrer Neugier in der Kindheit zurückgeführt werden kann.

»Danke, Sally. Aber ich bin hier ganz zufrieden.«

»Bist du *nicht*. Sei ehrlich, Mel.«

»Nein. Bin ich nicht.«

»Also?«

Eines Tages werde ich wahrscheinlich gehen.

Die Fremdenführer

John Trant betrat die Kathedrale St. Bavo fast genau um 11.30 Uhr.

Er hatte unerwartet eine Woche Urlaub nehmen können, die er in Belgien verbrachte, weil Belgien nicht weit war und die Saison zu Ende ging, und weil er noch nie dort gewesen war. Trant, der unverheiratet war (obwohl er die Absicht hatte, eines Tages zu heiraten), reiste allein, aber er fühlte sich dabei selten einsam, denn er hielt seine Vereinzelung für selbstgewählt und betrachtete sie eher als Freiheit. Er zählte zweiunddreißig Jahre und sah sich als einen Durchschnittsmenschen, ausgenommen vielleicht eben seine Art zu reisen, die seiner Meinung nach ernsthafter und systematischer war als die der meisten.

Die Uhrzeit, zu der er die Kathedrale betrat, war von Bedeutung, weil ihn in anderen Städten die merkwürdige kontinentale Sitte gestört hatte, Sehenswürdigkeiten zwischen 12 und 14 Uhr zu schließen, sogar große Kirchen. Tatsächlich war er sich unschlüssig gewesen, ob er die Kathedrale überhaupt besichtigen sollte, da ihm nur so wenig Zeit blieb. Man konnte nicht einmal von der halben Stunde ausgehen, da die Besucher für gewöhnlich bereits eine ganze Weile vor der tatsächlichen Schließung hinauskomplimentiert wurden. Es war ein stiller Morgen, völlig windstill, aber bedeckt. Man könnte sagen, die Menschen hatten begonnen, auf den Jahresausklang zu warten.

Was Trant am meisten beeindruckte, als er das gewaltige Gebäude betrat, war der Anschein von Stille, von Leere in seinem Innern. Andere belgische Kathedralen hatten stets zwanzig oder dreißig betende oder zumindest kniende Menschen, gewichtig schreitende Priester mit Meßdienergefolge und natürlich Amerikaner beherbergt. Immer hatte es unwürdige Hast, rituelle Geschäftigkeit und gereckte Hälse gegeben. Hier aber gab es niemanden, außer denen natürlich, die in ihren Gräbern ruhten. Trant fragte sich, ob die Ortskundigen nicht vielleicht wüßten, daß es sich bereits nicht mehr lohnte, die Kirche aufzusuchen.

Er lehnte sich an eine Säule am westlichen Ende des Mittelschiffs, wie er es immer tat, und informierte sich in seinem Reiseführer über die Geschichte der Kathedrale. Er wählte diesen Standort, um bei der Lektüre des nächsten Kapitels, der Architekturübersicht, den vorteilhaftesten Rundblick zu haben. Nichtsdestoweniger stellte er für gewöhnlich fest, daß er sich bald wieder in Bewegung setzen mußte, wenn er den Ausführungen des Reiseführers folgen wollte, da nur wenige Kathedralen es gestatten, daß ein Neuling von einem einzigen Punkt aus ihre Architektur, und sei es nur in den Grundzügen, erfaßt. So war es auch jetzt: Trant bemerkte, daß er den Faden verlor, und beschloß, der Richtschnur des Reiseführers zu folgen. Zuvor warf er noch einen kurzen Blick in die Runde. Die Kathedrale schien immer noch verlassen zu sein. Es war eigenartig, aber eine sehr angenehme Abwechslung.

Trant bewegte sich nun parallel zum südlichen Seitenschiff vorwärts und hielt dabei den Reiseführer wie ein Brevier. »Eichenholzkanzel mit Schnitzereien«, vermeldete das Buch, »und mit Marmorbildwerk, sämtlich von Laurent Delvaux.« Trant hatte die Kanzel undeutlich aus der Ferne wahrgenommen, aber als er den Blick von dem Buch hob und sie bewußt ins Auge faßte, bemerkte er etwas Ungewöhnliches. Da war doch eine Gestalt auf der Kanzel, nicht aufrecht stehend, sondern über das Predigerpolster geneigt? Trant konnte die Scheitelpartie eines kleinen, kahlen Kopfes mit einem tiefangesetzten Kranz weißer Haare, fast wie ein Heiligenschein, und nach beiden Seiten ausgestreckte Arme mit schlaffen Fingern erkennen. Dabei sprach nichts für einen Priester; die Gestalt trug weder Weiß noch Schwarz, sondern war im Gegenteil in mehrere leuchtende Farben gehüllt. Obwohl einigermaßen verwirrt, ging Trant weiter, passierte die nächste Säule im Bogengang zwischen Hauptschiff und Seitenschiff und warf durch das freie Feld erneut einen Blick auf die Kanzel. Er sah sofort, daß dort nichts war, nichts außer einem Haufen minderrangiger Meßgewänder sowie Schriftstücke in farbigen Einbänden.

Trant hörte ein Lachen. Er wandte sich um. Hinter ihm stand ein schlanker, braunhaariger junger Mann in einem grauen Anzug.

»Entschuldigen Sie«, sagte der junge Mann. »Ich selbst habe es auch gesehen, also haben Sie keine Angst.« Er sprach klar verständlich, wenn auch mit einem leichten ausländischen Akzent.

»Es war erschreckend«, erwiderte Trant. »Nicht von dieser Welt.«

»Ja. Sie sagen es: nicht von dieser Welt! Ist Ihnen das Haar aufgefallen?«

»Und ob.« Der junge Mann hatte genau die Einzelheit herausgegriffen, die Trant am meisten verwirrt hatte. »Was halten Sie davon?«

»Heilig, heilig, heilig«, sagte der junge Mann mit dem ausländischen Akzent; dann lächelte er und schlenderte in westlicher Richtung davon. Trant war *fast* sicher, daß dies seine Worte gewesen waren. Das Haar der Truggestalt auf der Kanzel hatte Trant an die Darstellung von Heiligenscheinen auf manchen alten Gemälden erinnert; breite Lichtbalken oder -streifen, die einen äußeren verschwommenen Ring mit dem Kopf der Heiligen verbinden. Es hatte so ausgesehen, als bilde das weiße Haar der Gestalt solche Speichen.

Trant riß sich zusammen und gelangte zum südlichen Querschiff, das voller Totenschilde hing. Er nahm sich ›Der zwölfjährige Jesus im Tempel‹ vor – »das Meisterwerk von Frans Pourbus d. Ä.«, wie der Reiseführer anmerkte – und bemühte sich, die Berühmtheiten zu identifizieren, die darauf dargestellt sein sollten – darunter der Herzog von Alba, Vigilius ab Ayatta und sogar Kaiser Karl V.

›Das Martyrium der Heiligen Barbara‹ von De Crayer in der angrenzenden Kapelle war, wie sich zeigte, mit einem Tuch verhängt – eine weitere irritierende kontinentale Sitte, mit der Trant bereits zuvor Bekanntschaft gemacht hatte. Da niemand in der Nähe zu sein schien, hob Trant eine Ecke des Tuches an, das wie so vieles andere in belgischen Kathedralen braun und staubig war, und spähte darunter. Es war kaum möglich, sehr viel zu erkennen, zumal das Licht sehr schlecht war.

»Warten Sie, ich helfe Ihnen«, sprach eine transatlantische Stimme in Trants Rücken. »Ich nehme es ganz weg, und dann werden sie *etwas* zu sehen bekommen, das können Sie mir glauben.«

Wieder war es ein junger Mann, aber diesmal ein rothaariger und fröhlich dreinschauender Jüngling in einer grünen Windjacke.

Der Jüngling entfernte nicht nur das Tuch, er schaltete auch elektrisches Licht ein.

»Danke«, sagte Trant.

»Nun schauen Sie genau hin.«

Trant sah hin. Es war eine außerordentlich grauenerregende Szene.

»Meine Güte.« Trant hatte kein Verlangen, länger hinzuschauen. »Trotzdem vielen Dank«, sagte er, sich für seine Abscheu entschuldigend.

»Was für ein merkwürdiges Völkchen diese alten Heiligen doch waren«, kommentierte der transatlantische Jüngling, als er das abgenutzte Tuch wieder anbrachte.

»Vermutlich haben sie ihren Lohn im Himmel erhalten«, meinte Trant.

»Darauf können Sie wetten«, sagte der Jüngling mit einer Inbrunst, die Trant nicht ganz nachvollziehen konnte. Er schaltete das Licht aus. »Bis später.«

»Schon möglich«, sagte Trant lächelnd.

Der Jüngling sagte nichts mehr, steckte die Hände in die Taschen und verschwand pfeifend im Südportal. Trant selbst hätte niemals gewagt, in einer fremden Kirche derart laut zu pfeifen.

Wie jedermann weiß, ist das bedeutendste Kunstwerk in der Kathedrale von St. Bavo die ›Anbetung des Lammes‹ des mysteriösen van Eyck oder der van Eycks, Singular oder Plural. Heute hängt das Bild in einer kleinen, durch Vorhänge separierten Seitenkapelle, die vom südlichen Chorumgang abzweigt, und die meisten Fremden müssen bezahlen, um es zu sehen. Als Trant die Kapelle erreichte, sah er den entsprechenden Hinweis an der Tür, da er aber hier wie überall keine Geräusche hörte, nahm er an, daß er allein war. Ein wenig ungehalten über die Forderung nach Eintrittsgeld, wie bei Protestanten üblich, ergriff er die Initiative und hob den dunkelroten Vorhang sachte an.

Obzwar in der Kapelle weiterhin Ruhe herrschte, war sie doch keineswegs menschenleer. Im Gegenteil, sie war so voll, daß Trant keinen Schritt weiter hätte hineintun können, selbst wenn er es gewagt hätte.

Es waren zwei Arten von Leuten in der Kapelle. Vorn befanden sich mehrere Reihen schwarzgekleideter Männer. Sie knieten mit gesenkten Häuptern, Schulter an Schulter, Hüfte an Hüfte in – wie Trant vermutete – schweigender Andacht. Hinter ihnen befand sich, noch dichter gedrängt, eine Gruppe, fast schon ein Pulk, wunderlicher, alter belgischer Frauen, aufgedunsen häßlich, ohne Geschlecht und herrisch, wie Trant sie anderswo, an geweihten wie an weltlichen Stätten, schon oft gesehen hatte. Die alten Frauen knieten nicht, sondern saßen. Dennoch wirkten sie auf gespenstische Weise verzückt. Am seltsamsten wirkte ihr regloses Schweigen. Trant hatte überall in Belgien solche Versammlungen gesehen, aber nie, niemals schweigend, ganz im Gegenteil. Keine einzige Person diese Gruppe schien seine Anwesenheit auch nur zu bemerken: gleichermaßen ungewöhnlich für ein so neugieriges Volk.

Und in diesem sonderbaren Rahmen nahm sich das berühmte Bild selbst nicht minder sonderbar aus, mit seinen rätselhaften Monstren, Hexen und wandelnden Allegorien und seinen eigenartig leuchtenden Farben, die einer anderen Welt anzugehören schienen – in seiner Gesamtheit zweifellos in der Terminologie Freuds deutbar, aber nichtsdestoweniger so dicht gewirkt wie ein Orientteppich und älter als Adam und Eva, die am Rand zu sehen sind. Trant fand, daß das Bild seinen beunruhigenden Verehrern nur allzu verwandt war.

Er ließ den Vorhang fallen und setzte überaus erregt seinen Weg fort.

Zwei Kapellen weiter stieß er auf die ›Lobpreisung der Jungfrau‹ von Liemakere. Hier war ein Chorknabe in einer roten Soutane damit beschäftigt, das Altarkruzifix zu polieren. Sein schwarzes Haar war schon spärlich, sein Gesicht grau und wachsam.

»Onze lieve Vrouw«, erläuterte der Chorknabe Trant das Bild.

»Ja«, sagte Trant. »Vielen Dank.«

Ihm ging durch den Kopf, daß Polieren eine merkwürdige Beschäftigung für einen Chorknaben war. Vielleicht war er gar kein Chorknabe, sondern eine andere Art Kirchendiener. Trant kam erneut in den Sinn, daß er in kürze aus dem Gebäude gewiesen werden müßte. Er sah auf seine Uhr. Sie war stehengeblieben. Sie zeigte noch immer 11.28 Uhr.

Trant schüttelte die Uhr an seinem Ohr, aber sie begann nicht wieder zu ticken. Er sah, daß auch der Junge mit der Polierarbeit (er war mit den durchbohrten Füßen beschäftigt) eine Uhr an einem schmalen schwarzen Armband trug. Wieder gestikulierte Trant. Der Junge schüttelte mit einiger Heftigkeit den Kopf. Trant war sich nicht sicher, ob die Uhr des Jungen defekt war oder ob er möglicherweise dachte, daß Trant sie ihm wegnehmen wolle. Dann wurde ihm in Sekundenschnelle klar, daß der Junge, was immer sonst in ihm vorgehen mochte, gewiß nicht beunruhigt wirkte. Im Gegenteil. Er schien so entrückt, als sei er bereits ein Priester, und weigerte sich wohl aus Prinzip, Trant die Zeit mitzuteilen – fast schon mit der Andeutung, er weigere sich zum Besten des Fragenden, wie sie sich Priester gerne gestatten. Trant verließ die Kapelle mit Liemakeres Meisterwerk rasch wieder.

Wieviel Zeit mochte ihm wohl noch bleiben?

In der nächsten Kapelle befand sich ein umfängliches Altarbild von Rubens, das St. Bavo zeigte, wie er all seine Besitztümer an die Armen verteilt.

In der nächsten war das entsetzliche ›Martyrium des Heiligen Livinus‹ von Seghers zu sehen.

Nach einer weiteren Seitenkapelle hatte Trant die Kreuzungsstelle des nördlichen Querschiffs und des Chors erreicht. Der Chor war von einer wuchtigen und undurchdringlichen Abschirmung aus schwarzem Marmor wie von einem Käfig für kaiserliche Löwen umgeben.

Der Reiseführer wies ausdrücklich auf die vier Gräber einstiger Bischöfe hin, die sich im Innern befinden sollten, aber Trant konnte, als er durch das steinerne Gitter hindurchspähte, kaum Umrisse erkennen. Er ging von einem

Ende der Chorstufen zum anderen, auf der Suche nach einem Aussichtspunkt, der besseres Licht böte. Es war zwecklos. Schließlich drückte er die Klinke des Chorportals. Das Portal war allem Anschein nach verschlossen gewesen; tatsächlich aber öffnete es sich sofort, als Trant den Versuch unternahm. Er betrat das dunkle Gelaß auf Zehenspitzen und dachte dabei, daß er das Tor besser hinter sich geschlossen hätte. Er war nicht sicher, ob er die vier Gräber besonders gut erkennen würde, doch da waren sie, gewaltige Kästen, die den Hochaltar flankierten wie Löwenkäfige.

Er stand vor den Stufen des Altars und beugte sich über die letzte marmorne Barriere, um eine der lateinischen Inschriften zu entziffern. Bei solchen Übungen hatte Trant es sich zum Prinzip gemacht, sich nicht ohne weiteres geschlagen zu geben. Er reckte seinen Hals und verdrehte die Augen, bis ihm fast schwindlig wurde, als er sich die antiken Worte eines nach dem anderen vornahm und sie zu übersetzen versuchte. Die Frage der Schließung der Kathedrale verschwand vorübergehend aus seinem Bewußtsein. Dann schien etwas Schauriges zu passieren - genauer gesagt, zwei aufeinanderfolgende Dinge. Trant hatte zunächst den Eindruck, daß die steinerne Tafel, auf die er so angestrengt starrte, sich irgendwie bewegte, dann glaubte er zu sehen, daß eine Hand um eine der oberen Ecken griff. Eine ungewöhnlich kleine Hand, wie Trant schien.

Fast kaltblütig beschloß Trant, sich die Sache bis zum Ende anzusehen. Es mußte schließlich eine Erklärung dafür geben, und durch alles, was nach Flucht aussah, würde er sich lächerlich machen und außerdem das Rätsel ungelöst lassen. Und es gab tatsächlich eine Erklärung; die Steinplatte schwang noch weiter auf, und aus dem Innern des Altars tauchte ein kleines Kind mit blondem Haar auf.

»Hallo«, sagte das Kind und blickte Trant über die schwarze Marmorbarriere hinweg lächelnd an.

»Hallo«, sagte Trant. »Du sprichst sehr gut Englisch.«

»Ich *bin* aus England«, erwiderte das Kind. Es trug ein dunkelbraunes, am Hals offenes Gewand und dunkelbraune Hosen, aber Trant wußte nicht recht zu sagen, ob es sich um ein Mädchen oder einen Jungen handelte. Das Schelmenstück sprach für einen Jungen, aber das Kind wirkte eher mädchenhaft, dachte Trant.

»Durftest du dort drinnen sein?«

»Da gehe ich immer hinein.«

»Hast du keine Angst?«

»Niemand hat Angst vor Bischof Triest. Er hat uns diese Leuchter geschenkt.« Das Kind zeigte auf vier Kupfergegenstände, wodurch die Logik des Kindes in Trants Augen nicht an Überzeugungskraft gewann.

»Möchten *Sie* hineingehen?« fragte das Kind höflich.

»Nein, danke«, sagte Trant.

»Dann mache ich zu.« Das Kind wuchtete die große Steinplatte wieder an ihren Ort. Es war ein Kraftakt, der um so bemerkenswerter war, da das Kind, wie Trant feststellte, anscheinend hinkte.

»Wohnst du hier?« fragte Trant.

»Ja«, sagte das Kind und ließ es nach Kinderart dabei bewenden.

Es hinkte vorwärts, kletterte über die Altarschranke und blickte zu Trant hinauf, als es neben ihm stand. Trant fand es schwierig, das Alter des Kindes zu schätzen.

»Wollen Sie einen der anderen Bischöfe sehen?«

»Nein, danke«, sagte Trant.

»Ich finde, Sie sollten einen Bischof sehen«, brachte das Kind in recht ernstem Ton vor.

»Lieber nicht«, sagte Trant lächelnd.

»Vielleicht wird es keine andere Gelegenheit geben.«

»Wohl nicht«, sagte Trant, immer noch lächelnd. Er hielt es für das beste, mit dem Kind auf dessen eigenem Niveau zu sprechen, um nicht das unter Erwachsenen übliche Wechselspiel belangloser Fragen und gewöhnlicher Auskünfte zu beginnen.

»Dann zeige ich Ihnen die Krypta«, sagte das Kind.

Die Krypta war der Schlußpunkt in den Ausführungen des Reiseführers. Der Eingang befand sich unmittelbar gegenüber der Nordwestecke des Chorraums; man mußte, wie bei der ›Anbetung des Lammes‹, für diese Attraktion gesondert bezahlen. Trant hatte schon geglaubt, daß er es bis dorthin nicht mehr schaffen würde.

»Ist denn dazu noch Zeit genug?« fragte er mit instinktivem Blick auf seine stehengebliebene Uhr, die noch immer 11.28 Uhr zeigte.

»Ja«, sagte das Kind wieder.

Das Kind hinkte davon, öffnete das Chorportal für Trant, der die Inschriften nicht zu Ende gelesen hatte, und ließ ihn hindurchgehen. Das Kind schloß das Tor und ging zum Eingang der Krypta voran, wobei es sich über die Schulter umschaute, ob Trant auch folgte. Im deutlich besseren Licht außerhalb des Chorraums sah Trant, daß sein Haar eine wundervolle Masse seidigen Goldes war, sein Gesicht, fast weiß, verhieß einen zarten Knochenbau, die Lippen waren ungewöhnlich voll und rot.

»Das hier nennt man die Kreuzung«, sagte das Kind erläuternd. Trant wußte, daß der Begriff manchmal für die Schnittstelle von Langschiff und Querschiff verwendet wurde.

»Oder auch den Narthex, glaube ich«, sagte er in einem plötzlichen Versuch, den Erwachsenen herauszukehren.

Das Gesicht des Kindes zeigte naturgemäß bloß Verwirrung. Nach wie vor war niemand sonst in der Kathedrale zu sehen.

Sie stiegen jetzt die Stufen zur Krypta hinab; das Kind hielt sich dabei wegen seiner Behinderung an dem Eisengeländer fest. Am Kopf der Treppe stand ein Tisch, an dem offenbar das Eintrittsgeld kassiert wurde und der jetzt unbesetzt war. Trant fühlte sich zu keiner Bemerkung genötigt.

In der Krypta brannten zu Trants gelinder Überraschung viele Lichter. Vielleicht hatte die Aufsichtsperson es versäumt, sie auszuschalten, als er oder sie zum Essen geeilt war.

Der Führer beschrieb die Krypta als »weiträumig«, aber sie war wesentlich weiträumiger, als Trant erwartet hatte. Die Treppe mündete in einen Winkel, und Säulen schienen sich wie Alleebäume in die Ferne zu erstrecken. Sie waren aus verschiedenfarbigem Stein errichtet, kastanienbraun, purpurn, grün, grau, golden und trugen vielfach Reste von Malereien, die sich auch hier und da an der steinernen Gewölbedecke und auf den massigen Mauern zeigten.

In der gedämpften, ungleichmäßigen Beleuchtung wirkte der Raum geheimnisvoll und schön, und das um so mehr, da man seinen Gesamtumfang nicht mit einem Blick zu erfassen vermochte. Im Lauf der Jahrhunderte war der Steinfußboden uneben und wellig geworden, wenngleich nicht in störendem Ausmaß. Hier und da standen Vitrinen und Gegenstände auf Piedestalen, und es roch angenehm nach Weihrauch.

Als Trant die Krypta betrat, herrschte völlige Stille. Einen Augenblick lang meinte er sogar zu spüren, daß etwas Sonderbares um diese Stille war, daß nur Laute aus einem anderen Reich darin trieben und daß die Geräusche *dieser* Welt – die seines eigenen Erscheinens zum Beispiel – einer fremden Dimension angehörten und ohne Bedeutung waren. Er blieb ein wenig ehrfürchtig stehen und lauschte einen Moment lang dem Nichts.

Das Kind blieb ebenfalls stehen oder machte, besser gesagt, Rast an einer Säule. Wieder zeigte es die Andeutung eines Lächelns. Vielleicht lächelte es die ganze Zeit über so, als sei es unausgesetzt glücklich.

Trant vermutete mehr denn je, daß es sich um ein Mädchen handelte. Mittlerweile war seine Ungewißheit schon reichlich absurd, aber diese Frage war kaum mehr zu beantworten.

»Die Kleider von Bischof Triest«, bedeutete das Kind. Es waren schwere Gewänder, aufwendig bestickt, die in einer Glasvitrine hingen.

»Das Ornament des Heiligen Livinus«, sagte das Kind und bekreuzigte sich. Trant wußte nicht recht, was er von dem Ornament halten sollte.

»Tiere«, sagte das Kind. Es war ein frühes Werk der Naturgeschichte, verfaßt von einem Mönch, und bereits die aufgeschlagene Seite zeigte einige überaus merkwürdige Exemplare.

Das Kind begann nun, in seinem Eifer hin und her zu eilen, um auf einen Gegenstand nach dem anderen hinzuweisen.

»Der Schrein des Heiligen Macarius«, erläuterte es, ohne sich zu bekreuzigen, vermutlich weil die Reliquie abwesend war.

»Die Kleider von Abt Hughenois.« Es handelte sich erneut um geistliche Gewänder – sehr ähnlich denen von Triest, dachte Trant.

»Was ist das da?« fragte Trant, der jetzt die Initiative ergriff. Anscheinend direkt auf der Gegenseite der Krypta und nun durch den Säulenwald mit seinen gedämpften Farben für Trant erstmals erkennbar, befand sich etwas, von dem ein funkelnder Lichtschimmer auszugehen schien.

»Das kommt zum Schluß«, erwiderte das Kind. »Sie werden bald dort sein.«

Es wird um diese Zeit *bald* sein müssen, dachte Trant, wenn wir nicht schon vorher hinausgeworfen werden.

»Via dolorosa«, sagte das Kind, indem es auf ein Bild deutete. Es war eine grauenhafte Szene in ausgesprochen realistischer Manier, als sei der Künstler selbst zugegen gewesen;

danach folgte ein weiteres Bild, das noch grauenhafter und mindestens ebenso realistisch war.

»Golgatha«, erläuterte das Kind.

Sie bogen um eine Ecke, eine Mauer aus Steinen zur Linken, den Säulenwald zur Rechten. Die zwei Flügel eines Diptychons kamen ins Blickfeld, von dem Trant zuvor nur die stockfleckige Rückseite gesehen hatte.

»›Die Seligen und die Verdammten‹«, sagte das Kind und bedeutete ihm überflüssigerweise, wer was war.

Trant hatte den Eindruck, daß die Bilder und Fresken immer morbider wurden, vermutete aber, daß dieses Empfinden wohl aus ihrer geballten Wucht resultierte. Eine weitere Steigerung war jedenfalls nicht mehr zu erwarten.

Aber es gab noch vieles zu sehen. Programmgemäß kamen sie zu einer Gruppe nebeneinander aufgehängter Bilder.

»Der Glaubenstod von drei seligen Märtyrern«, sagte das Kind. Jeder der Märtyrer war auf andere Weise gestorben: durch Verschmoren auf einem sehr ausgekügelten Bratrost; durch Ausweidung; schließlich durch einen Vorgang, bei dem ein riesiges Rad Verwendung fand. Die Gemälde waren im Unterschied zu einigen anderen außerordentlich gut erhalten. Die dritte Gestalt der Märtyrergruppe war eine junge Frau. Sie war nackt gemartert worden und von großer, immer noch lebensvoller Schönheit. Daneben hing ein weiteres kleines Bild, das einen Heiligen zeigte, der seine eigene Haut schleppte. Zwischen den Säulen zur Rechten befand sich ein gewaltiges schwarzes Kreuz. Aus einer gewissen Entfernung wirkte die durchbohrte Gestalt höchst lebensecht.

Das Kind sprang immer noch vor Trant herum und ließ seine Behinderung dabei so augenscheinlich werden, daß dieser gerührt war. Sie bogen erneut um eine Ecke. Am Ende des Wandelganges vor ihnen lag das schimmernde, blitzende Objekt, das Trant von der gegenüberliegenden Seite der Krypta her aufgefallen war. Das Kind rannte fast darauf zu, ohne die weiteren Sehenswürdigkeiten zu beachten, und erwartete ihn bei dem Objekt. Der Kopf des Kindes war gesenkt, aber Trant konnte sehen, wie es ihn durch seine hellen, seidigen Wimpern hindurch anblickte.

Diesmal sagte das Kind nichts, und Trant konnte nur schauen.

Das Objekt war ein bemerkenswert kunstvoll gestalteter, juewelenbesetzter Reliquienschrein aus der Renaissance. Vermutlich hatte die Juwelen den Anschein funkelnder Lichter erweckt, da Trant nunmehr nichts dergleichen sah. Im Zentrum des Schreins befand sich ein durchscheinender vertikaler Tubus oder Zylinder. Er war nur knapp drei Zentimeter hoch und bestand wahrscheinlich aus Kristall. Darin befand sich - kaum sichtbar - ein kurzer schwarzer Faden, fast wie die Quecksilbersäule in einem winzigen Thermometer, der Boden des Tubus wies, wie Trant feststellte, eine deutliche Verfärbung auf.

Das Kind stand immer noch in der gleichen seltsamen Haltung da, warf verstohlene Blicke auf Trant, um dann gleich wieder wegzuschauen. Sein Lächeln war vielleicht ein wenig deutlicher, sein Kopf aber war so tief gesenkt, daß Trant es nicht genau erkennen konnte. Seine ganze Haltung und sein Betragen deuteten an, daß es mit dem Reliquienschrein eine Bewandtnis hatte, die Trant sich selbst erschließen mußte. Es war fast, als ob das Kind neugierig die Zeit erwartete, die er dafür brauchen würde.

Zeit, dachte Trant, immer wieder die Zeit; und nun schon wieder. Der Reliquienschrein war so faszinierend, daß er ihn beinahe die Zeit vergessen ließ. Er wandte den Blick dem letzten Abschnitt des Wandelganges zu, der zum Fuß der Treppe führte, die er hinabgestiegen war. Während er den Reliquienschrein betrachtet hatte, hatte jemand anders die Krypta betreten. Ein Mann stand inmitten des Durchgangs, nicht weit von Trant entfern. Ein Mann? Nicht ganz: Es war, wie Trant erkannte, der Chorknabe in der roten Soutane, der die Füße des Kruzifixes poliert hatte. Trant zweifelte nicht daran, daß er gekommen war, um ihn hinauszuweisen.

Erfüllt von einem grundlosen Schuldbewußtsein, beeilte er sich, ohne sich angemessen bei seinem kindlichen Führer zu bedanken. Doch als er den Jungen in der Soutane erreichte, streckte der schweigend seine Arme in voller Länge aus und schien ihm gegen jede Erwartung den Weg zu versperren.

Die Situation war ziemlich absurd, vor allem die Vorstellung, man müsse sich auf der Stelle nach rechts wenden, um sich durch die gotischen Säulen zu schlängeln.

Tatsächlich aber wandte Trant seinen Kopf instinktiv in diese Richtung. Aber in dem Durchlaß zwischen den Säulen zu seiner Rechten stieß er auf den transatlantischen Jüngling mit der grünen Windjacke. Er zeigte den allermerkwürdigsten Gesichtsausdruck (anders als der Junge in der Soutane, der immer noch wie ein Bauerntölpel wirkte), sobald er Trant erblickte, streckte er in gleicher Weise wie der Junge vor ihm seine Arme aus.

Ein Durchlaß blieb ihm noch. Trant wich ein paar Schritte zurück, sah dann aber in den Schatten (die gleichsam schwärzer zu werden schienen) den Mann im grauen Anzug mit dem leichten ausländischen Akzent. Seine Arme gingen in dem Augenblick in die Höhe, als Trant ihn entdeckte, aber indem sich ihre Augen trafen (obgleich Trant sein Gesicht nicht besonders deutlich erkennen konnte), tat er etwas, das die anderen nicht getan hatten. Er lachte.

Und im Eingang des anderen Wandelganges, durch den Trant eben erst gekommen und mit dem Kind zusammen fast gerannt war, stand nun in tapferer Verleugnung seines Leidens eben dieses Kind, das jetzt wieder aufblickte und wahrhaftig strahlte, als es seine Arme ausbreitete, fast wie ein Vogel, der zum Flug ansetzt.

Trant hörte, wie die große Uhr der Kathedrale zwölf schlug. Der Klang der Glocke verlor sich in der Krypta; man konnte kaum mehr wahrnehmen als ein zwölfmaliges Beben, fast als würden irgendwo Kanonen abgefeuert. Es brauchte erstaunlich lange Zeit bis der zwölfte Glockenschlag verklungen war.

Unterdessen hatte sich direkt neben dem Reliquienschrein in der entferntesten Ecke der Krypta eine kleine Pforte geöffnet. Darüber war ein kleiner, aber auserlesener und gut erhaltener Schlußstein mit dem Bildnis einer verlorenen Seele, die ein Dämon am Kanthaken hatte. Trant war die Tür zuvor kaum aufgefallen, wie man ja gewöhnlich die betrieblichen Einzelheiten einer Sehenswürdigkeit übersieht, eben jene Einzelheiten, die für die dienstbaren Geister solcher Orte von vorzüglicher Bedeutung sind.

Die Türöffnung wurde nahezu ausgefüllt von dem Mann, den Trant auf der Kanzel zu sehen geglaubt hatte, kurz nachdem er das große Bauwerk betreten hatte. Der Mann wirkte nun größer, aber gleichgeblieben waren der kahle Schädel, die kraftlosen Hände, das vielfarbige Gewand. Es war zweifellos dieselbe Person, aber irgendwie aufgebläht oder angewachsen, und der sonderbare Haarkranz schien stärker denn je zu leuchten.

»Die Kathedrale schließt jetzt«, sagte der Mann. »Folgen Sie mir!«

Die Gestalten im Kreis um Trant begannen ihn einzuschließen, bis die Spitzen ihrer ausgestreckten Finger sich beinah berührten.

Seine Fragen blieben unbeantwortet, seine Proteste ungehört, erst recht, nachdem sie alle zu *singen* begannen.

Die Schwerter

Corazón malherido
Por cinco espadas

Federico Garcia Lorca

Meine erste Erfahrung?

Meine erste Erfahrung glich weit eher einer Prüfung als alles, was ich in dieser Hinsicht seitdem erlebt habe, war sie doch keineswegs angenehmer, aber ganz sicher eine härtere Probe. Ich habe bei mehreren Gelegenheiten festgestellt, daß es die Anfänger sind, denen merkwürdige Dinge zustoßen, und oft sind es, glaube ich, nur die Anfänger. Sobald man über eine Sache Bescheid weiß, ist nichts mehr dabei. *Diese* Sache eingeschlossen – meistens jedenfalls. Nach den ersten sechs, sieben, oder sagen wir acht Frauen ist es mit den übrigen so ziemlich dasselbe.

Und ich *war* ein Anfänger, grün wie eine unreife Zwiebel. Mehr noch, ich war ein richtiges Muttersöhnchen, aus Furcht vor dem Leben wie gelähmt und ohne einen blassen Schimmer. Nicht daß ich respektlos von meiner alten Mutter reden will. Sie ist so gut wie nur irgendeine, und mit ihr komme ich immer noch besser aus als mit den meisten anderen Frauen.

Sie hatte einen Bruder, meinen Onkel Elias. Ich sollte wohl erwähnen, daß wir alle angeblich von einer der großen Töpfer-Familien abstammen, aber ich weiß nicht, was daran wahr ist. Meine Großmama besaß ein paar Stücke Keramik zum Beweis, aber man kann nie sicher sein. Nachdem mein Vater tödlich verunglückt war, bat meine Mutter meinen

Onkel Elias, mich in sein Geschäft aufzunehmen. Er handelte in bescheidenem Maß mit Lebensmitteln – ein ›billiger Jakob‹. Er meinte, ich müsse mich erst im Außendienst einarbeiten. Meine Mutter war ganz außer sich, weil doch mein Vater bei einem Verkehrsunfall ums Leben gekommen war, und weil sie glaubte, daß ich zwangsläufig moralisch gefährdet sein würde, aber sie konnte nichts daran ändern, und so fand ich mich im Außendienst wieder.

Das mit der moralischen Gefährdung stimmte schon, aber ich war zu einfältig und zu schüchtern, um mich darauf einzulassen. So weit wie möglich blieb ich auf Kurs und ging den anderen Kollegen aus dem Weg, die mit mir reisten. Ich war ziemlich sicher, daß sie ein schlechter Einfluß für mich sein würden, außerdem war ich sowieso immer der Frischling in der Herde. Ich war ein hundsmiserabler Verkäufer, und ich war einsam – ich sage das nicht nur so, ich war wirklich mutterseelenallein. Ich haßte dieses Leben, aber schließlich hatte Onkel Elias versprochen, sich um mich zu kümmern, und ich hatte ohnehin keine Ahnung, was ich sonst hätte tun sollen. Ich hielt es über zwei Jahre im Außendienst aus, dann erfuhr ich von meiner jetzigen Stelle bei der Baugenossenschaft – ich las, genauer gesagt, eine Anzeige in der Regionalzeitung –, so daß ich Onkel Elias endlich sagen konnte, wohin er sich seine Billiglebensmittel stecken sollte.

Meistens stiegen wir in kleinen Hotels ab, einige davon waren nicht einmal schlecht, weder die Zimmer noch die Verpflegung. Aber in ein paar Städten gab es Spezialetablissements, die Onkel Elias kannte und in denen ich und sein regulärer Handlungsreisender, ein trauriger Bursche namens Bantock, auf Onkel Elias Anweisung absteigen mußten. Bis zum heutigen Tag ist mir der Grund dafür unklar. Seinerzeit war ich ziemlich sicher, daß für meinen Onkel etwas dabei heraussprang, was immerhin eine naheliegende Vermutung war, aber inzwischen frage ich mich, ob die späten Mädchen, die die Unterkünfte führten, nicht in mehr oder weniger ferner Vergangenheit die Flammen meines Onkels gewesen waren. Einmal ging ich so weit, Bantock danach zu fragen, aber er antwortete bloß, er habe keine Erklärung dafür. Jenseits der aktuellen Preise für Seifenflocken und Scotch ließ Bantock nur wenig Wissen erkennen. Er hatte 42 Jahre für meinen Onkel im Außendienst gearbeitet, als er eines Tages in Rochdale plötzlich mit einer Thrombose tot umfiel. Mrs. Bantock jedenfalls war jahrelang immer wieder mal eine der Freundinnen meines Onkels gewesen. Das wußte jeder.

Die Frauen, die die Unterkünfte leiteten, benahmen sich so, als stimmte meine Vermutung. Man kann sich solche Spelunken kaum vorstellen. Die ganze Nacht Lärm, so daß man unmöglich ein Auge zutun konnte, halbbekleidete Nutten, die an die Tür hämmerten und kreischten, man habe sie übers Ohr gehauen oder gewürgt. Manche Reisenden brachten sogar Jungen mit – etwas, das ich nie habe verstehen können. Man hört und liest von sowas und ich habe es, wie gesagt, oft sogar selbst gesehen, aber ich verstehe es trotzdem nicht. Und mittendrin ich, rein und unbefleckt. Die Frauen, die den Laden schmissen, zogen mich oft damit auf. Wie der alte Bantock damit zurechtkam, weiß ich nicht. Ich stieg nie zur selben Zeit wie er in einem dieser Läden ab. Komisch daran war nur, daß meine Mutter glaubte, ich sei in einem dieser Spezialetablissements besonders gut aufgehoben, weil ihr Bruder, der doch Bantock und mich zu unserem Besten dorthin schickte, höchstpersönlich für sie bürgte.

Natürlich betraf das jeweils nur ein paar Nächte während der Handlungsreisen. Aber es ergab sich immer dann, wenn ich ganz allein war. Mir fiel auf, daß wir sie, wenn Bantock mich begleitete, um mir ein paar Einleitungs- und Eröffnungsfloskeln beizubringen, in jenen Städten fanden, wo wir auch in gewöhnlichen Hotels hätten unterkommen können.

Wie dem auch sei, Bantock mußte genau wie ich die Spezialetablissements aufsuchen, wenn sich die Notwendigkeit ergab, obwohl er nie ein Wort darüber verlor.

Einer der Orte, der auf meines Onkels Absteigenliste verzeichnet war, war Wolverhampton. Dort hatte ich zum ersten Mal die Nase voll, nachdem ich vielleicht vier oder fünf Monate im Geschäft war. Es war mitnichten mein erster Aufenthalt in einem solchen Etablissement, aber eben deshalb verließ mich der Mut erst recht, als ich die Unterkunft in Augenschein nahm und von der üblichen triefäugigen Kuh mit Lockenwicklern und dreckigem Kittel eingelassen wurde.

Es gab dort rein gar nichts, was man hätte tun können; nicht mal rumhängen und fernsehen konnte man. Das einzige, was in Frage kam, war rauszugehen und sich vollaufen zu lassen – oder jemand nach dem Kino mit aufs Zimmer zu nehmen. Nichts davon reizte mich sonderlich, und so ging ich schließlich in der Stadt spazieren. Es muß später Frühling oder Frühsommer gewesen sein, denn es war angenehm warm, nicht zu heiß, und es dämmerte eben erst, als ich – in einem Café – meinen Tee beendet hatte, denn das Etablissement kam nicht einmal für Tee auf.

Ich schlenderte durch die Straßen von Wolverhampton, und alle Mädchen kicherten über mich, jedenfalls kam es mir so vor, als ich unversehens auf eine Art kleinen Jahrmarkt stieß. Da ich die Stadt überhaupt nicht kannte, war ich in das Abrißviertel droben beim alten Kanal geraten. Die Durchgangsstraßen waren ziemlich großzügig angelegt, aber sie waren für den Tagesverkehr zu den verschiedenen Fabriken und Bahnhöfen gebaut und lagen nun still und verlassen da, von vereinzelten Lastwagen und den Jungen und Mädchen abgesehen, die an der ein oder anderen Straßenecke herumtollten. In den engen Seitenstraßen gab es Reihen kleiner Häuser, viele davon leer, mit zerbrochenen Fensterscheiben oder mit Brettern vernagelt, die Dächer löchrig. Ich hätte wohl kehrtgemacht, wäre da nicht der Klang des Jahrmarkts gewesen – keine Popsongs aus Lautsprechern, auch kein Gehämmer alter Dampforgeln, eher ein helles Klimpern, das irgendwie zu dem milden Abend und der rosigen Dämmerung passen wollte. Zuerst konnte ich nicht herausfinden, um was für ein Geräusch es sich handelte, aber ich hatte ganz und gar nichts Besseres zu tun und durchforschte die verlassenen Gassen, um der Sache auf den Grund zu gehen.

Es stellte sich heraus, daß es ein sehr kleiner Jahrmarkt war, nur ein halbes Dutzend Buden, wo ein paar Kinder Ringe warfen oder mit Spielzeuggewehren schossen, zwei oder drei überdachte Stände und in der Mitte schließlich ein winziges Karussell. Von dort kam die Klimpermusik. Das Karussell war auch hübsch anzusehen, mit einer Schneekönigin und Puderzuckereffekten in der Mitte und verschiedenfarbigen Schlittengondeln, die im Kreis darum herumfuhren, jede für zwei Personen und jede nach meiner Erinnerung mit einem bunten Licht an der Spitze. Und in der Mitte stand ein sehr hübsches blondes Mädchen in einer Art Clownskostüm. Jedenfalls hielt ich sie damals für sehr hübsch. Ihre Aufgabe war es, das Geld von den Leuten, die mit den Gondeln fuhren, zu kassieren; bedauerlicherweise aber tat das niemand. *Nicht einer.* Überhaupt waren nicht viele Leute zu sehen, und daher fiel mir das Mädchen zwangsläufig auf. Ich muß wohl wie ein Idiot ausgesehen haben, weil ich niemand für eine Fahrt mit dem Karussell bei mir hatte, also wandte ich mich einfach ab. Ich hätte mich nicht getraut, das Mädchen selbst zu einer Fahrt einzuladen. Das hätte man ihr wahrscheinlich sowieso nicht erlaubt; es sei denn, das Karussel gehörte ihr selbst.

Der Rummelplatz war auf einem freien Stückchen Land aufgeschlagen worden, frei, weil die Häuser, die einmal dort gestanden hatten, abgerissen worden oder ganz einfach eingestürzt waren. Hohe, nackte Fabrikmauern ragten an zwei Seiten auf, und der Boden war so holprig und uneben, daß man wie auf Felsgeröll an der Küste ging. Es war nichts Beständiges an diesem Jahrmarkt. ›Heute hier, morgen dort‹, hätte das Motto lauten können. Vermutlich gab es nicht einmal eine Konzession für das Aufstellen der Buden und Wagen, und ich zweifelte sehr daran, ob irgendeine Übereinkunft über die Benutzung von Grund und Boden getroffen worden war. Ich dachte sofort daran, wie hart das Leben für die Besitzer sein mußte. Man sah förmlich, warum Jahrmärkte wie dieser seit den Tagen meiner Großmama, die immer von den wunderbaren Jahrmärkten und Zirkusvorstellungen ihrer Kinderzeit gesprochen hatte, weithin ausgestorben sind. Bei den anwesenden Kunden handelte es sich fast ausschließlich um Kinder, allerdings verfügen ja Kinder heutzutage über das meiste Geld. *Diese* Kinder verpraßten viel Geld an einer winzigen Bude, wo eine schlampig aussehende Frau Eiskrem und Paradiesäpfel verkaufte. Es wäre, dachte ich, weitaus einfacher und einträglicher gewesen, sich ganz darauf zu verlegen und sich der Gastronomie zuzuwenden, anstatt den Versuch zu unternehmen, Leute zu unterhalten, die es vorzogen, sich in ihren eigenen vier Wänden zu vergnügen. Aber höchstwahrscheinlich war ich an diesem Abend in einer düsteren Gemütsverfassung. Der Jahrmarkt war hübsch und altmodisch, aber man konnte nicht behaupten, daß er einen aufheiterte.

Das Mädchen auf dem Karussell konnte mich noch sehen und blickte mir sicherlich vorwurfsvoll und wohl auch geringschätzig nach. Sie stand in der Mitte der Anlage und konnte unmöglich dort weg. Ich hätte mich einfach davongemacht, zumal die Leute in den Buden alle anfingen, nach mir, dem womöglich einzigen Erwachsenen in Sichtweite, zu rufen, wenn ich nicht auf einen Stand so ziemlich im äußersten Winkel der zusammenstoßenden Fabrikmauern aufmerksam geworden wäre. Es war ein rechteckiges Zelt aus sehr schmutziger, rotweißgestreifter Leinwand, und über der zerknitterten Eingangsklappe befand sich eine grob getischlerte, dunkel gestrichene waagrechte Tafel, auf der in ausgeblichenen goldenen Lettern DIE SCHWERTER geschrieben stand. Das war alles. Obwohl die Nacht rasch heraufzog, gab es weder Licht vor dem Zelt, noch war ein Lichtschein aus dem Innern zu sehen. Man hätte denken können, es handelte sich um eine Art Lager oder Laden.

Aus irgendeinem Grund streckte ich meine Hand aus und berührte die herabhängende Klappe. Mit Sicherheit hätte ich nicht gewagt, sie tatsächlich beiseite zu ziehen, um hineinzuspähen; aber die bloße Berührung war bereits genug. Die Klappe wurde augenblicklich zurückgezogen, und ein junger Mann stand da und machte eine Drehbewegung mit dem Kopf, als wolle er mich hineindirigieren. Ich sah sofort, daß im Innern irgendeine Show im Gange war. Ich hatte eigentlich nicht die geringste Lust zuzusehen, war mir aber darüber im klaren, daß ich das Bild eines Vollidioten abgeben würde, wenn ich einfach über den Rummelplatz, klein wie er war, davonrannte.

»Zwei Schilling«, sagte der junge Mann, ließ die schmutzige Klappe fallen, und streckte mir eine nicht minder schmutzige Hand entgegen. Er trug einen geflickten grünen Pullover, der trotzdem voller Löcher war, dreckige graue Hosen und noch dreckigere Strandschuhe. Schierer Schmutz beherrschte meinen ersten Eindruck von der Örtlichkeit so sehr, daß ich schließlich doch noch davongelaufen wäre, hätte ich eine Möglichkeit dazu gesehen. Ein solches Maß an Trostlosigkeit war mir an den übrigen Buden bisher nicht aufgefallen.

Weglaufen kam aber nicht in Frage. Im Innern des Zeltes befanden sich nur sehr wenige Leute. Über den nackten, holprigen Boden, aus dessen hartem Untergrund Ziegelsteine und

Glasscherben ragten, waren 20 oder 30 Holzstühle verteilt, die samt und sonders nicht zueinander zu passen schienen; die meisten waren auf die ein oder andere Weise zerbrochen oder beschädigt, angestoßen und mit abgeblättertem Lack.

Auf diesen unbequemen Stühlen verlor sich ein siebenköpfiges Publikum. Ich weiß, daß es sieben waren, weil ich sie ohne Mühe zählen konnte und weil ihre Zahl bald von Bedeutung sein sollte. Ich war der achte. Jeder war für sich allein, und es waren ausschließlich Männer - *Männer* diesmal, keine *Jungen.* Ich nehme an, daß ich bei weitem der jüngste unter ihnen war.

Und etwas wie diese Show ist mir seither nicht wieder begegnet. Auch nicht in Büchern. Jedenfalls nicht in *genau* der gleichen Weise.

Es gab eine Art niedriger Bühne aus dunklem, verfärbtem Holz, die an die Rückseite des Zeltes grenzte - möglicherweise direkt an die Fabrikmauer. Ein stämmiger Kerl stand darauf und machte eine reichlich ungehobelte Ansage. Er hatte straffgelocktes gelbes Haar von der Farbe billiger Limonade, darin bereits einen Anflug von Grau, ein breites rotes Gesicht mit einer platten Nase und Lippen von sehr dunklem Purpur, dazu kleine Augen und Ohren. Die Ohren schienen nicht genau einander gegenüberzuliegen - ich hoffe, man versteht, was ich damit sagen will. Er machte für das Auge nicht viel her, obwohl ich den Eindruck gewann, daß er sehr kräftig war und es wohl einhändig mit uns allen, die wir in dem Zelt waren, hätte aufnehmen und als Sieger daraus hervorgehen können. Sein Alter konnte ich nicht schätzen, weder damals noch später. (Ja, ich habe ihn wiedergesehen - zweimal.) Ich würde vermuten, daß er auf die 50 zuging, und er war augenscheinlich nicht in sonderlich guter körperlicher Verfassung, dennoch schien er mit mehr Sehnen und Muskeln ausgestattet zu sein als die meisten. Er war genauso gekleidet wie der junge Mann am Eingang, mit dem Unterschied, daß der Pullover des Kerls auf der Bühne nicht grün, sondern dunkelblau war, als sei er ein Seemann oder gebe zumindest vor, einer zu sein. Er trug die gleichen schmutzig-grauen Hosen und Strandschuhe wie der andere.

Man hätte annehmen können, daß es sich hier um eine Art Boxbude handelte.

Aber dem war nicht so. Zur Linken des Kerls (unmittelbar vor meinem Platz am Rand der hintersten Reihe) saß, den Blick uns zugekehrt, ein Mädchen ausgestreckt in einem hochlehnigen Segeltuchstuhl, der ebenso verschossen und mitgenommen war wie alle anderen Bestandteile der Einrichtung. Sie war herausgeputzt wie ein französisches Revuemädchen und trug ein hautenges, schwarzglänzendes Etwas von knappem Schnitt, schwarze Netzstrümpfe und die gewissen schwarzglänzenden Schuhe mit überhohen Absätzen, auf die viele Männer maßlos stehen. Aber der Gesamteindruck war trotzdem nicht besonders sexy. Die einzelnen Teile des Kostüms hatten samt und sonders, wie alles übrige auch, schon bessere Tage gesehen, und das Mädchen selbst wirkte eher kränklich als knackig. Unter anderen Umständen, so dachte ich zunächst, wäre sie wahrscheinlich hübsch gewesen, aber sie hatte grünen Puder aufgetragen, den sie (oder ein anderer an ihrer Stelle) offenbar absichtlich ausgesucht hatte, und ihr Haar, wie bei einer Ballettänzerin zu einem festen Knoten hochgesteckt, war nicht einmal mehr mausgrau, sondern schlicht farblos. Als Krönung des Ganzen lag sie mehr in dem Stuhl, als daß sie darin saß, als fühle sie sich matt oder irgendwie krank. Mit Sicherheit unternahm sie nichts, um die Jungs anzuspitzen. Nicht daß ich für meine Person darauf Wert gelegt hätte. Jedenalls glaubte ich das zu Beginn.

Und vor ihr, am Bühnenrand, befand sich dieser Stapel aus Schwertern. Die Schwerter waren wie Käsestangen überkreuz auf einem niedrigen Schemel aufgeschichtet, einem eckigen schwarzen Ding von der Sorte, die man in Sedgeley und Wednesfield herstellt und als ›japanisch‹ verkauft; allerdings war dies ein ganz schlichtes und schmuckloses Exemplar, wenn auch mehr als nur ein bißchen verschrammt. Es müssen 30 oder 40 Schwerter gewesen sein, denn der Stapel hatte vier Eckpunkte, wo die Schwertgriffe schräg übereinandergelegt waren. Später kam mir die Idee, daß es vielleicht ein Schwert für jeden Sitzplatz gab – für den Fall, daß das Zelt jemals ausverkauft sein würde.

Wenn ich nicht das Schild draußen gesehen hätte, wäre mir vielleicht gar nicht aufgefallen, daß es sich *tatsächlich* um Schwerter handelte, zumindest nicht sofort. Es war nichts Glänzendes an ihnen und keinerlei Verzierungen. Die Klingen waren von einem stumpfen Grau, und die Griffe bestanden aus irgendeinem schwarzen Material, möglicherweise Plastik. Sie sahen durch und durch nach industrieller Massenproduktion aus, und ich konnte mir nicht denken, woher sie stammten. Es handelte sich nicht um Florette, sondern um etwas viel Schwereres, und die Nachfrage nach echten Schwertern dürfte heutzutage hauptsächlich zeremonieller Natur sein, und selbst die nimmt wohl immer mehr ab. Möglicherweise kamen diese Schwerter von Theaterausstattern, obwohl ich auch das bezweifle. Jedenfalls waren sie ganz und gar schäbig und hätten keinem Regiment mehr Ehre gemacht.

Ich weiß nicht, wie lange die Show schon im Gange gewesen war, bevor ich eintrat, und ob der Mann im Seemannspullover irgendwelche Erläuterungen gegeben hatte. So ziemlich das erste, was ich hörte, war seine Frage: »Also, meine Herren, wer von Ihnen ist der erste?«

Niemand rührte sich oder sagte etwas. Wie nicht anders zu erwarten.

»Na los«, drängte nicht übertrieben höflich der Seemann. Mir kam es vor, als sei er an die Zurückhaltung seines Publikums derart gewöhnt, daß er nicht mehr bereit war, darauf

Rücksicht zu nehmen. Er machte auf mich nicht den Eindruck eines Mannes vieler Worte, auch wenn Reden anscheinend sein Job war. Er hatte einen starken Akzent, meiner Meinung nach Black Country, obwohl ich mir zu dieser Zeit meines Lebens wahrhaftig nicht sicher sein konnte, außerdem war ich selbst Londoner.

Nichts geschah.

»Was glauben Sie, wofür Sie bezahlt haben?« rief der Seemann – wie ich fand, eher trotzig als sarkastisch.

»Sagen *Sie* es uns!« antwortete einer der Männer auf den Stühlen. Zufällig war es der Mann, der mir am nächsten saß, allerdings in der Reihe vor mir.

Es war keine sehr kluge Bemerkung, und der Seemann schlug sofort Kapital daraus.

»He, Sie!« brüllte er und richtete seinen dicken roten Zeigefinger auf den Mann, der ihm frech gekommen war. »Kommen Sie hoch! Damit wir zu Potte kommen.«

Der Mann rührte sich nicht. Meine eigene Nähe zu ihm machte mir allmählich Angst. Ich konnte als nächster an der Reihe sein und wußte nicht einmal, was man von mir erwarten würde, falls ich mich darauf einließ.

Die Situation wurde gerettet, als sich jemand freiwillig meldete. Auf der anderen Seite des Zelts erhob sich ein Mann und rief: »Ich mach's.«

Das einzige Licht im Zelt kam von einer Tilley-Lampe, die am Querbalken des Dachs ihr Paraffin verzischte (keine sonderlich sichere Angelegenheit, dachte ich), jedenfalls sah der Freiwillige für mich genauso aus wie jeder andere auch.

»Na endlich«, sagte der Seemann im gleichen unfreundlichen Tonfall. »Dann kommen Sie rauf.«

Der Freiwillige stolperte über den unebenen Boden, kletterte auf meiner Seite auf die kleine Bühne und blieb vor dem Mädchen stehen, das keinerlei Regung zeigte. Ihr Kopf war so weit zurückgebeugt, daß ich, auch wegen der Entfernung, ihre Augen nicht genau erkennen konnte. Ich konnte nicht einmal mit Gewißheit sagen, ob sie geöffnet oder geschlossen waren.

»Nehmen Sie ein Schwert«, sagte der Seemann scharf.

Der Freiwillige stellte sich dabei einigermaßen zimperlich an. Es sah aus, als sei es das erste Mal, daß er einen solchen Gegenstand anfaßte; natürlich traf das auch auf mich zu. Er stand mit dem Schwert in der Hand da und sah aus wie ein kompletter Narr. Seine Haut wirkte im Licht der Lampe grau, er war sehr mager, und sein Haar war stark gelichtet.

Der Seemann ließ ihn eine ganze Weile dort stehen, vielleicht aus Bosheit oder aus Groll darüber, wie er sein Geld verdienen mußte. Mir erschien die Atmosphäre in dem schmutzigen Zelt gespannt und unbehaglich, aber die anderen Männer im Publikum lümmelten sich auf ihren harten Stühlen und sahen gelangweilt aus.

Nach einer ganzen Weile drehte sich der Seemann, der bis dahin das Publikum im Auge behalten und den Freiwilligen von der Seite her angeredet hatte, halb um, ohne jedoch den Freiwilligen direkt anzusehen, und schnappte: »Worauf warten Sie? Andere wollen auch noch drankommen, auch wenn es mehr sein könnten.«

Daraufhin begann jemand aus dem Publikum die Melodie des Schlagers ›Warum warten wir noch?‹ zu pfeifen. Das richtete sich nach meinem Empfinden gegen den Seemann, Conferencier oder wie immer man ihn nennen wollte, und weniger gegen den Freiwilligen.

»Vorwärts!« brüllte der Seemann jetzt fast im Kasernenhofton.

Und dann geschah das Außergewöhnliche.

Der Freiwillige schien einen Augenblick lang zu zögern, dann versenkte er das Schwert in den Körper des Mädchens auf dem Stuhl. Da er zwischen mir und ihr stand, konnte ich nicht erkennen, wo das Schwert eintrat, aber ich sah, daß der Mann offenbar mit großer Kraft zustieß, denn die Klinge schien fast ganz zu verschwinden. Überhaupt keine Unklarheit ließ das Geräusch zu, das das Schwert machte. Merkwürdigerweise ist uns zumindest die Vorstellung von Leuten, die mit Schwertern erstochen werden, so vertraut, daß ich keinen Zweifel daran hatte, *was* dieser Mann gerade getan hatte – obwohl ich natürlich nie zuvor etwas Derartiges gesehen hatte. Das Geräusch des Schwertes, wie es in das Fleisch eindrang, entsprach vollkommen meiner Erwartung, es war über dem Zischen der Lampe deutlich zu hören. Und es dauerte außerdem ziemlich lang. Und es war entsetzlich.

Ich spürte, wie die anderen Männer im Publikum sich augenblicklich strafften und zum Leben erwachten. Noch immer konnte ich nicht genau erkennen, was eigentlich geschehen war.

»Ziehen Sie's raus«, sagte der Seemann eher beiläufig, aber so, als spräche er mit einem Schwachsinnigen. Nach wie vor war er dem Freiwilligen nur halb zugewandt und blickte an ihm vorbei in den Raum. Er richtete dabei seine Augen auf nichts Besonderes, bewahrte nur seine Kaltblütigkeit während der Abwicklung einer vertrauten Routine.

Der Freiwillige zog das Schwert heraus. Erneut hörte ich das unverwechselbare Geräusch.

Der Freiwillige war dem Mädchen noch zugekehrt, als die Schwertspitze schon den Boden berührte. Ich sah kein Blut. Natürlich nahm ich an, ich hätte alles völlig falsch aufgefaßt und wäre hereingelegt worden wie ein Kind. Offenbar handelte es sich um einen Trick.

»Küssen Sie sie, wenn Sie wollen«, sagte der Seemann. »Das ist im Preis inbegriffen.«

Das tat der Mann; allerdings konnte ich nur seinen Rücken sehen. Mit dem herabhängenden Schwert in der Hand beugte er sich vor. Ich glaube, es war ein langer und zärtlicher Kuß, kein Schmatzer für die Öffentlichkeit, denn diesmal hörte ich gar nichts.

Der Seemann ließ dem Freiwilligen alle Zeit der Welt, und aus irgendeinem merkwürdigen Grund ließen wir übrigen weder Pfiffe noch Zischen hören; endlich richtete sich der Freiwillige langsam wieder auf.

»Legen Sie bitte das Schwert zurück«, sagte der Seemann mit übertriebener Höflichkeit.

Der Freiwillige legte es darauf sorgfältig wieder auf den Stapel, wobei er einige Mühe hatte, die richtige Anordnung zu treffen.

Jetzt konnte ich das Mädchen sehen. Sie saß aufrecht. Ihre Hände hatte sie gegen ihre linke Seite gepreßt, wo vermutlich das Schwert eingedrungen war. Aber es war auch jetzt keine Spur von Blut zu sehen, allerdings konnte man bei dem schlechten Licht kaum sicher sein. Am merkwürdigsten war, daß sie nun mit ihren weitgeöffneten Augen und einem kleinen Lächeln auf den Lippen nicht nur glücklich aussah, sondern trotz des grünen Puders sogar schön, was völlig meinem ersten Eindruck zuwiderlief.

Der Freiwillige ging auf dem Weg zu seinem Platz zwischen dem Mädchen und mir hindurch. Obwohl das Zelt fast leer war, nahm er gewissenhaft wieder seinen ursprünglichen Platz ein. Ich konnte ihn jetzt ein wenig besser erkennen. Er sah immer noch so aus wie jedermann.

»Der nächste«, rief der Seemann – wieder im Ton eines Feldwebels beim Rapport. Diesmal war es mit der Zurückhaltung vorbei. Drei Männer sprangen unverzüglich auf, und der Seemann mußte einen auswählen.

»Sie«, sagte er, indem er mit seinem dicken Finger gebieterisch in die Mitte des Zeltes deutete.

Der Erwählte war bereits älter, kahl, untersetzt, von biederem Aussehen; er trug einen dunklen Anzug. Er hätte ein pensionierter Aufsichtsbeamter der Eisenbahn oder des Elektrizitätswerks sein können. Er hinkte leicht, möglicherweise eine Folge seines Berufs.

Der Ablauf der Geschehnisse war fast derselbe. Der zweite Mann war jedoch beherzter und brauchte weniger Anleitung, auch was den Kuß betraf. Sein Kuß war ebenso lang und leise wie der des ersten Mannes - vielleicht väterlicher. Als der ältere Mann beiseite trat, sah ich, daß das Mädchen beide Hände mitten auf ihren Bauch preßte. Ich krümmte mich innerlich bei diesem Anblick.

Und dann kam der dritte Mann. Als er an seinen Platz zurückkehrte, umfaßten die Hände des Mädchens die Kehle.

Der vierte Mann, äußerlich ein härterer Typ mit einer Tuchmütze (die er auch auf der Bühne nicht abnahm) und einer Sportjacke, die so schmutzig und abgewetzt war wie das Zelt, stieß das Schwert offensichtlich durch den Netzstrumpf in den linken Oberschenkel des Mädchens. Als er die Bühne verließ, umklammerte sie ihr Bein, schaute dabei aber so befriedigt drein, daß man hätte denken können, ihr sei ein Gefallen getan worden. Und noch immer kein Blut.

Ich wußte wirklich nicht, ob ich noch mehr Einzelheiten sehen wollte. Unerfahren wie ich war, wäre mir die Entscheidung auch schwergefallen.

Ich mußte mich nicht entscheiden, weil ich nicht den Mut hatte, auf einen besseren Platz zu wechseln. Denn in dem Fall wäre ich wohl der nächste Mann gewesen, den der Seemann aufgerufen hätte. Und eines wußte ich mit Sicherheit: Was immer dort oben auch vorgehen mochte, *ich* würde mich nicht daran beteiligen. Ob es nun ein Zaubertrick war oder sonst was, wovon ich nichts verstand - ich würde mich nicht darauf einlassen.

Aber natürlich würde ich, falls ich bliebe, bald selbst an der Reihe sein.

Jedenfalls war ich noch nicht der fünfte Mann, der aufgerufen wurde. Es war ein großer, schlaksiger Schwarzer. Ich hatte ihn vorher nicht als solchen erkennen können. Obwohl er so dünn war, schien er mit all der Kraft, die man von einem Schwarzen erwartet, zuzustoßen, dann warf er das Schwert mit einem scheppernden Geräusch auf den Bühnenboden, was vor ihm noch keiner getan hatte, und zog das Mädchen wahrhaftig zu sich in die Höhe, als er es küßte. Als er zurücktrat, stieß sein Fuß gegen das Schwert. Er hielt eine Sekunde lang inne, starrte das Mädchen an und legte das Schwert schließlich vorsichtig zurück auf den Stapel.

Das Mädchen stand noch immer aufrecht, und mir kam der Gedanke, der Schwarze könne versuchen, sie noch einmal zu küssen. Aber er tat es nicht. Er ging ruhig zurück zu seinem Stuhl. Für all dies schien es Regeln zu geben, über die die anderen Männer Bescheid wußten. Sie benahmen sich fast so, als besuchten sie die Show ziemlich oft, falls man von einer Show sprechen konnte.

Als das Mädchen wieder in den wackligen Segeltuchstuhl zurücksank, richtete es seine Augen auf mich. Ich konnte nicht einmal sagen, welche Farbe sie hatten, aber Tatsache war, daß mein Herz stehenblieb. Ich war so naiv und unerfahren, daß mir in meinem ganzen bisherigen Leben noch nichts dergleichen widerfahren war. Der unglaubliche grüne Puder spielte keine Rolle. Nichts von dem, was sich zugetragen hatte, spielte eine Rolle. Ich wollte dieses Mädchen mehr, als ich je zuvor etwas gewollt hatte. Und ich will damit nicht sagen, daß ich nur ihren Körper wollte. Das kommt erst später im Leben. Ich wollte sie lieben, sie in den Arm nehmen und alles, was mehr ist als das und was wir wollen, bevor wir einsehen müssen, wir werden es niemals bekommen, und wenn wir uns es noch so sehr wünschen.

Aber zu meinen Gunsten muß ich sagen, daß ich nicht um sie anstehen wollte.

Das war so ungefähr das letzte, was ich wollte. Und die Chancen standen eins zu drei, daß ich als nächster aufgerufen würde. Ich holte tief Luft und schaffte es, irgendwie hinauszukommen. Ich kann nicht behaupten, daß es sonderlich schwierig war. Ich saß, wie gesagt, nahe an der Rückwand des Zeltes, und niemand unternahm einen Versuch, mich aufzuhalten. Der Bursche am Eingang glotzte mich bloß an wie ein Fisch. Zweifellos war er an Zufallskunden gewohnt, die früher gingen.

Es kam mir so vor, daß der Kraftmeier auf der Bühne genau in dem Augenblick, als ich aufstand, im Begriff war, sich mir zuzuwenden, aber ich wußte, daß ich mir das wahrscheinlich nur einbildete. Ich glaube nicht, daß er etwas sagte, und keiner der übrigen Männer zeigte eine Reaktion. Die meisten Männer geben auf Shows dieser Art lieber vor, unsichtbar zu sein.

Ich verhedderte mich in der schmierigen Zeltklappe, und der Bursche im grünen Pullover machte keine Anstalten, mir zu helfen, aber das war auch schon alles. Ich huschte über den Rummelplatz, wo noch immer kaum eine Seele zu sehen war und das Karussell sein Geklimper hören ließ, sinn- und zwecklos, aber dennoch sehr hübsch. Ich kehrte auf mein widerwärtiges Zimmer zurück und schloß mich ein.

Hin und her ging der übliche Zirkus und Zinnober im Haus, die ganzen Nachtstunden hindurch. Ich weiß es genau, denn ich konnte nicht schlafen. Ich hätte in jener Nacht auch nicht schlafen können, wenn ich im Hilton-Hotel auf Damast gebettet gewesen wäre. Das Mädchen auf der Bühne mit dem grünen Gesicht und allem war mir mächtig unter die Haut gegangen; das Mädchen und natürlich auch die Show. Ich denke, ich kann mit Fug und Recht sagen, daß die Erlebnisse dieses Abends meine gesamte Sicht des Lebens änderten, und das hatte überhaupt nichts zu tun mit den Krawallen in den anderen Zimmern, mit dem Gegacker und den Raufereien im Treppenhaus, mit dem dauernden Ziehen der Toilettenspülung, die die lärmintensivste in den ganzen

Midlands gewesen sein muß, weil man für jeden Wasserstrahl sechs oder sieben Mal ziehen mußte. In jener Nacht wurde ich mir der Tatsache deutlich bewußt, daß wir die meiste Zeit über keine Vorstellung davon haben, was wir wollen – oder sie aus dem Blick verlieren; und der noch bedeutsameren Tatsache, daß das, was wir *wirklich* wollen, sich einfach nicht in das Leben als Ganzes fügt, oder doch nur sehr selten. Die meisten Menschen begreifen langsam und dabei nie den Gesamtzusammenhang. Ich schien alles auf einmal zu begreifen.

Oder vielleicht doch nicht ganz, denn es sollte noch sehr viel mehr folgen.

Am nächsten Morgen hatte ich Termine wahrzunehmen, aber lange bevor es Zeit für den ersten war, schlich ich zurück zu dem winzigen, ramponierten Jahrmarkt. Ich ließ sogar das Frühstück aus, das in Onkel Elias' Spezialetablissement ohnehin sehr dürftig war, obwohl sich jeden Tag eine erstaunliche Menge von Leuten dazu einfand. Man fragte sich, wo sie sich die ganze Nacht über versteckt hatten.

Ich weiß nicht, was ich auf dem Jahrmarkt zu finden hoffte. Ich war wohl nicht einmal sicher, ob ich den Jahrmarkt überhaupt finden würde.

Aber ich fand ihn. Im hellen Tageslicht wirkte er kleiner, trauriger und noch weniger lukrativ als am Vorabend. Das Wetter war großartig, und viele der Häuser in der unmittelbaren Umgebung standen leer, von den Fabriken ganz zu schweigen, so daß nur sehr wenige Menschen zu sehen waren.

Der Jahrmarkt selbst war völlig menschenleer, was mich erstaunte. Ich hatte so etwas wie ein Zigeuner-Tableau erwartet und dabei außer acht gelassen, daß es auf dem Gelände nicht einmal für Zigeuner eine geeignete Schlafgelegenheit gab. Die Leute, die den Jahrmarkt betrieben, mußten zum Schlafen nach Hause gegangen sein – wie alle Welt sonst auch. Das Grundstück war von einem Maschendrahtzaun umgeben, mit dem der Besitzer Pennbrüder und Methanolsäufer fernhalten wollte, aber inzwischen war der Zaun erwartungsgemäß nicht mehr allzu eindrucksvoll, und ich hatte nach kurzer Suche keine Mühe, mich durch ein Loch zu zwängen, das die Racker aus der Nachbarschaft zum Spaß und aus Mangel an sinnvoller Beschäftigung hineingeschnitten hatten. Ich ging zu dem schäbigen Zelt auf der gegenüberliegenden Seite und versuchte, die Klappe anzuheben.

Es zeigte sich, daß sie an mehreren Stellen festgezurrt war, und zwar augenscheinlich von innen. Ich konnte mir nicht vorstellen, wie derjenige, der die Schnürarbeit geleistet hatte, anschließend aus dem Zelt herausgekommen war, aber das war eben die Art gewerbsmäßiger Kunstgriff, den man Schaustellern zutrauen durfte. Ich stellte fest, daß es unmöglich war, auch nur einen Blick ins Innere des Zelts zu werfen, ohne mein Taschenmesser zu benutzen, was ich mir auch an guten Tagen zweimal überlegt hätte. Doch während ich noch herumfummelte, hörte ich direkt hinter mir eine Stimme.

»Was machen Sie da?«

Ein sehr kleiner und alter Mann stand hinter mir. Ich hatte ihn überhaupt nicht kommen hören, obwohl der Boden so holprig war. Er war fast ein Zwerg, beinahe so braun wie eine Roßkastanie, und er hatte kein einziges Haar mehr auf dem Kopf.

»Ich habe mich gefragt, was da wohl da drin sein mag«, sagte ich kläglich.

»Eine riesengroße Pythonschlange, zwei Meilen lang, die nicht einmal für ihr Futter aufkommt«, sagte der Kleine.

»Wie kommt's?« fragte ich. »Hat sie keine Anhänger?«

»Altmodisch«, sagte der kleine Mann. »Altmodisch. Nicht mehr gefragt. Gefällt den Frauen nicht. Frauen mögen die großen Schlangen nicht. Aber die Frauen haben heutzutage das Geld – *und* die Kraft und die Herrlichkeit dazu.« Sein Tonfall änderte sich. »Sie haben hier nichts verloren.«

»Tut mir leid, Alter«, sagte ich. »Ich konnte mich an einem so schönen Morgen einfach nicht bremsen.«

»Ich bin der Wächter«, sagte der kleine Mann. »Ich hatte früher selber Schlangen. Kleine. Dutzende und Aberdutzende. Auf mir drauf, eine giftiger als die andere. Stechende Augen, schnellende Zungen, schimmernde Schuppen. Einpacken, nach Hause, zurück, dann wieder Einpacken, wieder zurück. Aber letzten Endes war es kein Renner. Alles hat seine Zeit. Aber ich bin gern noch dabei. Also bin ich jetzt der Wächter. Solange es diesen Job gibt. Solange es überhaupt noch irgendetwas gibt. Also verschwinden Sie jetzt! Verschwinden Sie!«

Ich zögerte.

»Diese große Schlange, von der Sie gesprochen haben«, begann ich, »diese Python ...«

Aber er unterbrach mich ziemlich heftig.

»Da gibt's gar nichts mehr zu erzählen. Jedenfalls nicht Leuten wie Ihnen. Sie verlassen jetzt das Grundstück, und zwar dalli. Oder ich hole die Polizei. Die Polizei und ich, wir arbeiten Hand in Hand. Und ich will, daß das so bleibt. Ihnen ist vielleicht nicht bekannt, daß unbefugtes Eindringen strafbar ist. Bleiben Sie hier, und Sie werden es ihr Leben lang bereuen.«

Der Kleine baute sich wahrhaftig vor mir auf, obwohl die Kugel seines braunen Schädels, die nicht glänzte, sondern matt und fleckig war, als hätte er damit Probleme, kaum an meine Taille reichte. Offenkundig hatte er einen Dachschaden.

Da ich allen Grund dazu hatte, ging ich. Ich fragte den kleinen Mann nicht einmal mehr nach den Anfangszeiten der Abendvorstellungen oder danach, ob es überhaupt welche gab. Innerlich war ich mir gar nicht darüber klar, ob ich noch einmal wiederkommen wollte, selbst wenn Vorstellungen stattfänden, was ja anzunehmen war.

Ich nahm meine geschäftlichen Termine in Angriff. Ich hatte nicht geschlafen, außerdem seit meiner Tee-Stunde am Vorabend nichts gegessen, und in meinem Kopf drehte sich alles; aber ich kann nicht sagen, daß ich meine Arbeit schlechter als sonst erledigte. Wahrscheinlich kam es mir damals so vor, aber jetzt bezweifle ich das. Wie ich seither festgestellt habe, ändern private Schwierigkeiten sehr wenig an der Art, wie die meisten von uns der Außenwelt begegnen, und Essen und Schlafen spielen überhaupt keine Rolle, solange nicht Wochen und Monate vergangen sind.

Ich machte also mehr oder weniger auf die übliche Tour weiter (allerdings war die übliche Tour in meinem Fall und in diesem Job auch zu besten Zeiten nicht sehr beeindruckend), wobei mir die ganze Zeit im Kopf herumging, was mir zugestoßen war, bis es Zeit für das Mittagessen war. Ich hatte vorgehabt, in demselben Café wie am Vorabend zu essen, aber ich befand mich am anderen Ende der Stadt, wo ich mich überhaupt nicht auskannte, und betrat stattdessen, schlapp und verdreht, wie ich war, das erstbeste Lokal.

Und mittendrin saß, ob man es nun glaubt oder nicht, an einem Resopaltisch *mein* Mädchen mit dem grünen Puder, neben ihr der Seemann oder Conferencier, der mehr denn je wie ein heruntergekommener Boxer aussah.

Ich hatte nicht ernsthaft erwartet, das Mädchen jemals wiederzusehen. Das war, so glaubte ich, keines von den Dingen, die wirklich vorkommen. Im äußersten Fall hätte ich vielleicht noch einmal die bizarre Show besucht, aber andererseits glaube ich nicht, daß es wirklich soweit gekommen wäre, wenn ich mir noch einmal vor Augen führte, worum es dabei gegangen war.

Das Mädchen hatte den grünen Puder entfernt und trug eine schwarze Jacke, einen schwarzen Rock und eine weiße Bluse, eine Kombination, die vielleicht zu einer älteren Frau gepaßt hätte, und dieselben Netzstrümpfe. Der Mann war gekleidet wie am Vorabend, außer daß er statt der schmutzigen Strandschuhe schwere Stiefel trug, schwer und schlammverkrustet, als sei er durch Ackerland marschiert.

Obwohl es Mittagszeit war, war das Lokal fast leer. Ein Dutzend Tische war frei, und die beiden saßen in der Mitte des Raumes. Fast wäre ich wieder hinausgegangen. Aber dazu blieb mir keine Zeit. Der Mann im Pullover erkannte mich sofort. Er stand auf und winkte mir mit seinem kräftigen Arm zu. »Setzen Sie sich zu uns!« Das Mädchen war ebenfalls aufgestanden.

Mir blieb nichts anderes übrig, als seiner Aufforderung Folge zu leisten. Der Mann bot mir einen Stuhl an (alle in unterschiedlichen hellen Farben gestrichen und mit neuen Kunstlederbespannungen), auch das Mädchen wartete, bis ich Platz genommen hatte, bevor es sich wieder setzte.

»Schade, daß Sie gestern abend das Ende der Show verpaßt haben«, sagte der Mann.

»Ich mußte zurück zu meiner Unterkunft; das ist mir ganz plötzlich eingefallen.« Die Worte gingen mir rasch von den Lippen. »Ich bin fremd in der Stadt«, fügte ich hinzu.

»Es ist manchmal schwierig, wenn man fremd ist«, sagte der Mann. »Was trinken Sie?«

Er redete, als säßen wir in einem Schanklokal, aber das war augenscheinlich nicht der Fall, also zögerte ich.

»Tee oder Kaffee?«

»Tee, bitte«, sagte ich.

»Bedienung, noch einen Tee«, rief der Mann. Ich sah, daß die beiden Kaffee tranken, aber mir gefiel der Anblick ebensowenig wie sonst.

»Ich würde auch gern etwas essen«, sagte ich, als die Kellnerin den Tee brachte. »Vielen Dank«, fügte ich an den Mann gerichtet hinzu.

»Sandwich mit Schinken, Roastbeef oder Luncheon Meat. Fleischpastete, Wurstpastete«, zählte die Kellnerin auf. Sie hatte ein böses Gerstenkorn am linken, unteren Augenlid.

»Ich nehme die Fleischpastete«, sagte ich, und nach der üblichen Wartezeit brachte sie mir die Pastete, Salat und die Saucenflasche. Eigentlich brauchte ich etwas Warmes, aber nun war es zu spät.

»Kommen Sie heute abend wieder«, sagte der Mann.

»Ich weiß nicht, ob ich kann.«

Ich hatte schon Schwierigkeiten damit, meinen Tee anständig zu trinken, da meine Hände stark zitterten, und konnte mir erst recht nicht vorstellen, wie ich mit einer kalten Pastete zurechtkommen sollte.

»Kommen Sie in die Vorstellung, wenn Sie mögen. Sie haben gestern abend Ihren Auftritt verpaßt.«

Das Mädchen, das bis dahin dem anderen das Reden überlassen hatte, schenkte mir ein außerordentlich reizendes und persönliches Lächeln, als gäbe es zwischen uns etwas ganz Besonderes. Ihre weiße Bluse war tief ausgeschnitten, so daß ich mehr sah, als mir zustand - obwohl sich die Zeiten gegenüber früher ja schon ziemlich geändert haben. Auch ohne den grünen Puder war sie ein sehr blasses Mädchen, und ihr Leib schien noch weißer zu sein als ihr Gesicht, fast so weiß wie ihre Bluse. Ich konnte jetzt auch die Farbe ihrer Augen erkennen. Sie waren grün. Irgendwie hatte ich das längst gewußt.

»Wie auch immer«, fuhr der Mann fort, »es wird kaum einen Unterschied machen, so wie das Geschäft läuft.«

Das Mädchen sah ihn an, als überrasche sie eine so persönliche Äußerung, sah dann wieder mich an und sagte: »Komm doch.« Sie sagte es auf die herzlichste, zarteste Weise, als würde ihr wirklich daran liegen. Außerdem schien sie einen ausländischen Akzent zu haben, der sie vielleicht noch anziehender machte. Sie nahm einen kleinen Schluck Kaffee.

»Ich habe eine Verabredung, die ich vielleicht nicht absagen kann. Ich weiß es noch nicht.«

»Du sollst nicht unseretwegen eine Verabredung aufkündigen«, sprach das Mädchen mit seinem ausländischen Akzent, aber es hörte sich an, als meine sie genau das Gegenteil.

Ich riskierte ein wenig mehr Offenheit. »Ich könnte meine Verabredung verschieben«, sagte ich, »aber, um ehrlich zu sein, auf das übrige Publikum gestern abend hätte ich verzichten können. Ich hoffe, Sie nehmen es mir nicht übel, wenn ich das sage.«

»Daraus mache ich Ihnen keinen Vorwurf«, sagte der Mann trocken und zu meiner Erleichterung.

»Was würden Sie von einer Privatvorstellung halten? Nur für Sie?«

Er sagte das so ruhig, als sei es das Selbstverständlichste von der Welt oder als sei ich Charles Clore.

Ich war so verblüfft, daß ich herausplatzte: »Wie? Ich allein in dem Zelt?«

»Ich dachte eher an Ihr Zuhause«, sagte der Mann in dem gleichen ganz und gar beiläufigen Tonfall und trank geräuschvoll einen Schluck aus seiner rosa Steinguttasse. Während er sprach, hatte das Mädchen mir einen kurzen, durchdringenden Blick zugeworfen; es schien buchstäblich, als verflüssige sie mein Inneres zu Wasser. Und absurderweise kam genau in diesem Augenblick meine lächerliche Pastete mit Salatbeilage und der Sauce. Es war idiotisch von mir gewesen, überhaupt etwas zu essen zu bestellen, so sehr ich dessen theoretisch auch bedurft hätte.

»Mit den Schwertern oder ohne«, fuhr der Mann fort, wobei er sich eine billige Zigarette ansteckte. »Madonna hat gelernt, all ihre Wünsche zu erfüllen. Was immer Ihnen in den Sinn kommt.« Das Mädchen starrte in seine Tasse.

Ich wagte es, sie direkt anzusprechen. »Ist Ihr Name wirklich Madonna? Ich finde ihn hübsch.«

»Nein«, sagte sie mit ziemlich leiser Stimme. »Nicht mein richtiger. Es ist mein Künstlername.« Sie wandte mir einen

Augenblick lang ihr Gesicht zu, und erneut trafen sich unsere Blicke.

»Es ist nichts dabei. Wir sind nicht katholisch«, warf der Mann ein. »Allerdings war's Madonna mal.«

»Mir gefällt es«, sagte ich. Ich fragte mich, was ich mit der Pastete anfangen sollte. Ich würde sie beim besten Willen nicht runterkriegen.

»Natürlich würde eine Privatvorstellung etwas mehr kosten als zwei Schilling«, sagte der Mann. »Aber es wäre nur für Sie, und unter diesen Umständen würde Madonna alles machen, wozu Sie Lust haben.«

Mir fiel auf, daß er genauso sprach wie in dem Zelt: den Blick nicht auf mich oder überhaupt jemanden, sondern in die Ferne gerichtet, als wiederhole er Worte, die er schon tausendfach ausgesprochen hatte und gründlich leid war, aber erzwungenermaßen weiter benutzte.

Ich war drauf und dran, ihm zu sagen, daß ich kein Geld hatte, was in etwa auch zutraf, aber ich ließ es.

»Und wann ginge das?« fragte ich.

»Heute abend, wenn Sie wollen«, entgegnete der Mann. »Gleich nach der regulären Show, was nicht sehr spät sein wird, weil wir in dieser Jahreszeit keine Zehn- oder Elf-Uhr-Vorstellung geben. Madonna könnte ohne weiteres um Viertel vor Zehn bei Ihnen sein. Und sie müßte sich nicht einmal beeilen, wenn es keine Spätvorstellung gibt. Es wäre Zeit genug, ein paar ihrer Neuheiten vorzuführen, wenn Sie daran interessiert sind. Stücke aus ihrem Repertoire, wie wir sagen. Ist bei Ihnen übrigens ausreichend Platz vorhanden? Madonna braucht nicht viel. Nur ein Zimmer mit einem Türschloß, damit keine ungebetenen Gäste hereinkommen, und eine Möglichkeit zum Händewaschen.«

»Ja«, sagte ich. »Meine jetzige Unterkunft würde sich schon eignen. Sie könnte allerdings heller und etwas ruhiger sein, wenn es nach mir ginge.«

Madonna warf mir wieder einen ihrer unbeschreiblich süßen Blicke zu. »Das wird mir nichts ausmachen«, sagte sie sanft.

Ich notierte meine Adresse auf den Rand einer Zeitung, die auf meinem Platz gelegen hatte, und riß sie aus.

»Sagen wir zehn Pfund?« fragte der Mann, der mich jetzt aus seinen kleinen Augen ansah. »Normalerweise verlange ich zwanzig, manchmal fünfzig, aber wir sind hier in Wolverhampton und nicht an der Costa Brava, und Sie sind einer von den besseren Herrn.«

»Wie kommen Sie denn darauf?« fragte ich, in erster Linie, weil ich Zeit brauchte, um das Geldproblem zu überdenken.

»Das war mir schon klar, als ich gesehen habe, wo Sie sich letzte Nacht hingesetzt haben. So ziemlich in jeder Show gibt es einen, der sich diesen Platz aussucht. Es ist der Sonderplatz für die besseren Herrn. Ich habe mir abgewöhnt, sie aufzurufen, weil es nicht das ist, was sie wollen. Sie sind dafür zu kultiviert, und ich respektiere das. Sie gehen oft vor Schluß – genau wie Sie. Aber ich bin immer froh, wenn welche dabei sind. Sie heben den Durchschnitt. Außerdem sind *sie* oft diejenigen, die, genau wie Sie, an einer Privatvorstellung interessiert und bereit sind, dafür auch zu zahlen. Ich muß schließlich auch die geschäftliche Seite im Auge haben.«

»Ich habe keine zehn Pfund zur Hand«, sagte ich, »aber ich denke, ich kann sie auftreiben, und wenn ich dafür singen müßte.«

»Das muß man oft auf dieser Welt«, sagte der Mann. »Zumindest wenn man Gefallen an schönen Dingen hat.«

»Du hast noch den größten Teil des Tages vor dir«, sagte das Mädchen und lächelte aufmunternd.

»Wollen Sie noch einen Tee?« fragte der Mann.

»Nein, vielen Dank.«

»Bestimmt nicht?«

»Bestimmt nicht.«

»Dann müssen wir aufbrechen. Wir haben eine Nachmittagsshow, allerdings wohl nur für ein paar Halbwüchsige. Ich werde Madonna veranlassen, sich für den Privatbesuch heute abend so weit wie möglich zu schonen.«

Als sie hinausgingen, warf mir das Mädchen auf der Türschwelle einen Blick über die Schulter zu – warm und geheimnisvoll. Aber beim Gehen wirkte ihre Kleidung zu groß für sie, der Rock zu lang, das Jackett und die Bluse zu weit, hingen die Kleider an ihr herab, als seien es gar nicht die ihren. Vor allem tat sie mir leid. Was immer hinter dem letzten Abend steckte, ihr Leben war bestimmt nicht einfach.

Sie waren beide zu höflich gewesen, meine Pastete zu erwähnen. Ich stopfte sie in meinen Diplomatenkoffer (selbstverständlich ohne den Salat), bezahlte und machte mich auf den Weg zu meinem nächsten Termin, der mich, wie sich herausstellte, wieder einmal zum anderen Ende der Stadt führte.

Ich mußte nichts Ehrenrühriges tun, um an das Geld zu kommen.

Es war kaum zu erwarten, daß ich an diesem Nachmittag ganz bei der Sache sein würde, aber ich blieb am Ball, so gut ich konnte, immer mit dem Gefühl, daß mein Leben in unruhige Gewässer geriet und daß ich, solange wie möglich, besser ein Stück Land in Sichtweite behalten sollte.

Es war schon in Ordnung, daß ich meine Geschäftstermine korrekt einhielt, denn in einem der Läden löste sich mein akutes Problem, ohne daß ich dafür einen Finger krumm machen mußte. Der Ladeninhaber war ein netter alter Herr mit weißem Haar namens Mr. Edis, der anscheinend in dem Augenblick, als ich durch die Tür kam, Gefallen an mir fand. Er meinte, ich wäre einmal eine Abwechslung von dem alten Bantock mit seinen ewigen Asthma-Anfällen (ich habe

Bantocks Asthma wohl noch nicht erwähnt, aber ich wußte gut darüber Bescheid) und daß ich offenbar ein guter Junge mit einem klaren Blick sei. Das waren seine Worte, und meine Erinnerung trügt mich wohl kaum, wenn ich mich entsinne, daß er fortfuhr, indem er mich fragte, ob ich am Abend schon etwas vorhätte. Mit ziemlich geschwellter Brust, hatte ich eine solche Antwort doch noch nicht oft geben können, sagte ich, ich sei mit einem Mädchen verabredet.

»Mit einer aus Wolverhampton?« fragte Mr. Edis.

»Ja. Ich habe sie hier in der Stadt kennengelernt.« Das hätte ich den meisten Leuten gegenüber nicht zugegeben, aber Mr. Edis hatte etwas, das mich anspornte und in mir den Wunsch weckte, seiner guten Meinung über mich gerecht zu werden.

»Wie ist sie?« fragte Mr. Edis mit halb geschlossenen Augen, so daß ich ihre roten Ränder erkennen konnte.

»Hinreißend.« Das war nur eine der üblichen Redensarten; meine wahren Gefühle hätte ich kaum in Worte fassen können.

»Haben Sie genug Kleingeld, um ihr etwas zu bieten?«

Ich mußte schnell schalten, da diese Frage mich sehr überraschte, doch Mr. Edis fuhr fort, ehe ich noch zu Wort kommen konnte.

»Damit Sie danach nach Herzenslust mit ihr schmusen können?«

Mir entging nicht, daß er immer erregter wurde.

»Na ja, Mr. Edis«, sagte ich, »um ehrlich zu sein, reicht es nicht ganz. Ich bin neu in meinem Beruf, wie Sie wissen.«

Ich dachte, ich könnte ein Pfund aus ihm rausholen, und auch nur leihweise; man kennt ja die Leute in den Midlands.

Aber im Nu hatte er einen ganzen Fünfer hervorgezaubert. Er schwenkte ihn vor meiner Nase wie einen Räucherhering.

»Er gehört Ihnen – unter einer Bedingung.«

»Ich werde mir Mühe geben, Mr. Edis.«

»Kommen Sie morgen früh wieder, wenn meine Frau aus dem Haus ist, sie arbeitet als Politesse und kann kaum genug davon kriegen. Kommen Sie wieder und erzählen Sie mir alles.«

Die Vorstellung behagte mir ganz und gar nicht, aber ich nahm an, ich würde ihm ein paar Lügen auftischen oder sogar mein Wort brechen und gar nicht wiederkommen können. Und ich hatte keine andere Wahl.

»Sicher, Mr. Edis. Kein Problem.«

Sofort gab er mir den Fünfer.

»Guter Junge«, sagte er. »Holen Sie sich bei ihr den Gegenwert, und denken Sie dabei an mich, obwohl ich das nicht ernsthaft erwarte.«

Was die restlichen fünf Pfund betraf, die konnte ich wahrscheinlich selbst aufbringen, indem ich in den nächsten Wochen ein wenig knauserte und nötigenfalls die Bücher ein wenig frisierte, wie es bei uns üblich war. Auf jeden Fall, und das hatte auch mit meinem Alter zu tun, haßte ich all das Gerede über Geld. Ich haßte das Gerede darüber weit mehr als den Gelderwerb selbst. Ich sah Madonna keinesfalls in diesem Licht; ich hätte mich dafür geschämt. Nach ihren Worten zu urteilen, sah sie mich ebenfalls nicht so. Nicht daß ich eine klare Vorstellung davon gehabt hätte, *wie* sie mich sah. Ich hakte das Thema ab, indem ich mich bemühte, gar nicht über diese Frage nachzudenken.

Das Spezialetablissement meines Onkels Elias in Wolverhampton gehörte nicht zu der Sorte von Häusern, wo Besucher anklingelten und von einem Domestiken eingelassen wurden. Man mußte sich ein wenig auskennen, um überhaupt hineinzukommen, wenn man nicht selbst dort wohnte, erst recht, wenn man eine bestimmte Person finden wollte. Gegen halb zehn hielt ich es für das beste, vor die Tür zu gehen, um draußen herumzuschlendern – nicht direkt vor der Haustür, weil das zu mancherlei Mißverständnissen und Schwierigkeiten hätte führen können, sondern von einem Ende der Straße zum anderen, die Augen offen und die Ohren gespitzt für das Klackern zierlicher Füße auf dem Gehweg.

Es war schon fast dunkel, aber noch nicht ganz. Nur noch ein paar Gestalten hielten sich in der Nähe auf, was zum Teil daran lag, daß es leicht nieselte, wie es für die Midlands typisch ist; ein sachter, verhaltener Regen, den man kaum wahrnimmt, der aber alles zu durchnässen scheint. Ich bin ziemlich sicher, daß ich früher auf Posten gewesen wäre, wenn der Regen nicht gewesen wäre. Ich brauche wohl nicht zu erwähnen, daß ich wie auf heißen Kohlen stand. Es war mir gelungen, die Pastete am Nachmittag zwischen zwei Terminen herunterzuwürgen. Gerade als es zu regnen begann, kämpfte ich damit auf einer Bank. Gegen halb sieben hatte ich eine Tasse Tee und ein Bohnengericht in demselben Café wie am Vorabend zu mir genommen. Im Grund war mir all das zuwider gewesen. Ich hatte nur das Gefühl, ich sollte in Anbetracht der kommenden Ereignisse etwas essen. Auch wenn ich naturgemäß eine bemerkenswert ungenaue Vorstellung von diesen Ereignissen hatte. Das ist beim ersten Mal immer so, ganz gleich, wie viel man von anderen gehört oder sonstwie aufgeschnappt hat. Ich wäre in miserabler Verfassung gewesen, wenn eine andere Frau anstelle meiner reizenden Madonna zu mir unterwegs gewesen wäre.

Und da war sie, pünktlich auf die Minute oder sogar ein bißchen zu früh. Sie trug dieselben Kleider wie am Morgen. Zu groß und zu altmodisch für sie; und sie hatte keinen Regenschirm, keinen Regenmantel und trug keinen Hut.

»Sie sind naß geworden«, sagte ich.

Sie erwiderte darauf nichts, aber in ihren Augen glaubte ich lesen zu können, daß sie erfreut war, mich zu sehen.

Falls sie ihren grünen Puder aufgetragen hatte, so war er jetzt abgewaschen.

Ich dachte zuerst, sie hätte wenigstens eine Handtasche mitgebracht, aber das war nicht der Fall.

»Kommen Sie herein«, sagte ich.

Den Hausgästen gab man einen Schlüssel (gegen Hinterlegung eines Pfandbetrages), so kamen wir gottlob durch das Foyer und das Treppenhaus, ohne jemandem zu begegnen oder etwas aus den Korridoren zu hören, obwohl mein Zimmer im obersten Stockwerk lag.

Sie setzte sich auf mein Bett und blickte zur Tür. Nach dem Vorgespräch wußte ich, was zu tun war, und schloß ab. Es war ganz einfach. An einem Ort wie diesem war das Abschließen eine Selbstverständlichkeit. Ich zog meinen Regenmantel aus und ließ ihn in einer Ecke liegen. Ich hatte das Licht nicht eingeschaltet. Ich war nicht sonderlich stolz auf mein Zimmer.

»Sie müssen völlig durchnäßt sein«, sagte ich. Bis zum Rummelplatz war es nicht allzu weit, aber diese Art Regen ging, wie ich schon sagte, durch und durch.

Sie stand auf und zog ihr viel zu weites schwarzes Jackett aus. Sie blieb stehen und wartete, bis ich es ihr abnahm und an die Tür hängte. Ich will nicht sagen, daß es tatsächlich tropfte, aber es war völlig durchtränkt, und ich konnte einen nassen Fleck auf der Daunendecke sehen, wo sie gesessen hatte. Sie hatte noch immer kein Wort gesprochen. Ich mußte zugeben, daß es dazu für sie auch noch keine Veranlassung gegeben hatte.

Der Regen war bis auf ihre weiße Bluse gedrungen. Das konnte ich sogar in dem fast dunklen Zimmer erkennen. Die Schulterpartien waren durchweicht und klebten an ihrer Haut, die eine mehr als die andere. Ohne das Jackett wirkte die Bluse absonderlicher denn je. Sie war nicht nur zu weit und formlos, die Ärmel waren so lang, daß sie über ihre

Hände hinabgerutscht waren, als sie das Jackett abgelegt hatte. Vor meinem geistigen Auge sah ich den Typ Frau, für den die Bluse gemacht war, groß und füllig, überhaupt nicht mein Typ.

»Sie ziehen das besser auch aus«, sagte ich, ohne zu wissen, wie ich die Worte herausbekam. Ich denke, daß der Instinkt auch beim ersten Mal in die Bresche springt, vorausgesetzt, er erhält eine Chance. Und Madonna gab mir eine Chance, jedenfalls kam es mir so vor. Das Leben war für ein paar Minuten köstlicher, als ich es jemals für möglich gehalten hätte.

Wortlos zog sie ihre Bluse aus, und ich hängte sie über die Lehne des einzigen Stuhls im Zimmer.

Im Café hatte ich bemerkt, daß sie darunter etwas Schwarzes trug, aber erst jetzt erkannte ich, daß es dasselbe hautenge, glänzende Trikot war, das sie in der Show getragen hatte und das ihr dieses französische Aussehen gab.

Sie streifte ihren nassen Rock ab. Mir fiel nichts Besseres ein, als ihn über die Sitzfläche des Stuhls zu breiten.

Da stand sie nun, mit ihren superhohen Absätzen und all dem anderen. Sie sah aus, als sei sie bereit für einen Auftritt, was mich indes eher enttäuschte.

Sie stand da, als erwarte sie irgendwelche Anweisungen.

Ich sah, daß auch das schwarze Trikot stellenweise durchnäßt war, aber diesmal fehlte mir der Mut, ihr vorzuschlagen, daß sie es auszöge.

Schließlich machte Madonna den Mund auf. »Womit soll ich anfangen?«

Ihre Stimme klang so wundervoll und ihre Frage so verlockend, daß es mich überkam und ich, bevor ich mich beherrschen konnte, meine Arme um sie geschlungen hatte. In meinem ganzen Leben hatte ich noch nie etwas Derartiges getan, welche geheimen Empfindungen ich auch gehabt haben mochte.

Sie zeigte keine Regung, so daß ich annahm, ich hätte mich falsch verhalten. Das war auch kaum verwunderlich, wenn man bedenkt, wie unerfahren ich war.

Aber ich hatte außerdem den Eindruck, daß etwas anderes nicht stimmte. Ich hatte, wie gesagt, keine genaue Vorstellung davon, wie eine halbnackte Frau sich anfühlt, und ich selbst war noch mehr oder weniger vollständig bekleidet, aber dennoch dachte ich augenblicklich, daß die Berührung eine Enttäuschung war. Es war ein wenig wie ein Schock, sogar wie ein ziemlich schwerer; wie so oft, wenn die Wirklichkeit die Vorstellung einholt. Mit einem Mal hatte sich die Begegnung in einen Alptraum verwandelt.

Ich trat zurück.

»Tut mir leid«, sagte ich.

Sie ließ ihr gewohntes reizendes Lächeln sehen. »Macht nichts«, entgegnete sie.

Das war freundlich von ihr, aber meine Gefühle für sie waren nicht mehr ganz dieselben. Jeder weiß, wie selbst unter den günstigsten Voraussetzungen eine Nichtigkeit unsere Empfindungen für eine Frau völlig verändern kann, und ich war keineswegs sicher, daß es sich hier nur um eine Nichtigkeit handelte. Ich mußte mich fragen, ob sich jetzt nicht zeigte, daß ich für das Leben nicht ausreichend gerüstet war. Schon früher war ich vor etwas zurückgeschreckt, und vielleicht lag hier der Grund dafür.

Dann dachte ich, all das könnte mit ihrem Auftritt zusammenhängen, mit den Schwertern. Sie war möglicherweise irgendwie *anders;* vielleicht stellte der Mann in dem blauen Pullover etwas komisches mit ihr an, hypnotisierte sie irgendwie.

»Sag mir doch, was du möchtest«, bat sie und blickte dabei auf den fadenscheinigen, schmalen Bettvorleger hinab.

›Ich bin ein Idiot‹, dachte ich, ›und zeige meine Unbedarftheit.‹

»Zieh das Ding aus«, erwiderte ich. »Es ist ganz naß. Geh ins Bett. Dort wirst du es wärmer haben.«

Ich begann mich jetzt selbst auszuziehen.

Sie tat, was ich ihr gesagt hatte, schälte sich aus dem schwarzen Trikot, schlüpfte sachte aus den aufregenden Schuhen, streifte die langen Strümpfe ab. Vor mir stand einen Augenblick lang meine erste Frau, obwohl ich sie kaum sehen konnte. Ich konnte mich noch immer nicht mit der Vorstellung anfreunden, im Licht jener einsamen matten Glühbirne Liebe zu machen, die den schäbigen Raum nur noch schäbiger aussehen ließ.

Gehorsam stieg Madonna in mein Bett, und ich folgte ihr, so schnell ich konnte. Gehorsam erfüllte sie all meine Wünsche, genau wie der Mann in dem blauen Pullover es versprochen hatte. Sie kam mir auch jetzt noch sonderbar und enttäuschend vor – ›schlaff‹ traf es ziemlich genau, ganz sicher anders, als sich der Körper einer Frau in meiner Phantasie immer angefühlt hatte, wann immer ich nahe genug herangekommen war. Aber nichtsdestotrotz verhalf sie mir zu meiner ersten Erfahrung, und genau darum geht es ja. Eines sprach für sie: Sie sprach während der ganzen Zeit kein überflüssiges Wort. Das ist nicht immer so.

Aber alles war schiefgelaufen. Wir hatten uns zu Anfang nicht einmal geküßt. Mein Bild von Madonna war übertrieben romantisch, aber sie schien in dieser Hinsicht keine große Hilfe zu sein, trotz ihres liebreizenden Lächelns, ihrer sanften Stimme und der Liebenswürdigkeit ihrer Worte. Sie war fast *zu* leicht zu haben und förderte nicht eben meine beste Seite zutage. Es war, als hätte ich einfach nur neue Kenntnisse gewonnen, wichtige zwar, aber ohne innere Beteiligung. Man empfindet natürlich oft so bei der ein oder anderen Gelegenheit, aber in dieser besonderen Situation kam es mir furchtbar vor, vor allem weil ich erst vor kurzer Zeit ganz anders darüber gedacht hatte.

»Los«, sagte ich zu ihr, »wach auf.«

Das war nicht fair, aber ich war bitter enttäuscht, um so mehr, weil ich mir den Grund dafür nicht erklären konnte. Ich hatte nur das Gefühl, daß möglicherweise mein gesamtes Leben auf dem Spiel stand.

Sie gab einen kleinen Klagelaut von sich.

Ich setzte mich im Bett auf und schlug die Bettdecke zurück. Sie lag ausgestreckt vor mir, ganz und gar grau, jedenfalls in dem dämmrigen Zwielicht. Sogar ihr Haar war farblos, beinah unsichtbar.

Ich tat etwas ziemlich häßliches. Ich packte ihren linken Arm, indem ich beide Hände um ihr Handgelenk legte, und versuchte, sie zu mir hochzuziehen, damit ich den Anprall ihres Körpers spüren und ihren Hals und ihre Stirn mit Küssen bedecken konnte, wenn sie es nur geschehen ließe. Wahrscheinlich tat ich ihr dabei nur weh und hätte es besser gelassen. Aber man kann nicht sagen, daß es sonderlich schlimm gewesen wäre. Es war eigentlich ganz alltäglich, so etwas zu tun, würde ich sagen.

Aber was dann geschah, war nun wirklich mehr als schlimm. So schlicht und so schlimm, daß mir kein Mensch jemals Glauben schenken wird.

Ich zerrte also heftig, mißgelaunt und enttäuscht an Madonnas Arm. Sie schnellte zu mir empor und sank dann mit einer Art Wimmern wieder nach hinten. Ich hielt Hand und Handgelenk noch immer mit beiden Händen umklammert und brauchte einige Zeit, um zu begreifen, was geschehen war: Ich hatte ihr die linke Hand samt Handgelenk abgerissen.

Augenblicklich sprang sie aus dem Bett und begann sich wieder in ihre Kleider zu winden. Mir fiel auf, daß sie dazu in der Lage war, sich sogar in der fast vollständigen Dunkelheit sehr rasch zu bewegen. Ich sah voller Entsetzen, wie sie in meinem Zimmer mit nur einer Hand herumhantierte, und fragte mich ängstlich, wie sie das überhaupt schaffte. Die ganze Zeit über weinte sie vor sich hin, ›wimmerte‹ wäre wohl das passendere Wort. Die Laute, die sie von sich gab, waren sehr leise, so leise, daß ich sie für ein Hirngespinst hätte halten können, wenn all das andere nicht gewesen wäre.

Ich stand auf und wollte das Licht einschalten. Der einzige Schalter befand sich naturgemäß neben der Tür. Ich dachte, daß sich bei ein wenig Licht vielleicht manches aufklären ließe. Aber ich mußte feststellen, daß ich nicht an den Schalter herankam.

Vor allem konnte ich den Gedanken nicht ertragen, Madonna auch nur zufällig zu berühren. Und in zweiter Linie wurde mir klar, daß meine Füße mich nicht tragen würden. Ich war dermaßen entsetzt, daß ich mich nicht mehr bewegen konnte. Entsetzt, abgestoßen und noch etwas anderes – jenes verworrene Etwas nach enttäuschendem Sex, für das es keinen Begriff gibt.

So hockte ich bloß auf der Bettkante, während Madonna ihre Kleider anzog und unausgesetzt auf jene fürchterliche, herzzerreißende Weise weinte, die ich nie vergessen werde. Nicht daß es lange gedauert hätte. Wie ich schon gesagt habe, war Madonna verblüffend schnell. Mir fiel nichts ein, was ich hätte sagen oder tun können. Zumal so wenig Zeit dazu blieb.

Als sie sich angekleidet hatte, machte sie eine erschreckend bedeutsame Geste in meine Richtung, hob etwas auf, als könne sie wirklich im Dunkeln sehen. Dann hatte sie die Tür entriegelt und war hinausgehuscht.

Sie hatte die Tür zum dunklen Treppenabsatz offengelassen (wir hatten Minutenlicht), und ich konnte das Klick-Klack ihrer Schritte im Treppenhaus hören, bis sie so mühelos und lautlos durch die Eingangstür gegangen war, daß man hätte annehmen mögen, sie wohne hier. Für die übliche Kundschaft war es indessen noch etwas zu früh am Tag.

Ich fühlte mich nun buchstäblich körperlich krank. Aber immerhin konnte ich meine Beine wieder gebrauchen. Ich stand vom Bett auf, schloß und verriegelte die Tür und machte Licht.

Es gab nichts Besonderes zu sehen. Nur meine herumliegenden Kleidungsstücke, meinen durchgeweichten Regenmantel in der Ecke und das zerwühlte Bett. Das Bett sah aus, als habe sich ein riesiges Monster seinen Weg hindurchgebahnt, aber nirgendwo im Zimmer war Blut. Genau wie bei der Sache mit den Schwertern.

Als ich daran dachte und an das, was ich getan hatte, mußte ich mich übergeben. In den Zimmern gab es weder fließendes kaltes noch warmes Wasser, und ich erbrach mich in die altmodische Waschschüssel mit den verblichenen Blumen und den Daumennagel-Scharten am Rand, bis sie halbvoll war.

Ich warf mich auf das zerwühlte Bett, zu erschöpft, die Schüssel auszuleeren, das Licht auszuschalten oder mich auch nur zuzudecken, obwohl ich noch immer nackt war und die Nachtkälte in das Zimmer drang.

Ich hörte, wie die üblichen Geräusche auf der Treppe und in den anderen Zimmern begannen; dann wurde unerwartet und geschäftsmäßig an meine Tür geklopft.

Es war nicht die Sorte Haus, wo es sonderlich sinnvoll gewesen wäre, »wer da?« zu fragen. Ich stand also wieder auf, diesmal steifgefroren, und zog, da ich keinen Bademantel mitgenommen hatte, meinen Regenmantel über, irgendetwas mußte ich schließlich anziehen, um die Tür zu öffnen. Andernfalls würde das Klopfen weitergehen, und es würde Beschwerden geben, die sehr unerfreulich ausfallen konnten.

Es war der Bursche mit dem blauen Pullover, der Seemann oder Conferencier oder was auch immer. Irgendwie hatte ich es gewußt.

Ich kann nicht viel hergemacht haben, wie ich zitternd und nur in meinem nassen Regenmantel vor ihm stand, vor allem da die ganze Zeit über das allgemeine Geschrei und Gepolter aus den anderen Zimmern zu hören war. Und natürlich hatte ich nicht die leiseste Ahnung, welchen Kurs der Kerl einschlagen würde.

Ich hätte mir keine Gedanken machen brauchen. Darüber jedenfalls nicht im mindesten.

»Show gut gelaufen?« war alles, was er wissen wollte, und als stehe er auf seiner Bühne, starrte er dabei geradeaus in die Ferne, ohne jemanden oder etwas ins Auge zu fassen; sein Tonfall indessen war ziemlich freundlich, immer vorausgesetzt, jeder reagierte auf die richtige Weise.

»Ich glaube schon«, antwortete ich.

Ich machte wohl keinen besonders entgegenkommenden Eindruck, aber das schien ihn nicht sehr zu stören.

»Dürfte ich dann um das Honorar bitten? Es tut mir leid, daß ich Ihren Schönheitsschlaf störe, aber wir ziehen in der Frühe weiter.«

Ich hatte keine Ahnung gehabt, welche Zahlungsweise von mir erwartet wurde, also hatte ich die zehn Pfund, den Fünfer von Mr. Edis und fünf einzelne Pfundnoten eigenes Geld gebündelt in eine Schubladenecke gelegt, bevor ich in den Regen hinausgelaufen war, um Madonna zu empfangen.

Ich gab ihm das Geld.

»Danke«, sagte er, zählte nach und steckte es in seine Hosentasche. Ich bemerkte jetzt, da er direkt vor mir stand und ich ihn aus der Nähe betrachten konnte, daß sogar seine Hosen augenscheinlich Seemannshosen waren. »Alles klar?«

»Ich glaube schon«, sagte ich noch einmal. Ich hatte nicht die Absicht, mich ihm in irgendeiner Weise anzuvertrauen.

Ich sah, daß er mich nun mit seinen schmalen tiefliegenden Augen musterte. Genau in diesem Augenblick gellte ein wilder Schrei aus einem der unteren Stockwerke. Es war wohl der lauteste menschliche Schrei, den ich bis dahin gehört hatte, das galt selbst für Etablissements dieser Sorte.

Doch der Mann nahm keine Notiz davon.

»Na denn«, sagte er.

Aus irgendeinem Grund zögerte er einen Augenblick und streckte dann seine Hand aus. Ich ergriff sie. Sie war sehr kräftig, aber sonst war an seiner Hand nichts Auffälliges.

»Wir werden uns wiedersehen«, sagte er. »Keine Sorge.«

Dann drehte er sich um und drückte den schwarzen Schalter für das Minutenlicht im Treppenhaus. Ich sah ihm nicht nach. Ich fühlte mich schlecht und mir war kalt.

Seitdem haben sich trotz seiner Worte unsere Wege nicht wieder gekreuzt.

Im Sanatorium der Schlaflosen

In der Nacht irren diese Unglücklichen, die unter Schlaflosigkeit und Alpdrücken leiden, auf den Wiesen und in den Wäldern umher, um die Müdigkeit zu finden, die ihnen Schlaf geben wird. Unter diesen Heimgesuchten sind Leute aus der guten Gesellschaft, wohlerzogene Damen, sogar ein Pfarrer.

August Strindberg (»Inferno«)

Solche Orte sind gar nicht so selten, wenn man sich darauf versteht (oder dazu gezwungen ist), nach ihnen zu suchen. So wie Männer und Frauen sich mehr und mehr der Natur entfremden, entfremdet die Natur sich mehr und mehr den Männern und Frauen. Wie dem auch sei, einige dieser Orte sind seit langer Zeit bekannt, seit Menschengedenken, wie es im internationalen Recht heißt. Einige waren ursprünglich wahrscheinlich heilige Stätten der vorchristlichen Menschen, und manche existieren noch heute auf unserem Kontinent, man muß sich nur, wie gesagt, darauf verstehen (oder gezwungen sein), sie zu suchen. Manchmal muß man verblüfft feststellen, wie wenig von dem, was wirklich und wahrhaftig *ist,* Eingang in die Allgemeinbildung findet – natürlich nur, soweit der Ausdruck ›Allgemeinbildung‹ überhaupt noch eine Bedeutung hat.

›Henry und Molly Sawyer‹ hatten sie auf ihre Weihnachtskarten drucken lassen, dazu eine Adresse in einer Stadt in Cheshire, die man kaum noch eine Stadt nennen konnte, sondern eher einen Appendix und Schlafbezirk von Manchester. Henry Sawyers Visitenkarte zufolge waren ›Erdbewegungen‹ sein Metier, obwohl er, wenn man ihm gegenüberstand, nicht gerade den Eindruck machte, über die Rückenmuskulatur eines Atlas oder die geistige Hebelkraft eines Archimedes zu verfügen, ebensowenig über die Macht, die Welt von Marx und Hitler zu erschüttern. Und wenn man seine gelben Science-fiction-Maschinen in Bewegung sah, jede mit der Aufschrift SAWYER auf allen vier Seiten, jede imstande, einen Trupp Soldaten mit einem seitlichen Schlenker zu zermalmen, fragte man sich, wie lange er noch darauf hoffen durfte, sie unter Kontrolle zu halten.

Margaret Sawyer sah die gelben Ungetüme so selten wie möglich und bemühte sich, wie alle gutbetuchten Ehefrauen in Manchester, inmitten einer ständig wachsenden Ansammlung kleinerer Ungetüme – surrender, rotierender, zerstükkelnder Monster in Küche, Bad und Diele – um die Verwirklichung von Heimeligkeit. Unter anderem sollten diese dienstbaren Geister (Quälgeister, wie sie bisweilen dachte) ihr zu mehr Zeit für ihre Kinder, zwei Mädchen und einen Jungen, verhelfen, aber das funktionierte nur selten. Margaret durfte kaum hoffen, glücklicher als die anderen Manchester-Ehefrauen zu sein, aber bis zu einem denkwürdigen Abend in Schweden hätte sie den Gedanken zurückgewiesen, definitiv unglücklich zu sein. Und das war sie auch nicht. Vor jenem Abend war sie nicht erwachsen genug für Glück oder Unglück, sie hätte sehr wohl zu den Menschen gehören können, die daran zweifeln, daß diese Worte überhaupt etwas besagen.

Sawyer mußte nach Sovastad im Osten von Zentralschweden reisen, wo eine große, breite, gefährliche und kostspielige Straße über die Berge nach Norwegen im Bau war. Da er dort mindestens eine Woche bleiben mußte, hatten die Schweden, gastfreundlich wie stets, den Vorschlag gemacht, er solle Margaret mitbringen. Diejenigen schwedischen Ehefrauen, die keine eigene Karriere verfolgten, würden sich tagsüber ihrer annehmen und dafür sorgen, daß sie sich wohlfühlte. Margaret hatte eingewilligt; anders konnte man es kaum nennen.

Und so war es dann im großen und ganzen auch gekommen. Margaret hatte in ihrem bisherigen Leben noch nie eine so gründliche und tüchtige Fürsorge genossen, sich noch nie so wohlgefühlt. Es herrschte eine hochtourige, unermüdliche Tag-und-Nacht-Herzlichkeit unter den wohlhabenderen Schweden, die völlig ungewohnt für sie war und die sie am Ende der Woche sehr ermüdend fand, obwohl sie Hemmungen gehabt hätte, das zuzugeben, nicht einmal sich selbst gegenüber, weil sie daheim in Cheshire geglaubt hatte, daß genau das ihr Wunsch sein würde. Auch Henry wurde immer stiller. Er gestand ihr, daß ihm der Umgang mit schwedischen Geschäftsleuten und Geschäftsmethoden sehr kompliziert vorkam.

»Besonders die jüngeren Männer«, sagte er. »Sie sind so gewieft und schneidig, daß sie dir das Fell über die Ohren ziehn, um anschließend einen Vortrag über den britischen Imperialismus und die Mängel unserer Krankenhäuser zu halten. Man weiß nie, woran man ist.«

Ebensowenig fand Margaret Sovastad sonderlich erfreulich, trotz des gesellschaftlichen Trubels. Der Ort lag am Ufer eines riesigen, schwarzen Sees, den Beschreibungen nach einer der größten nicht nur in Schweden, sondern in ganz Europa; die hohen Berge im Westen verdeckten den halben Tag lang die Sonne, verdunkelten die Straßen und gaben dem Wasser das Aussehen von Teer. Der See war dem Vernehmen nach unergründlich tief und beherbergte, wie meistens in solchen Fällen, eine Kreatur von enormen Ausmaßen und gräßlicher Gestalt, deren Spezies den Zoologen und dessen Herkunft jedermann unbekannt war. Es gab viele Darstellungen dieses Ungeheuers in dem gewissenhaft geführten Heimatmuseum, in dem Margaret von drei schwedischen Damen gewissenhaft herumgeführt wurde, alle besser gekleidet als sie selbst und auch besser in Schuß, alle in einer Ausführlichkeit über die Ausstellungsstücke informiert, die in Manchester undenkbar gewesen wäre.

Auf spätmittelalterlichen Holzschnitten trat die Kreatur mit vorquellenden Augen, gespaltener Zunge und mit einem dichten Ring seetangartiger Haarfühler bewachsen in Erscheinung. In naturphilosophischen Handbüchern aus dem 18. Jahrhundert hatte sie das beschaulichere Gepräge einer barocken Deckenmalerei angenommen. Ein Jahrhundert später, mit dem Vormarsch der Wissenschaftlichkeit, hatten die Ortsansässigen die barbarischsten Gerätschaften konstruiert, um das Wesen zu fangen und zu töten. Sie waren alle getreulich ausgestellt, und die schwedischen Damen erläuterten bis ins einzelne, wie sie funktioniert haben würden. Margaret war erleichert, daß sie nie zum Einsatz gekommen waren.

»Also lebt das Wesen immer noch in dem See?« fragte sie. Sie konnte den schwedischen Namen für das Ungeheuer nicht aussprechen.

»Die Kinder glauben daran«, erwiderten die schwedischen Damen.

Der See war, so erklärten sie, nach dem Wesen benannt: ›Orm-See‹, ›Schlangen-See‹. Es war eines der wenigen schwedischen Wörter, denen Margaret sich mehr oder weniger gewachsen fühlte. Die hohe Tonlage, in der diese Sprache meistenteils gesprochen wird, und die Kombination von Breite und Helligkeit der Vokale überforderten sie völlig. Ein Reiseführer der Gegend, den sie später konsultierte, erläuterte, daß der Name des Sees sich ganz einfach von seiner

Randzone herleitete, wo lange Seitenarme sich wie Tentakeln in die Berge hineinwanden.

Margaret stellte fest, daß Sovastad an seinen Ansprüchen gemessen ein wenig zu klein war. Die Schweden gaben sich die größte Mühe mit allem, was Urbanität verkörperte, planten vorzüglich und allumfassend, aber die Bevölkerung war nicht zahlreich genug, um zu verhindern, daß die Berge sich fast auf allen Wegen und bei jedem Blick in die Landschaft durchsetzten und so die vorherrschende Stimmung prägten.

Um halb vier Uhr nachmittags stellte sich für gewöhnlich das Gefühl ein, daß es sich hier um ein Gemeinwesen handelte, das fast wie ein Eskimostamm in einen unaufhörlichen Kampf gegen widrige Naturkräfte verwickelt war. Es gab alle Annehmlichkeiten, aber sie wirkten ein wenig wie der Komfort eines Luftwaffenstützpunkts im Kriegszustand.

Nicht daß Margaret sich eine bessere Anpassung an das bedrohliche Felsgebirge hätte vorstellen können und an den endlosen Winter, auf den man oft scherzhaft, aber auch mit bemerkenswertem Ingrimm zu sprechen kam. Ohne Zweifel hatten die Schweden wahre Wunder gewirkt, dennoch war ein Gefühl der Anspannung allgegenwärtig. Vielleicht konnte nur ein Neuling, ein Besucher aus dem Ausland, dies bemerken.

Zugleich lag über Sovastad immer ein leichter Dunst, ein klammer Schleier – oder, wenn das Sonnenlicht direkt einfiel, eine Vorahnung davon. Auch davon schien das Gemeindeleben durchdrungen, dessen Hektik fast schon etwas Russisches hatte. Und wenn einmal die Sonne zu sehen war, schien der leichte, kaum sichtbare Nebel ihre Hitze noch zu steigern. Doch bald traten die hohen Berge vor das Sonnenlicht, und innerhalb einer Viertelstunde war es Margaret so kalt, wie ihr zuvor noch warm gewesen war. Sie hätte gern Hosen getragen, aber Henry ließ durchblicken, das würde ihren Status schmälern, der ohnehin nicht allzu stabil war. Wenn Margaret darauf hinwies, wie viele der schwedischen Frauen Hosen trugen, erwiderte er unweigerlich, daß genau dies einer der Gründe sei, warum *sie* es nicht tun sollte.

Henrys Haltung in dieser Sache und die Möglichkeit eines daraus resultierenden Streits zwischen ihnen waren, soweit es Margaret betraf, der Hauptgrund dafür, daß sie am Sonntag eine Autofahrt in die Berge unternahmen statt einer Wanderung, wie die Schweden zuerst vorgeschlagen hatten. Sie konnte nach ihrem Empfinden kaum eine Klettertour in einem zweiteiligen Kostüm von Kendall & Milnes sowie fragilen, fast partymäßigen Schuhen antreten, vor allem angesichts der Tatsache, daß so viele Leute auf dem Kontinent dazu neigten, schon für einen Nachmittagsspaziergang einen Kampfanzug anzulegen. Die Schweden würden sie auslachen, und Henry würde, wie immer sie auch die Situation meisterte, schmollen. Es war bemerkenswert, wie nahe Männern solche Dinge anscheinend gingen, da ihre Einstellung zur Frage angemessener Kleidung fast immer von völliger Gleichgültigkeit bestimmt war.

Deshalb fuhren sie zu sechst mit dem Auto los, immer höher, über Straßen, die so wenig Ähnlichkeit mit denjenigen hatten, die Henry baute, daß es jedes menschliche Maß unterbot. Die Koniferen, die weite Teile Schwedens bedecken, die Tümpel, Sümpfe und kleinen Seen, die so viel von seiner Fläche beanspruchen, wirkten traurig und auch ein wenig geheimnisvoll und vieldeutig, aber Margaret bezauberte gerade diese Monotonie, wenngleich sie zusammen mit einem Ehepaar auf dem Rücksitz des großen Volvo saß, dessen Ehrgeiz es war, dafür Sorge zu tragen, daß ihr absolut nichts entging. Der Zauber lag vielleicht in der Verbindung von Monotonie und Grenzenlosigkeit. Sie hatte bereits viel derartige Landschaft auf dem Weg von Stockholm hierher gesehen; sie wußte, daß sie sich nach Norden hinauf bis zum Beginn der Tundra erstreckte, und sie hatte bemerkt, welcher

Unterschied zwischen schwedischen Entfernungen und deren Aussehen in einem handelsüblichen Schulatlas bestand.

Es führten keine Pfade durch die Baumwildnis, wie sie sich in den meisten Waldgebieten Englands erhalten haben, es gab keine Schneisen, überhaupt keine erkennbare Möglichkeit, die Wälder betreten zu können, außer durch gewaltsames Eindringen. Die Wirkung war nicht so sehr, daß die Millionen Koniferen eine gewaltige versunkene Stadt oder eine Zwergenrasse bergen mochten, sondern vielmehr, daß sie möglicherweise fähig waren, aus sich selbst heraus Kräfte jenseits aller botanischen Kategorien zu erzeugen und auszusenden, Kräfte, die man erst nach langen und beschwerlichen Wanderungen wahrnehmen würde, weil viel Zeit und Distanz erforderlich wäre, sich von Maschinen zu lösen, wie Henry sie hatte, und von dem Leben, wie es im Vorstadtparadies Cheshire herrschte.

Sie kamen zu einer hochgelegenen Stelle. Der Wagen hielt an, und sie stiegen aus.

»Verlassen Sie nicht die Straße«, rieten die Schweden. »Sie werden bis zu den Knöcheln einsinken.«

Margaret hielt das für eine Übertreibung, aber es war doch sonderbar, daß von Frauen erwartet wurde, sich sogar zu höchst unpassenden Gelegenheiten in erster Linie als Sexobjekt zu verhalten, auch wenn sie die Vierzig überschritten hatten und Sex so ziemlich das letzte war, das Männer wie Henry zu beschäftigen schien, jedenfalls soweit es die eigene Frau betraf. Und zu allem Überfluß blies ein eisiger Wind, wie Margaret ihn aus England nicht gewohnt war.

Dennoch gewärtigte sie den Zauber und sah sich um. Von dieser Höhe aus reichten die dunkelgrünen Bäume bis zu den Grenzen der Welt. Unmittelbar unter ihr bot sich wie ein großer, unregelmäßiger Riß im Grün der Orm ihrem Blick in seiner ganzen Ausdehnung dar, jene Quadratmeilen schwarzer Wasserfläche, an deren Rand die winzige Stadt lag, und jene gewundenen Oktopusarme, die sich nach ihr ausstreckten. Sovastad sah aus wie Schnecken auf hartem Fels – oder wie die erste von Menschen erbaute Stadt. Die Trasse der neuen Straße grub eine weitere Schneise durch die Waldgebiete, aber außerhalb von Sovastad war in dem gesamten Panorama kaum ein Gebäude auszumachen.

Als sie aber nach wenigen Schritten auf dem Gipfel des Hügelkamms standen, von dem aus sich ein Meer von Grün grenzenlos nach Westen ausdehnte, sah Margaret, daß auf dieser Seite und ganz in der Nähe ein einzelnes Gebilde aus den Bäumen auf der Westseite der Berge herausschaute. Es war ein ansehnlicher, weißgestrichener Holzbau mit einem Schieferdach.

»Wer wohnt denn dort?« fragte Margaret, um Konversation zu machen.

»Das ist das KURHUS. Ein Sanatorium«, entgegnete eine der Schwedengattinnen.

»Es ist nicht nur für Kranke bestimmt«, erläuterte die andere. »Manche Leute wohnen bloß dort, aber man kann sich auch behandeln lassen, wenn man will.«

»Das, was Sie eine Kur nennen«, fügte einer der Schwedengatten hinzu.

Nach dem, was sie über das schwedische Leben wußte, überraschte Margaret das keineswegs.

»So etwas ist aus der Mode gekommen«, sagte der zweite Schwedengatte. »Die Leute haben heutzutage keine Zeit mehr für Kuren.«

»Ihr Land genießt den Ruf, mehr für die Wohlfahrt zu tun als jedes andere.« Margaret konnte sich diese Bemerkung nicht verkneifen.

»Wohlfahrt ist nicht Erholung«, erwiderte der Schwede ziemlich ernst.

»Das KURHUS täte besser daran, mit der Zeit zu gehen und sich in ein Motel zu verwandeln«, sagte der andere Schwede.

»Geschäftsleute ziehen es oft vor, außerhalb der Stadt zu übernachten, wenn es eine gute Verbindung gibt.«

»Von dort muß man eine wunderbare Aussicht haben und einen guten Blick auf die Nachmittagssonne und den Sonnenuntergang«, bemerkte Margaret. In Sovastad gab es keinen Sonnenuntergang.

»Das ist wahr«, sagte eine der schwedischen Frauen nachdenklich. »Das KURHUS und die untergehende Sonne; das paßt zusammen.«

Über dieses Thema wurde nicht länger gesprochen, aber nach einem kleinen Spaziergang auf dem Hügel, Margaret hätte ihn gern weiter ausgedehnt, fuhren sie ein kurzes Stück entlang der Westflanke des Berges, bevor sie nach Sovastad zurückkehrten; dabei passierten sie das Portal des KURHUS. Blumen wuchsen in Hängekörben, und eine Gruppe von Menschen saß an Tischen auf einer Terrasse.

Margaret erschien es nicht im mindesten altmodisch und unlukrativ. Was sie sah, gefiel ihr ausnehmend gut, vor allem der Kontrast zwischen den kleinen, aber erlesenen Feinheiten des Dekors und dem grenzenlosen, wildromantischen Ausblick nach Norden, Süden und Westen unter der warmen Sonne. Die neue Straße war noch nicht bis auf diese Seite der Berge vorgedrungen, und Margaret hatte keine Ahnung, ob sie es je so weit bringen würde. Seit sie nach Schweden gekommen waren, schien Henry große Schwierigkeiten zu haben, die diversen Rechte und Pflichten seiner Position zu wahren, er fand nie eine Atempause, um dergleichen geographische Einzelheiten mit ihr zu besprechen.

Zwei Tage später spitzten die Dinge sich krisenhaft zu. Am frühen Vormittag entführte Henry Margaret aus einer *Konditori,* wo sie mehrere Tassen exzellenten, aber teuren Kaffees getrunken hatte, und teilte ihr mit, daß er die nächsten beiden Tage in Stockholm verbringen und daß ihre Abreise nach England um wenigstens zwei Tage verschoben werden müßte.

»Ich werde verdammt noch mal gezwungen sein, wieder hierher zurückzukommen«, fluchte Henry. »Ich muß sichergehen, daß sie wirklich begreifen, wie Stockholm entschieden hat.«

»Du Geplagter!« sagte Margaret.

»Willst du mich nach Stockholm begleiten, oder würdest du lieber hierbleiben, bis ich zurückkomme? Ich bin sicher, daß die Larssons und die Falkenbergs für deine Unterhaltung sorgen werden.«

»Ich habe für den Augenblick genug von jeder Unterhaltung. Ich könnte mich im KURHUS einquartieren.«

Henry setzte eine skeptische Miene auf. »Sie sagten, es wäre nicht viel los damit.«

»Das könnte immerhin bedeuten, daß es ruhig ist. Natürlich brauche ich dann nicht gleichzeitig das Hotelzimmer, aber da wirst du sicherlich etwas arrangieren können.«

»Mach dir darüber keine Gedanken«, sagte Henry großzügig. »Wenn du Abwechslung willst, sollst du sie haben.«

»Wenn du schon nicht hier bist«, sagte Margaret, »will ich wenigstens etwas mehr Sonne. Wenn du mir sagst, wann du zurück bist, werde ich dich hier wieder erwarten.«

»Als ein vollständig neues Mädchen«, sagte Henry und gab ihr einen Kuß.

Am nächsten Mittag erhielt Margaret im KURHUS das schönste Zimmer: groß, mit meilenweitem Ausblick, reizend möbliert und mit nicht weniger als drei langen Reihen der verschiedensten Bücher in mindestens vier Sprachen. Margaret, die gern las, musterte diese kleine Bibliothek mit beträchtlicher Neugier. Soweit sie das beurteilen konnte, waren die Bände sogar sorgfältig ausgewählt und keineswegs bloße Hinterlassenschaften oder die Art von Bettlektüre, die man gemeinhin erwarten konnte, wenn man so etwas in einem Hotel überhaupt erwarten konnte.

Aber kaum hatte Margaret bemerkt, daß es sich nicht um Bücher der Sorte handelte, die die meisten Leute vor dem Einschlafen lasen, da entdeckte sie, daß das erste Werk auf dem Regal ein voluminöser Wälzer mit dem deutschen Titel ›Die Schlaflosigkeit‹ war, dessen Bedeutung sie erriet. Sie stellte das Buch rasch zurück. Margaret legte großen Wert darauf, wie ein Murmeltier zu schlafen, und sie glaubte, daß Schlaflosigkeit im wesentlichen auf Einbildung beruhte. Sie wollte nichts davon wissen. Das nächste Buch war Daudets ›Sapho‹. Wenn sie gekommen wäre, um ihr Französisch aufzubessern, anstatt sich auszuruhen, hätte es vielleicht eine willkommene Herausforderung sein können.

Nachdem sie sich von Henry verabschiedet, und bevor sie Sovastad verlassen hatte, hatte Margaret der Sprachbarriere die Stirn geboten, um sich eine unauffällige grüne Hose zu kaufen, dunkel wie die Koniferen, ein mokkafarbenes Männerhemd, einen Anorak in hellerem Grün sowie derbe Schuhe. Diese Kleidung zog sie jetzt an. Vermutlich war sie zu alt dafür, zumindest nach britischen Maßstäben, aber sie wollte, daß an diesen beiden Tagen die Wälder, Felsen und Berge die Maßstäbe setzten und nicht die Nachbarn zu Hause. Sie fühlte sich beinahe wieder wie ein Mädchen, ließ sich auf das riesige Doppelbett fallen und schrieb mit ausgestreckten Beinen jedem ihrer drei Kinder eine heitere Postkarte an die Adresse des jeweiligen Internats. Dann stellte sie zu ihrer Überraschung fest, daß sie, obwohl die Sonne hoch über den Bergen stand, von Müdigkeit übermannt wurde.

Als sie erwachte, hatte sie das Mittagessen versäumt. Es war wirklich merkwürdig. Sie hatte die Nacht zuvor wie immer lange und gut geschlafen, obwohl Henry sich im Nachbarbett wahrscheinlich wie üblich hin und her gewälzt hatte. Sie konnte sich nicht daran erinnern, wann sie zuletzt am hellichten Tag eingeschlafen war; wohl kaum, dachte sie, seit sie als Kind Mittagsruhe halten mußte.

So weit sie sich erinnerte, hatte sie nicht geträumt. Es war, als seien ihr zwei oder mehr Stunden ihres Lebens gestohlen, einfach gestrichen worden. ›Das ist die Entspannung‹, dachte sie, weil sie nicht den Mut hatte zu denken ›Das ist die Erleichterung‹ ... ›Es ist das schöne große Bett.‹ (Henry hatte immer auf getrennten Betten bestanden, weil er so schlecht schlief, und es lag lange zurück, daß sie in oder auf etwas anderem geschlafen hatte.) ›Es sind die neuen Kleider‹ ... ›Es ist die Sonne oder die Höhenluft.‹

Sie war nicht eigentlich hungrig, hatte aber das Gefühl, daß sie es später bereuen würde, wenn sie zur gewohnten Stunde nicht wenigstens *etwas* äße. Sie mußte außerdem Briefmarken besorgen. Sie zog also den Reißverschluß ihres Anoraks hoch, schlug ihren Hemdkragen darüber, trug Lippenstift auf und ging mit einem durch und durch eigenartigen, aber keineswegs unangenehmen Gefühl nach unten. Die Architektur des Hotels war wirklich ausgesprochen schön in ihrem zeitgebundenen Stil: eine breite Treppe mit Messingnymphen, die das Geländer trugen, Waldnymphen, deren eine Hälfte sich in Bäume verwandelt hatte; eine quadratische Halle mit großen, schmalen gotischen Fenstern und wieder Nymphen, diesmal im Buntglas.

Aufgrund ihrer Erfahrungen mit anderen Hotels auf dem Kontinent hatte Margaret erwartet, daß jemand fürsorglich oder aufdringlich (je nach Standpunkt) auf ihr Mittagessen zu sprechen käme, für das sie (oder Henry), entsprechend Henrys üblicher Vereinbarung, in jedem Fall würde zahlen müssen. Aber nichts dergleichen geschah. Es war überhaupt niemand in der Nähe, nicht einmal hinter dem Rezeptionsschalter. Und es ließ sich kein Laut vernehmen, nicht einmal von den Vögeln draußen.

Die große Eingangstür stand weit offen, und die Halle glich einem Tempel, in den durch jede Öffnung Sonnenlicht strömte und die Buntglasnymphen auf dem weißgekachelten

Fußboden abzeichnete. Margaret kam der Gedanke, daß sie ihr Mittagessen, selbst wenn sie bei Tisch erschienen wäre, wohl kaum bekommen haben würde. Daraufhin fühlte sie sich ziemlich hungrig.

Sie stellte sich vor, daß Leute auf der Terrasse sitzen würden, wie sie es gesehen hatte, als sie an dem Gebäude vorbeigefahren war, aber wie sich herausstellte, war niemand dort. Sie stand am Geländer, gefesselt, aber auch ein wenig beklommen von der unermeßlichen Weite sonnenbeschienenen Grüns. Die Sonne stand fast senkrecht und brannte auf sie herab. Margaret zog ihren Anorak aus und nahm auf einem der hellen Terrassenstühle Platz, ohne zu wissen, was sie als nächstes tun sollte. Sie stellte fest, daß fast alle Fenster des Hotels sperrangelweit offen standen – das mochte eine Folge der Sanatoriumsfunktion des Hotels sein. Sie bemerkte außerdem, daß auf dieser, einer schmaleren Straße abgewandten Seite unterhalb der Terrasse ein Pfad verlief. Er tauchte aus dem Wald zu ihrer Rechten auf und führte in das Waldgebiet zu ihrer Linken.

Aus irgendeinem Grund erinnerte der Pfad sie an die Laufschiene, auf der die Figuren vorbeiziehen, wenn die Uhr einer mittelalterlichen Kathedrale die Stunde schlägt. Sie erwartete, daß ein rotäugiger Drache, dem ein juwelenbesetzter Heiliger Georg auf dem Fuße folgte, aus der einen grünen Tunnelöffnung auftauchen und in der anderen wieder verschwinden würde, auf ewig unbesiegt, obwohl stündlich bedrängt. Oder vielleicht erschien auch eine Prozession von zwölf klugen Jungfrauen oder sechs Pilgern und sechs Versuchungen. Sie selbst thronte dann über ihnen, alles überschauend wie eine Madonna. Auf Pfaden wie diesem hatte sich die gesamte Schöpfung von einer Finsternis zur anderen bewegt, von den Sternen bis zu den Kaninchen in der Ecke eines Altarbildes, bis Kopernikus und Kepler und Brahe und Galileo Unruhe zu stiften begannen. Einer der gastfreundlichen Schweden hatte ihr ein großes illustriertes Buch über Brahe gezeigt und ihr die Bildlegenden in besseres Englisch übersetzt, als es selbst die Engländer sprechen. Die schwedische Familie schien keinen Zweifel daran zu hegen, daß Brahe und seinesgleichen von großem Nutzen waren.

Aus dem Wald kam, während Margaret noch in der heißen Sonne saß, nicht der Heilige Georg, sondern eine nervöse, grauhaarige Frau in rotem Kleid und Illustrierten unter dem Arm. Augenscheinlich ein Hotelgast, stieg sie die Stufen zur Terrasse hinauf.

»Guten Tag«, begrüßte sie Margaret und musterte ihre Kleidung. »Sie sind neu hier.« Sie konnte nur eine englische Dame sein. »Unglücklicherweise kann ich Ihnen nicht in aller Aufrichtigkeit einen angenehmen Aufenthalt wünschen.«

Margaret nahm an, daß sie ein wenig exzentrisch war, wie man es Engländern im Ausland so oft nachsagt.

»Ich bleibe nur zwei Nächte hier«, erwiderte sie lächelnd.

»Tatsächlich!« rief die englische Dame aus, offenkundig sehr überrascht. »Ein Zufallsgast. Wir haben sehr wenig Zufallsgäste. Das ist vielleicht bedauerlich, aber das hängt mit dem Wandel des Geschmacks zusammen. Hier gibt es ja nichts zu tun. Absolut nichts. Was hat Sie bewogen, hierherzukommen?«

»Ich bin mit schwedischen Freunden hier vorbeigefahren; mir gefiel der Anblick.«

»Bedauerlicherweise haben ihre schwedischen Freunde Ihnen nicht erzählt, daß dies kein gewöhnliches Hotel ist. Einige von ihnen müssen das ganz genau gewußt haben. Die meisten Schweden wissen es und eine ganze Menge Leute anderswo auch.«

Sie stand da, die Hand auf die Lehne des Stuhls gelegt, der sich auf der anderen Seite von Margarets Tisch befand.

»Aber meine Freunde *haben* es mir gesagt«, entgegnete Margaret geduldig. »Sie haben mich gewarnt, daß es zum Teil ein Sanatorium ist. Eigentlich haben Sie mir sogar mehr oder weniger davon abgeraten, zu kommen. Ich fand ihre Argumente nicht besonders überzeugend, so weit es mich betraf. Ich wollte Sonne, und ich wollte nicht gezwungen sein, die ganze Zeit meine besten Kleider zu tragen. Das war alles. Ich wollte zwei Tage Ruhe, wissen Sie.«

»Aha«, sagte die englische Dame.

»Aber wollen Sie nicht Platz nehmen?«

»Danke«, sagte die englische Dame. »Ich sollte mich wohl vorstellen. Ich bin Sandy Slater. Wenigstens hat man mich seit jeher so genannt. Niemand hat mich je Alexandra genannt. Mrs. Slater, übrigens, obwohl meine Heirat kaum mehr als eine Formalität war. Ich bin eine geborene Brock-Vere.«

»Mein Name ist Margaret Sawyer. Ich wurde Molly gerufen, aber das gefällt mir nicht mehr so wie früher. Ebenfalls Mrs. Mein Mann arbeitet am Bau der neuen Straße.«

»So weit ich weiß, wird die neue Straße das JAMBLICHUS KURHUS kaum betreffen. Die Autoritäten haben dafür gesorgt, uns auf Distanz zu halten.«

»Ist das gut? Ich könnte mir vorstellen, daß die Besitzer das nicht so sehen. Einer meiner schwedischen Freunde meinte, daß das KURHUS sich um mehr Attraktivität für Autofahrer bemühen sollte.«

»Er muß außerordentlich ahnungslos gewesen sein«, sagte Mrs. Slater bestimmt. »Ich stelle fest, daß das heutzutage auf viele Schweden zutrifft. Vergeben Sie mir, daß ich so über einen Freund von Ihnen spreche.«

»Oh, das macht nichts«, sagte Margaret. »Eigentlich sind es ja Freunde meines Mannes – oder nicht einmal das. Eher Geschäftsfreunde. Nicht daß sie nicht sehr freundlich zu uns gewesen wären. Sie waren ganz wundervoll. Aber da fällt mir etwas ein«, fuhr sie fort. »Aus irgendeinem Grund bin ich fast sofort nach meiner Ankunft eingeschlafen, was normalerweise niemals vorkommt, und infolgedessen habe ich das Mittagessen verpaßt, obwohl sich das dumm anhört. Nun werde ich allmählich ziemlich hungrig. Besteht die Möglichkeit, eine Bedienung zu rufen?«

»Nicht vor vier Uhr«, antwortete Mrs. Slater.

»Aber es ist noch nicht einmal drei!« rief Margaret. »Das ist ja wie in England. Außerdem werde ich das Mittagessen *bezahlen* müssen – oder besser mein Mann. Er bucht immer alles im voraus, dabei wäre es mir oft lieber, weniger gebunden zu sein.«

»Offensichtlich«, sagte Mrs. Slater gelassen, »haben Sie keine Vorstellung davon, wo Sie hier sind. Warum, glauben Sie, heißt es das JAMBLICHUS KURHUS?«

»Das wußte ich gar nicht, bevor Sie es erwähnten. Es scheint auch nirgendwo zu stehen. Ich glaube, das war ein deutscher Arzt des 19. Jahrhunderts, der irgendeine Behandlungsmethode erfunden hat? Viele Deutsche scheinen das getan zu haben.«

»Jamblichus war derjenige der Siebenschläfer, der, nachdem sie zwei Jahrhunderte lang geschlafen hatten, in die Stadt ging, um Essen zu kaufen; er wollte mit den verfallenen Münzen zahlen und fand sich im Gefängnis wieder. Kennen Sie Ihren Gibbon nicht?« wollte Mrs. Slater noch überraschender wissen.

»Sie meinen die ›Geschichte des Verfalls und Untergangs des Römischen Reiches‹? Ich hatte leider nie Zeit dafür. Ich habe drei Kinder zu versorgen.«

Mrs. Slater sah sie an. »Das ist hier anders«, sagte sie gewichtig. »Aber die Geschichte von Jamblichus kannte ich schon, bevor ich hierher kam. Er ist der einzige der Siebenschläfer, den die meisten Leute mit Namen kennen. Jedenfalls nannte man Orte wie diesen sogar unter Ungebildeten oft Jamblichus-Haine. Das hier, meine liebe Mrs. Sawyer (bemerkenswert, wie ähnlich sich die Namen unserer Gatten sind), ist eine Einrichtung für Schlaflose. Man kann es kaum ein Hotel nennen, weil Hotels vor allem Schlafstätten sind. Noch weniger kann von einer Heilbehandlung die Rede sein, weil es keine Heilung gibt.«

»Mir ist ein Buch in meinem Zimmer aufgefallen ...« begann Margaret, hielt dann aber inne. »Wie schrecklich! Wollen Sie sagen, daß *Sie* daran leiden?«

»Nicht so wie manch andere – manche von denen, die hier sind, eingeschlossen. Ich schlafe für gewöhnlich ein paar Stunden im Laufe einer Woche. Manche der Leute hier haben seit Jahren kein Auge zugetan.«

»Aber das ist unmöglich!« rief Margaret. Sie sammelte sich. »Wollen Sie damit etwa sagen, daß sie jahrelang keinen richtigen Schlaf hatten?«

»Ich will damit sagen, daß sie jahrelang überhaupt nicht geschlafen haben. Überhaupt nicht. *Nie.*« Mrs. Slater schien immer noch ganz gelassen zu sein.

»Aber«, fragte Margaret zaghaft, »aber man kann doch nicht *ganz* ohne Schlaf leben?«

»Man kann«, erwiderte Mrs. Slater. »In gewisser Weise. Man kann *hier* leben.«

»Was ist besonderes an diesem Ort, und warum müssen Menschen mit Schlafproblemen mit anderen zusammen sein, die Schlafprobleme haben? Ich weiß leider sehr wenig darüber, denn ich habe anscheinend immer recht gut geschlafen, aber ich hätte vermutet, daß ein solches Zusammenleben das Allerschlechteste für sie wäre.«

»Wenn das Problem einen bestimmten Grad überschreitet, einen Grad, der nicht weit von völliger Schlaflosigkeit entfernt ist, wie ich Ihnen versichern kann, wird das Opfer vertrieben. Schläfer können nicht lange mit einem Schlaflosen zusammenleben. Es ist, als lebe man in Gegenwart von etwas Übernatürlichem. Gesunde Menschen empfinden das immer mehr als Schatten auf ihrem eigenen Leben; sie entwickeln diese Empfindung sehr früh. Ich spreche aus Erfahrung. Ich habe Ihnen schon gesagt, daß meine Heirat kaum mehr als eine Formalität war. Sicherlich haben Sie gedacht, daß ich zur alten Jungfer geboren bin – wie so viele englische Frauen es trotz aller Beschönigungen und Entschuldigungen noch immer sind. Ob ich nun so bin oder nicht, es war meine Unfähigkeit zu schlafen, die meine Ehe zerstörte. Die Ehe, jedenfalls in ihrer üblichen Form, gehört zu den Dingen, die durch die Schlaflosigkeit unmöglich gemacht werden. Eines von vielen wichtigen Dingen.«

»Das kann ich mir einigermaßen vorstellen«, sagte Margaret. »Aber ich finde es noch immer ganz unglaublich. Ich bin froh, sagen zu können, daß ich selbst immer gut geschlafen habe, wobei ich allerdings immer etwas besorgt war, daß es anders sein könnte. Aber ich habe natürlich Menschen gekannt, bei denen das nicht so war. Ich sehe ein, wie schlimm es für sie sein muß, aber doch nicht ganz so schlimm, wie Sie sagen. Da bin ich sicher.«

»Das ist die übliche Reaktion«, erwiderte Mrs. Slater nach wie vor in aller Gelassenheit. »Oder wenigstens die übliche erste Reaktion. Die Antwort ist, daß diejenigen, die Sie gekannt haben, in Wirklichkeit gar keine Schlaflosen waren. Es handelte sich bloß um Leute, die von Zeit zu Zeit Schwierigkeiten hatten, so viel zu schlafen, wie sie gern wollten oder zu müssen meinten. Das mag mit der Psyche des einzelnen, mit zeitweiligem Streß oder auch nur mit der Verdauung zusammenhängen. Aber in der überwiegenden Mehrzahl solcher Fälle hat es einfach damit zu tun, daß der Mensch in Wirklichkeit nicht so viel Schlaf braucht, wie er glaubt – oder, was häufiger ist, wie er will. Die Leute wollen schlafen, so wie sie Liebe wollen oder das, was sie Zerstreuung nennen, oder sogar den Tod. Rein biologisch gesehen schlafen die meisten Leute viel mehr als unbedingt erforderlich wäre, doppelt so viel oder noch mehr.«

Margaret fühlte sich nach ihren Eingeständnissen und unter Mrs. Slaters schulmeisterlichem Blick wie auf der Anklagebank.

»Die Menge Schlaf, die notwendig ist, um Giftstoffe aus der Blutbahn zu eliminieren, ist weit geringer, als die meisten glauben wollen«, fuhr Mrs. Slater fort. Sie unterbrach sich. »Sie wissen doch, daß genau das die physiologische Funktion des Schlafs ist?« fragte sie.

»Ich glaube, ich habe das auf der Schule gelernt«, sagte Margaret, die der Unterhaltung zusehends weniger folgte und immer deutlicher eine Bedrohung verspürte, ohne imstande zu sein, wegzuhören oder auch nur weitere Fragen zu unterlassen, wie leer ihr Magen auch sein mochte.

»Wie bereits gesagt, ist physiologisch weit weniger Schlaf erforderlich, als man glauben möchte. Tatsächlich ist es ohne weiteres möglich, die Giftstoffe zu eliminieren, ohne überhaupt zu schlafen. Einige Menschen, einige *wenige*, sind so beschaffen.«

Margaret hatte sich in der Sicherheit ihres zuverlässigen Schlafvermögens und allem übrigen, das damit zusammenhing, und um die biologischen Hintergründe so wenig geschert, daß sie dem nichts entgegenzusetzen hatte.

»Das«, sagte Mrs. Slater, »ist die Not des wahren Schlaflosen. Er ist jemand, der stets nur ein geringes Schlafbedürfnis hat – oder gar keins.«

»Das könnte doch auch gewisse Vorteile haben«, sagte Margaret.

»Das ist häufig die zweite Reaktion«, entgegnete Mrs. Slater. »Es gibt keine Vorteile, jedenfalls nicht nach den Begriffen der Außenwelt. Der Mensch, der im Wortsinn nicht schlafen kann, ist eine Art Troll, wie man hier sagt. Das Leben ist so beschaffen, daß nur ein Troll es ohne Schlaf ertragen kann. Den Schläfern bleibt nichts anderes übrig, als uns zu vertreiben.«

»Ich habe das Wort schon mal gehört, aber ich habe nie ganz verstanden, was ein Troll eigentlich ist.«

»Das sind diejenigen, die ausgeschlossen sind. Die Unheimlichen und Geheimnisvollen, wie die Leute sagen«, erwiderte Mrs. Slater. Aus ihren Worten schien ein Anflug von Genugtuung zu sprechen.

»Ist der Verlust des Schlafs denn *so* verhängnisvoll?«

»Sogar die gewöhnlichsten Menschen taumeln ihr Leben lang auf einem schmalen Grat zwischen Gut und Böse; zwischen Trieb und Urteilskraft, wie wir sagen würden. Schlaf gibt der normalen Person zweierlei: Er verschafft ihr dauerhafte und lange Phasen des Aufschubs von diesem Konflikt. Er gestattet ihren Trieben, eine gewisse Befriedigung im Traum zu finden, vor allem den höchst unerlaubten. Sie haben doch zweifellos Träume dieser Art, Mrs. Sawyer?«

»Manchmal«, sagte Margaret.

»Überlegen Sie einmal, welch ein Leben jemand führt, der weder Träume noch Beruhigung kennt. Ein derartiges Leben ist unerträglich, und jene, die dazu verdammt sind, müssen zu Trollen werden, wie ich eben sagte.«

Margaret holte eine Schachtel Zigaretten aus der Hosentasche hervor und bot Mrs. Slater eine an.

»Nein, danke«, sagte Mrs. Slater. »Über uns Schlaflose verlieren Narkotika rasch ihre Macht. Wir alle hier müssen vierundzwanzig Stunden in der Wirklichkeit leben . . . Dieser Ort eignet sich nicht für Ferien, Mrs. Sawyer, noch weniger zur Erholung. Nichtsdestotrotz hoffe ich sehr, daß Sie bleiben.«

Der Rauch von Margarets Zigarette stieg senkrecht in die unbewegte, warme Luft. Durch ihn hindurch hatte sie ungestört Mrs. Slaters Äußeres betrachtet. Margaret konnte weder Hörner noch Schwanzspitze, keine auffälligen Runzeln, nicht einmal ungewöhnlich traurige Augen erkennen. Mrs. Slaters Augen wirkten keineswegs glücklich, aber ihre gesamte Erscheinung, einschließlich der Augen, war ganz und gar charakteristisch für eine Frau ihres Alters, ihres Typs und ihres Standes. Sie hätte die amtierende Vizevorsitzende eines Frauenvereins in East Sussex sein können.

»Was machen die anderen jetzt?« fragte Margaret.

»Sie ruhen«, sagte Mrs. Slater. »Nachts erreicht der Schlaflose den Höhepunkt seiner Aktivität. Nicht die geringste Entspannung ist dann möglich. Aber man benötigt viel Ruhe, wenn man nicht schläft, so schwer sie auch zu finden ist. Am Nachmittag können die meisten von uns zumindest körperliche Entspannung finden. Manche reden sich ein, daß diese sogar dem Schlaf gleicht.«

»Und was ist mit Ihnen?« fragte Margaret. »Ich halte Sie doch nicht von Ihrer Entspannung ab, oder?«

»Nein, Mrs. Sawyer. Ich wäre heute nachmittag in jedem Fall unruhig. Insofern der Gedanke an Ruhe für jemanden wie mich überhaupt von Bedeutung ist, komme ich schon den ganzen Tag über nicht zur Ruhe.«

Worin Mrs. Slaters Not auch bestehen mochte, Margaret fand allmählich ihr fortgesetztes Selbstmitleid so peinlich, wie ihre Paradoxa fragwürdig waren. Es war ihr schon klargeworden, daß die Probleme einer Person, das Bedauern, mit dem sie diese Probleme betrachtet, und das Mitleid, das ein anderer für diese Person empfindet, gänzlich unabhängig voneinander sind.

»Vielleicht bin ich heute so unruhig«, fuhr Mrs. Slater fort, »weil ich wußte, daß eine Fremde kommen würde.«

»Ich würde das für nicht sehr wahrscheinlich halten«, erwiderte Margaret.

»Viele von uns hier entwickeln solche Vorahnungen«, sagte Mrs. Slater. »Das ist kein ungewöhnlicher Vorgang, wenn Sie darüber nachdenken. Es ist ein weiterer Grund, warum die Menschen uns ablehnen, uns fürchten und uns vertreiben. Nichtsdestoweniger sind sie nicht darüber erhaben, zu uns zurückzuschleichen, wenn sie selbst in Schwierigkeiten stecken. Sie kommen in der Nacht angekrochen, weil sie unseren Rat suchen. Ich war immer der Überzeugung, daß die Hexe von Endor eine von uns war.«

Während Mrs. Slater sprach, war ein älteres Paar aus dem Gebäude getreten und hatte schweigend an einem der Tische auf der anderen Seite der Terrasse Platz genommen. Ihnen folgte fast auf dem Fuße ein ähnliches Paar, das sich zwei Tische von Margaret und Mrs. Slater entfernt niederließ.

Margaret konnte sich einer Frage nicht enthalten.

»Diese Paare ... Sind *sie* Betroffene?«

»Ja«, erwiderte Mrs. Slater, »aber sie sind keine Paare im herkömmlichen Sinn.« Sie sprach mit gedämpfter Stimme, als säße sie in dem hellhörigen Salon einer Privatpension in Eastbourne. »Sie sind nichts weiter als unglückliche Menschen, die einen anderen Unglücklichen gefunden haben. Die meisten von uns bleiben allein. Es macht keinen großen Unterschied. Obwohl *ich* nun selbstverständlich *Sie* gefunden habe, Mrs. Sawyer«.

Mrs. Slater lächelte nicht und Margaret fragte sich, ob es ihr besser gefallen hätte, wenn sie gelächelt hätte.

»Selbst einem bemitleidenswerten Geschöpf wie mir bedeutet es durchaus noch etwas, eine andere englische Dame zu finden.« Mrs. Slater warf wieder einen Blick auf Margarets etwas undamenhafte Aufmachung. »Die meisten hier sind naturgemäß Ausländer; Leute, mit denen man bloß diese eine schreckliche Gemeinsamkeit teilt. Die einzigen anderen Engländer zur Zeit sind zwei sehr alte Damen, so alt, daß sie mehr als nur ein wenig sonderbar sind. Sobald es vier Uhr ist, müssen Sie und ich zusammen den Tee einnehmen, Mrs. Sawyer.«

Ein junger Mann in schwarzem Anzug und passender schwarzer Krawatte war unterdessen erschienen, danach eine dunkelhaarige Frau mit dunklem Teint, die wie eine Bühnenzigeunerin in mittleren Jahren aussah. Sie hatten beide einen Tisch in Anspruch genommen, so daß nun fünf Tische besetzt waren, aber wie in allen kontinentalen Cafés gab es noch eine Reihe anderer Tische, die unbesetzt blieben. Margaret bemerkte, daß keiner der Gäste einen der anderen begrüßte – oder auch nur ihre eigene Anwesenheit zur Kenntnis nahm. Sie saßen alle ganz still und, wie es Margaret schien, beinahe regungslos da, obwohl ihr diese Überlegungen im nächsten Augenblick ziemlich morbide vorkamen.

»Vielen Dank«, sagte Margaret zur Mrs. Slater. »Wenn Sie mich bitte entschuldigen, ich muß mich zuvor noch frischmachen.« Sie erhob sich und nahm ihren Anorak.

»Wie Sie wünschen«, sagte Mrs. Slater in ihrer zermürbend resignierten Art. »Ich werde hier sitzenbleiben und auf Sie warten. Es wird reizend sein, über die Londoner Geschäfte zu reden, die ich nie wiedersehen werde.«

»Ich lebe allerdings in der Nähe von Manchester.« Ihre Unfreundlichkeit war zweifellos albern, aber Margaret hatte keinesfalls vor, die Bekanntschaft mit Mrs. Slater zu vertiefen.

Jetzt kam ein Mädchen die Treppe vom KURHUS herab, das fast noch wie ein Kind aussah. Sie war zierlich und schmal, mit sehr hellem, blondem Haar, das ihr bis auf die Schultern reichte. Sie trug ein denkbar einfaches weißes Baumwollkleid ohne Ärmel, das ihre Figur kaum betonte. An ihren Füßen trug sie nur weiße Sandalen. Als sie herabstieg, begegneten ihre Augen Margarets Blick. Es waren Augen von einem intensiven Blau, jedoch außergewöhnlich leblos, flachen Scheiben ähnlicher als Seen. Margaret hatte erwartet, daß Schlaflosigkeit sich vor allem in den Augen widerspiegeln würde, aber diese Augen waren die ersten ungewöhnlichen, die sie im KURHUS zu Gesicht bekam, doch war es unvorstellbar, daß dieses blutjunge Mädchen zu Mrs. Slaters Schlaflosen gehören sollte; selbst wenn es auf alle anderen zutraf, woran Margaret beträchtliche Zweifel hegte.

Margaret vermutete, daß Selbstmitleid nicht Mrs. Slaters einzige Verirrung oder, gelinde gesagt, Übertreibung war; aber sie wußte mit Bestimmtheit, daß ihr selbst das KURHUS nun verleidet war und sie von hier verschwinden wollte. Nicht zuletzt wollte sie speziell Mrs. Slater entrinnen.

Die große Halle war voller Menschen, die aus allen Richtungen schweigend herbeizuströmen schienen. Es waren nahezu alle Altersgruppen vertreten und mancherlei Anzeichen verschiedener Nationalitäten auszumachen. Es war eine ganz alltägliche Zusammenstellung, auffällig nur durch ihr Schweigen, das Margaret jedoch einen kalten Schauder über den Rücken jagte. Sie *mußte* fort von hier. Die Menge schob sich auf die sonnenbeschienene Terrasse zu.

»Ich habe mich entschieden, Ihrem Beispiel zu folgen«, sagte eine Stimme dicht an Margarets Ohr, eine Stimme, die unglücklicherweise Mrs. Slater gehörte. »Ich werde mich feinmachen, ehe wir uns zum Tee einfinden.«

Margaret konnte nur nicken. Mrs. Slater huschte an ihr vorüber und stieg zwischen den Waldnymphen, die sich zur Hälfte in Bäume verwandelt hatten, die Treppe hinauf.

Jetzt war der Rezeptionsschalter mit einem jungen Schweden besetzt. Er war es gewesen, der sie bei ihrer Ankunft eingetragen und ihren Paß an sich genommen hatte. Er hatte blondes, straffgelocktes Haar und sah aus wie ein Boxer oder ein Bison.

Margaret beschloß, gar nicht erst um den heißen Brei herumzureden. Sie teilte dem Hotelangestellten mit, sie habe sich, obwohl sie wußte, daß das KURHUS zum Teil ein Sanatorium sei, nicht klargemacht, daß so viele der Insassen eher Patienten denn Gäste seien, sie wolle daher ausziehen. Dafür habe man sicher Verständnis, selbst wenn man es vielleicht nicht gerne sähe. Sie hatte sich vorgestellt, mit einem Taxi das Weite zu suchen und, wenn ihr nichts Besseres einfiel, einfach in das Hotel in Sovastad zurückzukehren.

Die erste Hürde bestand darin, daß der Angestellte an der Rezeption offenbar nur über sehr geringe Englischkenntnisse verfügte, so daß er sie kaum zu verstehen vermochte. Margaret war nur wenigen Schweden begegnet, mit denen sie sich derart unzureichend verständigen konnte. Aber sie sah ein, daß ihre Mitteilung ungewöhnlich und ihre Bitte eigenwillig war. So konzentrierte sie sich auf das Wesentliche: ihre sofortige Abreise.

»Ihr Paß«, sagte der Angestellte. »Er ist weg. Er wird nicht vor morgen zurück sein. Ich habe es Ihnen gesagt.«

Es stimmte, daß er das gesagt hatte. Das war etwas, das in Hotels auf dem Kontinent häufig vorkam, und Margaret hatte sich, da sie für zwei Tage gebucht hatte, keine Gedanken darüber gemacht.

»Wo ist er?« fragte sie den Angestellten.

»Weg. Er ist weg. Ich habe es Ihnen gesagt.« Der Angestellte starrte sie an, ein klein wenig wie ein Boxer, ein klein wenig wie ein Bulle.

Margaret wußte aus Erfahrung, zu welch hoffnungslosem Morast sich derartige Verwicklungen selbst unter den günstigsten Umständen auswachsen konnten, auch wenn es sich nur darum handelte, daß Henrys Geschäfte sie beide zu einem plötzlichen Ortswechsel nötigten.

»Ich werde Schweden nicht verlassen. Ich werde morgen mit einem Taxi zurückkommen und meinen Paß abholen. Aber ich bestehe darauf, unverzüglich zu gehen. Es tut mir leid, aber all diese kranken Menschen deprimieren mich. Es ist mir völlig klar, daß ich bezahlen muß. Ich kann sofort für die ganze Zeit zahlen, wenn Sie mir ein Taxi kommen lassen.«

Sie holte ein Bündel Banknoten aus ihrer Hosentasche hervor.

Mit einem Mal kam ihr die Wanderausrüstung, die ihr für kurze Zeit so viel bedeutet hatte, wie eine Narrheit der mittleren Jahre vor – eine auffällige obendrein. All die anderen, einigermaßen entsetzlichen Leute waren äußerst konventionell gekleidet.

»Kein Taxi«, sagte der Mann an der Rezeption mürrisch, aber bestimmt.

»Wie meinen Sie das?« rief Margaret, die nur zu gut wußte, daß sie allmählich die Contenance verlor.

»Kein Taxi nach vier Uhr«, sagte der Mann an der Rezeption.

»Warum in aller Welt nicht?« schrie Margaret, obwohl sie sich darüber im klaren war, daß das nicht der richtige Weg war, wenn sie Erfolg haben wollte.

»Nicht nach vier Uhr«, wiederholte der Mann an der Rezeption.

Margaret begann einen kindischen Streit und fühlte sich dabei wie der arglose Engländer im Ausland in einem Bühnenschwank. Und nicht nur kindisch, sondern auch ziemlich langwierig mußte der Disput gewesen sein, denn mittendrin bemerkte Margaret mit einem Gefühl, das an Panik grenzte, daß Mrs. Slater in einem pinkfarbenen seidenen Teekleid mit Punktmuster wieder auf der Treppe erschienen war, zu viel Rouge auf den Wangen und die grauen Haare so hochtoupiert, daß sie nach allen Seiten abstanden.

»Bitte, Mrs. Slater!« rief der Mann an der Rezeption. »Bitte erklären Sie dieser Dame . . .«

Aber Margaret wurde vor einem Ende in öffentlicher Schande bewahrt. In diesem Augenblick trat eine ranghöhere Person aus einem Raum hinter dem Schalter. Es war – wie ihr Untergebener – ein bemerkenswert muskulöser Mann, doch sein dichtes schwarzes Haar wurde bereits grau; sein Gesicht war unbewegt und müde.

»Verzeihen Sie, gnädige Frau«, sagte er in mehr oder weniger perfektem Englisch zu Margaret. »Ich war Zeuge der Unterhaltung, und ich kann Ihnen persönlich versichern, daß wir heute abend nichts mehr machen können.«

Mrs. Slater hatte ihre Hand begütigend auf Margarets linken Arm gelegt und stand erwartungsvoll neben ihr. Margaret hätte nicht gezögert, sie zu beleidigen, wenn dadurch eine Aussicht bestanden hätte, das KURHUS verlassen zu können, aber wie die Dinge lagen, war sie eher erleichtert, daß nichts von dem, was der Geschäftsführer gesagt und Mrs. Slater möglicherweise gehört hatte, zur Sprache gekommen war.

»Kommen Sie, unser Tee«, sagte Mrs. Slater munter.

Margaret blieb nichts anderes übrig, als sich von dem Schalter abzuwenden und ihr zu folgen; zum ›Frischmachen‹ war sie nicht gekommen.

Margaret war bei früheren Gelegenheiten aufgefallen, wie *anders* man Menschen auf einer malerischen Hotelterrasse betrachtet, wenn man ein wenig mehr über sie erfahren hat, wenn die hoffnungsfrohe, ja freudige Erwartung, die die erste Begegnung begleitet, abgeschwächt worden ist durch ein gewisses Maß an tatsächlichem Kontakt.

Als sie die Stufen des KURHUS hinab ins Freie trat, den sanften Druck von Mrs. Slaters roter Hand wie ein Lotsensignal auf dem Unterarm, rief Margaret sich ins Gedächtnis, daß dies dieselben Leute waren, die so fröhlich ausgesehen hatten, als sie vor drei Tagen in dem ausnehmend gastlichen Volvo vorbeigerauscht war.

Mrs. Slater geleitete sie wieder zu demselben Tisch, den sie reserviert hatte, indem sie Nummern von ›Vogue‹ und ›The Lady‹ liegengelassen hatte.

»Bitte, nennen Sie mich Sandy«, bat Mrs. Slater.

Obwohl es einem nicht sofort auffiel, stimmte irgendetwas mit den Gestalten auf der Terrasse nicht. Für einen flüchtigen Beobachter wären sie eine absolut durchschnittliche Versammlung ehrbarer Bürger gewesen. Das Seltsame an ihnen war ihre Ruhe und Reserviertheit. Jetzt wechselten einige von ihnen hin und wieder ein paar Worte, aber diese Worte hatten offenkundig praktische Bedeutung und bezogen sich auf den Tee, den Kaffee, die lockere und flockige Sahnetorte oder die Nachmittagshitze. Margaret hatte den Eindruck, daß sie schon vor langer Zeit absolut alles gesagt hatten, was sie jemals zu sagen haben würden. Sie hatte eine ebenso flüchtige wie erschreckende Vorstellung, *wieviel* Zeit sie wahrscheinlich dazu gehabt hatten.

Jedenfalls waren die meisten von ihnen allein, wie Mrs. Slater schon angemerkt hatte. Jeder saß allein und gesenkten Hauptes an einem Tisch, und keiner von ihnen bemühte sich um Kommunikation oder Freundlichkeit. Ungewöhnlich viele unter ihnen lasen jedoch, an mehreren Tischen saßen gleich zwei lesende Gestalten, und fast alle lasen keineswegs Glanzpapier-Gazetten wie Mrs. Slater, sondern schwere, karg eingebundene Bände von vielen hundert Seiten. Das war ja zu erwarten gewesen, dachte Margaret in Erinnerung an die bemerkenswerte kleine Bibliothek in ihrem eigenen Zimmer. Es wurde immer offensichtlicher, daß Mrs. Slater nicht in dem Maße übertrieben hatte, wie Margaret vermutet und gehofft hatte.

»Bitte, nennen Sie mich Sandy«, bat Mrs. Slater zum zweiten Mal.

Margaret nahm an, daß es eine fortgesetzte Unhöflichkeit gewesen wäre, keine Antwort zu geben.

»Wenn Sie es wünschen«, sagte sie und versuchte, weder zu unfreundlich noch zu freundlich zu klingen. »Solange Sie mich nicht Molly nennen.«

»Oh, das würde ich aber gerne«, antwortete Mrs. Slater. All ihre roten Fingerkuppen lagen auf der Kante des weißen Holztisches.

»Sie können mich Margaret nennen.« Es klang mager, aber der richtige Ton war schwer zu treffen.

»Ich habe eine richtige englische Teemahlzeit für uns beide bestellt, Margaret. Einmal am Tag gönne ich mir das. Die beiden alten Damen hielten es genauso, und wir nahmen unseren Tee zusammen ein, im Sommer wie im Winter. Aber nun kommen sie nicht mehr vor Einbruch der Nacht hinunter. Ich glaube nicht, daß sie tagsüber noch irgend etwas zu sich nehmen.«

»Sie sprechen von ihnen, als wären sie Vampire«, sagte Margaret. Mrs. Slater mußte wirklich in die Schranken gewiesen werden.

»Sie haben vollkommen recht, Margaret«, erwiderte Mrs. Slater ernsthaft. »Ich habe oft daran gedacht, daß der Vampirglauben seinen Ursprung bei den Schlaflosen hat. Wir haben etwas wenig Liebenswertes an uns, wie ich Ihnen schon gesagt habe.« Mrs. Slater kicherte jetzt tatsächlich; ein höchst ungewöhnlicher Vorgang auf der Terrasse des KURHUS.

Ein junger Kellner in einem weißen Leinenjackett erschien mit Tee für zwei Personen auf einem schweren Messingtablett; dazu gehörten Sandwiches, schottischer Kuchen und sogar heißes Teegebäck in einer silbernen Kalebasse, auf der die Sonne glitzerte und funkelte wie die Miniaturvorführung eines Feuerwerks.

»Soll ich Mutter spielen?« fragte Mrs. Slater, wobei sie bereits einschenkte. Die Flüssigkeit, die sich aus der langen, dünnen Silbertülle ergoß, sah ungewöhnlich blaß aus. Wahrscheinlich waren nicht genug Teebeutel in der Kanne.

Keiner der übrigen verzehrte einen vergleichbaren Imbiß, obwohl die meisten irgendetwas zu essen schienen. Margaret bemerkte, daß das kleine, schmale Mädchen in dem weißen Kleid lediglich ein verhältnismäßig kleines Glas Wasser vor sich stehen hatte. Wenigstens war anzunehmen, daß es Wasser war. Sie saß zurückgelehnt für sich allein an einem Tisch und blickte in die Sonne, starrte nahezu mit ihren blauen Augen mitten hinein. Sie war dermaßen schmächtig, daß der Eindruck entstand, als steckten in ihrem weißen Kleid bloß ein paar Strohhalme und Pappstücke und als seien ihr

Kopf, ihre Beine und Arme die einzigen Teile, die waren, was sie schienen.

Zwei junge Männer saßen jeder für sich an Tischen ganz in ihrer Nähe. Man hätte zumindest heimliches Interesse erwarten mögen, aber Margaret konnte kein Anzeichen dafür entdecken. Einer aß eine *Äggöra* und trank dazu Kaffee, aber beide schienen sich ganz ihrer Melancholie hinzugeben.

»Das Mädchen dort«, fragte Margaret, »ist doch bestimmt nicht hier, weil es nicht schlafen kann?«

»Das Mädchen dort«, erwiderte Mrs. Slater, »hat noch nie in seinem Leben geschlafen.«

»Es fällt mir schwer, das zu glauben.«

»In England vielleicht. *Hier* würde man sofort erkennen, was mit ihr los ist.«

»Margaret schaute von ihrem zweiten Stück Teegebäck auf. »Was meinen Sie damit? Warum würde man *was* wissen?«

»Man würde erkennen, daß sie nicht schläft«, sagte Mrs. Slater in ihrer gelassenen und bündigen Art. »Solche Menschen sind hier häufiger als in England, und natürlich ist die Bevölkerung viel kleiner, folglich ist jedermann mit den Anzeichen vertraut. So kam es auch zu Waldgebieten wie diesem hier. Aber möchten Sie nicht Ihr Jackett ablegen? Ihnen muß doch heiß sein.«

»Nein, mir ist nicht heiß.«

»Sie haben wohl gedacht, Sie kommen in eine Art Ski-Hotel.«

»Nicht ganz – mitten im Sommer.«

»Es wäre mir eine große Freude, Ihnen ein Kleid leihen zu dürfen. Wir haben so ziemlich dieselbe Größe und dasselbe Alter, so daß uns wohl auch derselbe Stil stehen dürfte, außerdem kommen all meine Kleider aus England. Wir sind hier abends eine ziemlich fesche Gesellschaft.«

»Vielen Dank, aber ich verfüge selbst über mehrere Kleider, die ich trage, seit ich in Schweden bin«, versetzte Margaret erneut ziemlich barsch. »Ich hatte gehofft, daß es hier oben weniger förmlich zuginge und daß ich an zwei oder drei Tagen in den Bergen wandern könnte.«

»Nicht am Tage«, sagte Mrs. Slater sanft, »des Nachts wandern wir hier in den Bergen. Wir tragen dabei keine besondere Kleidung. Es ist unsere Art zu leben, sozusagen unsere Bestimmung. Für uns ist nichts dabei. Deshalb wurde der Wald hier vor allem angelegt.«

»Was meinen Sie mit ›Wald‹?« fragte Margaret. »Welcher Wald? Hier gibt es Bäume, soweit das Auge reicht, und fast ganz Schweden scheint aus nichts anderem als aus Bäumen zu bestehen.«

»Rings um das KURHUS ist ein Wald«, sagte Mrs. Slater, »von Wegen durchzogen, mit Wegen überall, Wege, die es seit Hunderten von Jahren gibt. Sie haben gesehen, wie ich einem davon folgte. Es ist ein *Jamblichus*-Wald.«

»Es tut mir leid, wenn ich unhöflich bin, aber dieser Name klingt für mich nach ›Alice im Wunderland‹.«

Mrs. Slater lächelte schwach. »Für mich klang er immer mehr nach Edward Lear«, entgegnete sie.

»Woher wissen Sie bei all diesen Bäumen, wo Ihr spezieller Wald anfängt und endet?«

Mrs. Slater blickte auf den Steinboden der Terrasse. »Wenn ich sagen würde, daß es mit all diesen Bäumen vielleicht keinen Anfang und kein Ende hat, wenigstens nicht nach Ihren Begriffen, würden Sie mir nicht glauben.« Mrs. Slater fügte mit sanfter Stimme, so als befrage sie ihr eigenes Herz, hinzu: »Oder doch?«

»Es wäre doch furchtbar viel Lauferei für manche der älteren Leute hier.«

»Da haben Sie recht«, sagte Mrs. Slater. Sie sah zu Margaret auf und sprach jetzt wieder mit fester Stimme. »Es kommt die Zeit, da es nicht weiter geht. Am Ende verlieren sich alle Pfade zwischen den Bäumen.«

Es *war* wie in ›Alice im Wunderland‹, ganz genau so. Dieser Gedanke wurde in Margaret immer stärker. Er half, andere Gedanken fernzuhalten.

»Ich habe viel zu viel gegessen.« Das hatte sie trotz allem merkwürdigerweise wirklich. Wenigstens wenn das Leben im JAMBLICHUS-KURHUS (ein merkwürdiger Name in fast jeder Sprache, dachte sie), wenn das Leben im KURHUS einer normalen Ordnung folgte. »Um welche Zeit gibt es Abendessen? Ich nehme doch an, daß es Abendessen gibt?«

»Wir folgen dem gewohnten Schema. Vielleicht wissen wir es ganz besonders zu schätzen«, sagte Mrs. Slater äußerst beherzt. »Abendessen wird von acht Uhr an serviert, aber die meisten von uns sind sehr pünktlich. Haben Sie wirklich ein Kleid? Ich hoffe, Sie werden mir bei Tisch Gesellschaft leisten.«

»Es wird mir ein Vergnügen sein«, sagte Margaret. »Danke.«

Margaret wollte sich in Sonnenschein und Bergluft die Beine vertreten und dabei Mrs. Slaters vorgeblichen ›Wald‹ selbst in Augenschein nehmen, wo sie vermutlich nichts Besonders finden würde. Aber sie wollte nicht, daß Mrs. Slater sie begleitete. Und es war ein weiterer dringender Wunsch Margarets, Mrs. Slater zu entkommen. Sie dachte daran, zu fliehen, indem sie sich entschuldigte und ihr Zimmer aufsuchte, um sich dann in den Wald davonzustehlen, aber das konnte durch den Umstand erschwert werden, daß der einzige öffentliche Weg aus dem KURHUS über die Terrasse zu führen schien. Darüber hinaus hatte sie das peinigende Gefühl, daß Mrs. Slater die letzte wäre, der sie entrinnen könnte, indem sie Verstecken mit ihr spielte, als wären sie zwei Schulkinder. Es würde allemal Mrs. Slater sein, die zuerst »Gefangen!« kreischen würde.

Mrs. Slater bestand darauf, Margaret einige der großformatigen Modephotos in ›Vogue‹ zu zeigen, wobei sie zu den verschiedenen Kleidungsstücken Kommentare abgab, die detailversessen und ausführlich waren, Margaret aber akademisch vorkamen, soweit es Mrs. Slaters eigene Wünsche und Lebensumstände betraf, und beinah unheimlich, wenn es um ihren eigenen hypothetischen Fall ging.

»*Sie* würden blendend darin aussehen«, säuselte Mrs. Slater etwa in vollem Ernst, wobei sie mit ihrem dunkelroten Zeigefinger auf ein wolliges Etwas wies, dessen Bild sie fast ins Gesicht drückte, während Margaret den Blick über die grünen Hänge schweifen ließ, die von der Terrasse aus abfielen und an einer anderen Bergkette wieder hochstiegen, zehn, zwanzig, dreißig oder fünfzig Meilen entfernt, – die genaue Entfernung ließ sich schwer schätzen.

»Wenn ich an Ihrer Stelle wäre, würde ich immer hübsche Sachen tragen«, behauptete Mrs. Slater. »Ich habe einen ausgezeichneten Geschmack.«

Margaret hatte oft mitangehört, wie Frauen von sechzig oder siebzig Jahren stundenlang in genau dieser Manier redeten: jedes Detail abwägend, wehmütig oder boshaft spekulierend, wie dieses oder jenes Kleid dieser oder jener gemeinsamen Bekannten stehen würde, schwankend zwischen Identifikation mit und Mißgunst gegen Margaret, wenn sie einmal der Gegenstand derartiger Erörterungen war. Diese Beschäftigung, halb Traum, halb Wettbewerb, schien unzähligen Frauen wenn schon nicht Glück, so doch wenigstens Lebenskraft zu schenken, sogar noch im hohen Alter. Es mußte einen Zweck erfüllen, aber Margaret war nicht einmal gerührt. Sie sah darin eine Art Ersatzbefriedigung (das Wort sagte alles), die den schlimmsten Aspekt weiblicher Existenz symbolisierte. Aber jeder lebte mit Ersatzbefriedigungen. Man schaue sich nur Henry an, seine schwerfälligen Spielzeuge und seine Existenzängste.

»Welche Farbe steht Ihnen Ihrer Meinung nach am besten?« fragte Mrs. Slater.

»Diese Farbe«, sagte Margaret und wies auf ihre Beine. »Und diese dort . . .«. Sie deutete auf die grüne Wildnis.

Die anderen auf der Terrasse hatten ihre Mahlzeit beendet. In jeder anderen Gesellschaft wäre jetzt schon die Hälfte eingeschlafen.

»Verzeihen Sie, bitte«, sagte Margaret. »Ich würde gern vor dem Abendessen ein wenig spazierengehen.« Sie stand auf. Niemand schien davon Notiz zu nehmen oder sie auch nur anzusehen.

»Ich führe Sie herum«, sagte Mrs. Slater und raffte ihre Zeitschriften zusammen. »Es gibt Dinge, die einer Erklärung bedürfen.«

»Das ist sehr liebenswürdig von Ihnen, aber ich möchte es allein probieren.« Margaret hatte eine Idee. »Wie ein berühmter Schwede, möchte auch ich allein sein.«

Mrs. Slater ließ sich nicht ohne weiteres zum Schweigen bringen. »Wie Sie wünschen«, sagte sie, »aber bedenken Sie: Es ist etwas anderes als ein Spaziergang in England.«

Die Unterschiede, war Margarets erster Gedanke, bestanden darin, daß es keinen Abfall, keine Bauten, keine Reklame, keinen Lärm von Autos, Flugzeugen und Radios gab – und vor allem keine Menschen. Der Mensch hatte vermutlich diese Bäume gepflanzt und diese Pfade ausgetreten, aber das war schon alles gewesen. Es war wahrhaftig ganz anders als in einem Wald in Cheshire.

Als Margaret von der Terrasse hinabgestiegen war, hatte sie intuitiv den grünen Tunnel gemieden, aus dem Mrs. Slater aufgetaucht war; unten angekommen, hatte sie nach ein paar Schritten in der Gegenrichtung den anderen betreten, der ein paar Meter unterhalb der Wand des KURHUS selbst verlief. Margaret konnte Abwaschgeräusche und Geklapper aus der Küche hören sowie das dazugehörige Geplauder des Personals. Nach dem Schweigen auf der Terrasse waren diese fröhlichen Geräusche eine Erlösung. Doch waren sie nur ein paar Minuten vernehmbar, und länger war auch das KURHUS-Gebäude vom Wald aus nicht sichtbar.

Beinah sofort erreichte der üppige, ausgetretene Pfad einen Knotenpunkt, wo er sich zu einem Dutzend oder mehr Schleichpfaden zwischen den Bäumen verzweigte, als habe an dieser Stelle der Rückzug des Menschen kleinen Tieren die weitere Arbeit überlassen. Die Pfade waren, obzwar sehr schmal, deutlich sichtbar, aber man konnte unmöglich wissen, welchen man nehmen sollte. Alle verliefen sie naturgemäß in Schlangenlinien, da sie sich zwischen den unregelmäßig gepflanzten Bäumen hindurchwinden mußten. Bereits wenige hundert Meter von der Terrasse entfernt bestand Gefahr, sich zu verirren. Das Gebiet war nach Margarets Einschätzung ideal dafür geeignet, sich hoffnungslos immer im Kreis zu bewegen, wie es die Verirrten bekanntlich tun, weil (so hatte sie gehört) bei fast jedem ein Bein kürzer als das andere ist. Was sie vorfand, entsprach ganz und gar nicht dem, was sie in Anbetracht des zurückgewiesenen Angebots einer Führung durch Mrs. Slater erwartet hatte. Sie hatte sich etwas weit Phantastischeres vorgestellt.

Sie wählte aufs Geratewohl einen Pfad und begann, sich zwischen den Bäumen hindurchzuwinden. Der Pfad war schmal, aber frei von Hindernissen; es war nicht erforderlich, daß sie sich durch Büsche zwängte oder Äste beiseite schob. Selbst der Boden war vergleichsweise eben. Es war fast, als sei die Vegetation gestutzt worden, aber Margaret entdeckte dafür keinen Anhaltspunkt. Es hatte eher den Anschein, als sei nie etwas über dem Pfad gewachsen, so wie Gräser nie in Gewässern Wurzeln treiben, die andauernd von Booten befahren werden. Margaret begriff sofort, was das hieß: Die kleinen Wege mußten ständig in Benutzung sein, wie Mrs. Slater gesagt hatte. Eine weitere Bekräftigung von Mrs. Slaters gesamtem unwahrscheinlichen Thesengebäude über die Schlaflosen.

Margaret blieb stehen. Es raschelte und pochte ohne Unterlaß im dichten Unterholz zwischen den Bäumen; und im Laub oben war ein Schwirren und Flattern, das unvermittelt anschwoll und nachließ, vergleichbar der Graphik einer sehr unregelmäßigen Kurve.

Den Geräuschen nach zu urteilen, hätten Kondore zwischen den Ästen und Anakondas zwischen den Büschen hausen können. Margaret war keineswegs sicher, *was* sich wirklich dort verbergen mochte. Gab es nicht noch Wölfe und Bären in Schweden und wohl auch weitaus mehr Reptilienarten als in Britannien? Das Unterholz reichte ihr bis an die Ellbogen heran und war dicht genug, alles zu bergen, was kleiner als ein Elefant war. Zum zweiten Mal war sie mit einer Situation konfrontiert, an die sie nicht gedacht hatte, als sie Mrs. Slaters Angebot ungenutzt ließ.

Sie ging weiter. Die schmalen Bündel Sonnenlicht schienen auf sie herab wie Theaterscheinwerfer, sie selbst war die Hauptdarstellerin; die breiteren Katarakte leuchteten wie der himmlische Segen auf einem italienischen Gemälde – mit ihr als der Heiligen. Aber vielerorts standen die Bäume so dicht, daß das Sonnenlicht nur als flirrender Strahlenglanz durchdrang, Zeichen einer anderen, helleren Welt in der Höhe. Einige Zeit später war das Unterholz mit einem Mal fast völlig verschwunden, und die kleinen Pfade schlängelten sich durch Dünen von Kiefernnadeln.

Pfade, nicht ein Pfad: Auch durch das Unterholz hindurch waren mehrere Wege verlaufen. Hier draußen konnte man eine Menge von ihnen samt ihren Schnittpunkten auf einmal erkennen, was beruhigend war, weil man nötigenfalls, sofern man die Richtung kannte, die freie Fläche überqueren konnte, aber auch beunruhigend, weil es den Gedanken nahelegte, daß der gesamte Wald ein Irrgarten war.

Margaret amüsierte sich in vielerlei Hinsicht prächtig, aber ihr war klar, daß sie umkehren mußte. Sie bedauerte, daß ihr Rüstzeug als Pfadfinderin so unzureichend war. Derartige Gefühle des Bedauerns hatte sie seit ihrem ersten Eintreffen in Schweden verspürt. Aber woher sollte man auch wissen, was auf einen zukommen würde? Und all die sich bietenden Möglichkeiten hatten etwas Lächerliches, da ihre Mutter ihr nicht einmal erlaubt hatte, Pfadfinderin zu werden.

Jedenfalls erkannte Margaret, daß Techniken des Waldlebens, obzwar in sich bedeutsam, in einem anderen Zusammenhang ganz nebensächlich waren... Sie hatte Worte dafür, hatte sie schon lange gehabt, wenn es auch abfällige Worte waren: Was not tat, war die Zurückweisung so vieler Dinge, für die ihr Mann, Henry, zu stehen schien. Der Gedanke war schon seit Jahren in ihrem Kopf und ihrem Körper herumvagabundiert wie ein Keim in der Blutbahn und hatte dabei ihre Zufriedenheit immer mehr vergiftet. In diesem schwedischen Wald, abgelegen und einsam im Vergleich zu den meisten anderen Orten, die sie kennengelernt hatte, flammte die Unruhe erneut auf und brachte sie für einen Augenblick aus dem Gleichgewicht. Sie versuchte, sich selbst auf die gewohnte Weise zu antworten, versuchte, Henrys Standpunkt einzunehmen und angemessen zu berücksichtigen, daß er alles andere als frei in seinen Entscheidungen war. Er war kaum freier als, nach Mrs. Slaters Worten und dem Zeugnis dieses Wirrwarrs von Schleichwegen durch die Wälder zu urteilen, die Bewohner des KURHUS.

Nach ihrem Empfinden hatte ein Mann freier zu sein, als Henry es war. Es war nicht so, daß sie selbst unbedingt Bäume markieren oder Vogelstimmen imitieren wollte. Es war eher so, daß der Wald etwas symbolisierte, das außerhalb des Lebens stand – mit Sicherheit außerhalb Henrys Leben und ihres eigenen. Etwas, das nicht einmal ein Teil von Henrys innerem Leben war, wohl aber ein Teil des ihren, wenn sie ihren Empfindungen in diesem Augenblick Glauben schenken konnte.

Margaret gab sich einen leichten Ruck. Henry mußte im wesentlichen richtig und sie im wesentlichen falsch liegen, oder das Leben würde ganz einfach nicht mehr sein, was es war, und so weiter und so fort... Die übliche Reaktion auf diese Gefühle des Aufbegehrens war, wie sie genau wußte, daß sie ein wenig mehr Spielraum für die Gestaltung ihres eigenen Lebens, ja (wie einige Bewohner von Manchester vielleicht sogar sagen würden), für ihre Selbstverwirklichung benötigte. Aber dieses beliebte Schmerzmittel pflegte in der Praxis, Margarets Beobachtungen an anderen Paaren zufolge, seine Wirkung beständig zu verfehlen. Was sie auch gar nicht wunderte: Es verwies das eigene Selbst auf den Status und den Umfang eines Hobbies. Es gestattete einem, Lampenschirme zu basteln oder vielen Stunden in der Woche den Krüppeln und Alten zu helfen, wo man in Wahrheit einer Offenbarung bedurfte, Selbstverwirklichung und Selbstvergessenheit in einem. Und zur gleichen Zeit verdarb es die Ehe und minderte den Wert der Familie.

Der raschelnde, sonnige Wald, verlassen, aber labyrinthisch, verwies auf eine andere Antwort, eine Antwort jenseits der Logik, jenseits der Worte, vor allem aber jenseits all dessen, was Margaret und ihre Nachbarn in Cheshire als normales Leben betrachteten. Es war eine Antwort von ganz anderer Art. Es war das vollkommene Gegenteil eines Hobbies, aber nicht notwendigerweise das Gegenteil dessen, was die Ehe sein sollte, aber nie war.

Margaret konnte nun wieder die Geräusche aus der KURHUS-Küche hören. Ein Mädchen sang. Margaret blieb stehen und lauschte einen Augenblick, was sie wahrscheinlich, so dachte sie, nicht getan hätte, wenn sie in der Lage gewesen wäre, die Worte zu verstehen. Aus dem Lied klang das reine Sein und eine Schönheit, die das Verstehen der Worte, das in anderer Hinsicht vielleicht hilfreich gewesen wäre, zerstört haben würde. Die Pausengespräche bei den Hallé-Konzerten hatten in Margaret den Verdacht erweckt, daß zu weitreichende musiktheoretische Kenntnisse ähnlich zerstörerisch wirken konnten. Häufig hatten ihr Leute, die ins Ausland reisten, gesagt, daß sie die einheimische Bevölkerung wirklich kennenlernen wollten – nach Möglichkeit in der gleichen Weise, wie sie ihren englischen Landsleuten begegneten und diese kennenlernten. Zu diesem Zweck brachten sie anstrengende Abende damit zu, die Sprache zu erlernen, wenigstens setzten sie ihre Hoffnung darein. Margaret sah ein, daß das in keiner Weise ihrer Vorstellung entsprach.

Der Gesang des Mädchens war dem Gesang des Waldes eng verwandt. Wenn man zu genau hinhörte, würde man ihn nicht mehr verstehen. Als sie darüber nachdachte, wurde Margaret klar, daß sie das Lied unbewußt vom lauten Klappern der Pfannen abgelöst hatte, von dem es, genau genommen, eingehüllt war. Sie hatte nur das Lied wahrgenommen und nichts von dem Hantieren, das es fast übertönte.

Genauso verhielt es sich auch mit dem Wald. Man mußte sich von den bloßen Geräuschen lösen, nicht zuletzt von der steten Betäubung durch ihren inneren Widerhall. Man mußte die Sachlichkeit verbannen. Dann erst wurde etwas anderes vernehmlich – sofern man Glück hatte, die Sonne schien, und die Wege gut gepflegt waren; wenn man die richtige Kleidung trug, und wenn man keinen Versuch einer Definition oder Verallgemeinerung unternahm.

Margaret führte sich erstaunt zwei praktische Tatbestände vor Augen: Sie war eineinhalb Stunden unterwegs gewesen, weit länger, als sie vermutet hatte, und sie war von der freien Fläche aus, wo die Schleichpfade alle auf einmal sichtbar waren, zurückgekehrt, ohne auf ihre Wegrichtung einen Gedanken zu verschwenden. Das Markieren von Bäumen konnte nicht der einzige Schlüssel sein. Vom Wege abzukommen, war großenteils ein vorsätzlicher Akt.

Margaret mußte praktisch mit der Hast eines Kindes in ihr Kleid schlüpfen. Nicht allein, daß die Terrasse menschenleer war, in der Halle begann sich bereits eine Menschenmenge anzusammeln, als sie hindurcheilte. Alle waren halb festlich herausgeputzt – das Gegenstück von halb trauernd.

Mrs. Slater hatte wie gewohnt korrekt Bericht erstattet. Margaret stellte außerdem fest, daß ihr riesiges Bett nicht aufgedeckt worden war. Es war das erste Hotel dieser Kategorie, in dem ihr ein derartiges Versäumnis begegnete.

Margaret stand einen Moment lang nackt im Licht der Abendsonne da, wobei sie ihre Silhouette ansehnlicher fand als irgendwann während der letzten Zeit, dann zwängte sie sich in ein steingraues, steifseidenes Kleid – das Beste, was sie für Mrs. Slater tun konnte, die beim besten Willen nicht loszuwerden war.

»Schauen Sie«, sagte Mrs. Slater. »Da sind die beiden anderen englischen Frauen.«

Kaum jemand hätte sagen können, welcher Nation sie angehörten. Sie ähnelten zwei sehr alten, lange vernachlässigten, dem Tod geweihten Büschen, die jedes Jahr nur ein paar halbherzige Blättchen trieben. Man hatte den Eindruck, daß jederzeit ein Ast geräuschlos abfallen oder der gesamte Stamm entzweibrechen und niedersinken könnte.

»Mrs. Total und Mrs. Ascot«, erläuterte Mrs. Slater. »Früher war ich imstande, Spiele mit ihnen zu spielen, aber jetzt nicht mehr. Ich wünschte wirklich, daß Sie länger hier blieben, Margaret. Sie können sich vorstellen, wie einsam ich bin.«

»Können Sie denn wirklich nirgendwo anders hin?«

»Anderswo ist es noch schlimmer.«

Beim Abendessen wurde mehr und in einer Vielzahl von Sprachen geredet – und gegen Ende mehr als zu Anfang. Es schien unleugbar so, als arbeiteten sie alle auf etwas hin, wenn auch vorsichtig und hypochondrisch. Nichtsdestoweniger saßen diejenigen, die auf der Terrasse allein gesessen hatten, auch im Speisesaal allein. Nur sprachen jetzt manche von Zeit zu Zeit über den leeren Raum hinweg, und gewisse Paare waren sich näher. Auch hielten sich jetzt mehr Leute im Speisesaal auf, als Margaret bisher im KURHUS gesehen hatte. Mit Gewißheit konnte die gehobene Stimmung nicht dem Genuß von Alkohol zugeschrieben werden, weil es keinen gab. Margaret war an Hotels gewöhnt, wo man vor den Mahlzeiten mehrere Drinks an der Bar nahm - bisweilen noch vor dem eigenen Mann. Gelegentlich lernte man dort Leute kennen, die selten einigermaßen interessant waren.

Ihr wurde klar, daß man hier kaum einmal jemand Neues treffen würde. Sie war überrascht, daß niemand außer Mrs. Slater interessiert daran war, *sie* kennenzulernen. Möglicherweise lag es am Sprachproblem.

»Alkohol ist wohl strengstens untersagt?« Sie fürchtete, daß sie erneut nur darauf aus war, die arme Mrs. Slater zu quälen.

»Nichts ist *verboten*«, erwiderte Mrs. Slater auf sehr englische Art. »Wenn wir nicht rauchen oder trinken, dann weil wir es besser wissen. Wenn man nicht schlafen kann, sind die Folgen des Trinkens unbeschreiblich. Sie wissen doch, daß die physiologische Wirkung des Alkohols eine schlaffördernde ist? Für uns wäre das so, als würde ein impotenter Mann ein Aphrodisiakum nehmen.«

Margaret mißbilligte das gelegentliche Aufblitzen moderner Freizügigkeit bei Mrs. Slater besonders. Im übrigen hatte sie immer angenommen, daß das genau das war, was impotente Männer taten.

»Natürlich ist es bei Ihnen etwas anderes«, sagte Mrs. Slater. »Ich bin sicher, daß sich, wenn Sie länger blieben, ein Arrangement mit den Ärzten treffen ließe. Von mir aus können Sie so viel trinken, wie Sie wollen.«

»Ärzte!« rief Margaret. »Ich wußte nicht, daß es hier Ärzte gibt.«

»Oh doch. Obwohl sie uns natürlich nichts nützen. Es gibt keine Heilung für unseren Zustand.«

»Warum sind sie dann hier?«

»Alte Leute wie Mrs. Total und Mrs. Ascot finden keine Ruhe, solange keine Ärzte in der Nähe sind. Und bestimmt ist es angebracht für die Ausländer. Meinen Sie nicht, daß es heutzutage für die meisten Leute angebracht ist, gleichgültig, wie alt sie sind? Jeder will Ärzte haben, koste es, was es wolle.«

»Ich hätte wohl mit Ärzten rechnen sollen«, sagte Margaret. »Wo stecken sie jetzt? Haben wir schon einen gesehen?«

»Die Chirurgie ist im obersten Stockwerk. Die *Kirurgi,* wie man in Schweden sagt. Zwei Ärzte sind immer in Bereitschaft, Tag und Nacht, falls es zu einer Krise kommt. Sie nehmen sich doch selbst *Rödkal* aus der Schüssel?«

Sie saßen an einem Fenster, hinter dem die Sommernacht anbrach.

»Welche Art von Krise kommt denn am häufigsten vor?«

»Leider sind unsere häufigsten Krisen plötzliche Manie und plötzlicher Tod. Aus diesem Grund müssen die Ärzte einigermaßen jung und stark sein. Dasselbe gilt für das männliche Personal im allgemeinen, wie Sie wohl schon bemerkt haben. Bei Schlaflosigkeit kommt es oft zu einem plötzlichen Knacks. Die Anspannung ist nicht mehr zu ertragen. Das ist ein weiterer Grund dafür, warum wir immer gezwungen waren, für uns allein zu leben. Die Provinz-Psychiatrie versammelt hier viele ihrer Aspiranten, aber nur wenige ihrer sogenannten Heilerfolge. Sie würden es kaum glauben, aber selbst *dort* schläft unsereins nicht. Und was unsere Toten betrifft, so gibt es für sie einen besonderen Ort im Wald; nicht einfach zu finden, wenn man nicht weiß, wo man suchen muß. Auch nach dem Tod setzt sich die leidige Geschichte der Absonderung fort. Aber ich fürchte, daß all das Sie kaum bewegen wird, ihren Aufenthalt hier zu verlängern. Ich weiß nur zu gut, daß die Tatsachen, statt Liebe und Mitgefühl zu wecken, wie man vielleicht zu hoffen wagt, das genaue Gegenteil bewirken. Wir armen Leute sind zu ewiger Selbstgenügsamkeit verdammt, ob wir wollen oder nicht. Also essen Sie Ihre *Mört,* Margaret, und schenken Sie all diesen schwermütigen Gedanken keine Beachtung.«

Margaret kam zu dem Schluß, daß sie eigentlich nicht so schwermütig war, wie es angebracht gewesen wäre. Mrs. Slater schwelgte noch zu sehr darin, und Margarets Einstellung gegenüber dem KURHUS war hauptsächlich von brennender und wachsender Neugier, sträflicher Neugier möglicherweise, geprägt. Sie fühlte sich sanft angeregt durch eine Gemeinschaft, die so ganz anders und unberechenbar war, wenn auch ungastlich. Im übrigen hatte ihre Erfahrung mit dem, was Mrs. Slater den ›Wald‹ nannte, die vier Marken ihres inneren Kompaß' merklich verschoben. Die Bezugspunkte ihres Lebens hatten sich geändert... Denkbar, überlegte sie, als Mrs. Slater ihr ein bröckeliges Stück *Efterrättstarta* reichte, daß die ungewohnte Freiheit und Abgeschiedenheit ihr ein wenig zu Kopfe gestiegen war, wo immer sie auch gewesen sein mochte; aber das wahre Wunder lag darin, daß ein winziger Schritt sie in eine vollkommen andere Welt geführt hatte. Die Menschen, die sie umgaben, mochten in einem gewissen Sinne Ausgestoßene sein, wie Mrs. Slater sagte. Gut möglich, daß sie litten, man konnte nicht sicher sein, wenn man sie sah. Aber Margaret wußte genau, daß das KURHUS bereits ihre Lebensbatterie wiederaufgeladen, ihre Spannkraft wiederhergestellt hatte. Nach langem Stillstand war sie nun geheimnisvollerweise wieder in Bewegung.

»Sahne?« fragte Mrs. Slater, ein silbernes Kännchen in der Hand. »Oder, wie die Schweden sagen, *Grädde?*«

Wieder in Bewegung und so kurz nach dem Start, konnte man von Margaret nicht erwarten, daß sie über das Anhalten nachdachte.

»Warum lächeln Sie?« fragte Mrs. Slater.

»Entschuldigen Sie«, antwortete Margaret. »Ich war wohl in Gedanken.«

»Nein, es gibt keinen Kaffee«, sagte Mrs. Slater. »Wie jederman weiß, ist die physiologische Folgeerscheinung von Kaffee Wachheit. Aber in Ihrem Fall macht es wohl diesmal nichts aus, daß es keinen gibt. Denn wenn ich Sie wäre, würde ich zu Bett gehen.«

»Aber ich bin überhaupt nicht müde.« Margaret hatte gedankenlos gesprochen. Im KURHUS waren sogar neue Floskeln vonnöten. »Oh, ich habe etwas Falsches gesagt. Ich möchte mich entschuldigen.«

Mrs. Slater blickte sie fischäugig an.

»Auch wenn Sie nicht schlafen, bleiben Sie auf Ihrem Zimmer.«

»Wieso?«

»Nachts gehen wir umher. Wir beginnen damit nach dem Abendessen, und viele von uns wandern bis zum Morgengrauen herum. Sie sollten das nicht sehen.«

»Mrs. Slater...«, begann Margaret.

»Sandy, wenn Sie nichts dagegen haben.«

»Sandy, natürlich.« Erneut lächelte Margaret. »Sandy, wenn es stimmt, was Sie sagen, tut es mir für sie alle sehr, sehr leid, aber Sie können nicht erwarten, daß ich herkomme und Ihnen zuhöre, ohne mir selbst ein Bild machen zu wollen. Es mag falsch sein, aber ich kann es nun einmal nicht ändern.«

»Das ist wohl nur natürlich«, sagte Mrs. Slater, »und ich habe das auch schon oft erlebt. So wie die Dinge heutzutage liegen, können wir wohl froh sein, daß die Leute nicht mit Bussen hierher gebracht werden, um uns anzugaffen, wie sie früher die Verrückten in Bedlam angegafft haben. Es wird wohl schließlich soweit kommen, obwohl sich die Einheimischen nicht dazu hergeben werden, die Busse zu fahren. Wir sind unglücklich, und auf den Unglücklichen lastet ein Fluch. Ich warne Sie, Margaret. Die Einheimischen richten sich danach, und sie tun gut daran.«

Margaret blickte auf die farbenfrohen Untersetzer nieder.

»Wenn Sie mich schon warnen, sagen Sie mir bitte auch wovor genau Sie mich warnen. Was könnte mir zustoßen?«

Aber Mrs. Slater blieb vage.

»Nichts Gutes«, war alles, was sie sagte. »Nichts, was Sie sich wünschen würden. Ich spreche zu Ihnen als Freundin.«

Sie wirkte wenig überzeugend. Margaret fragte sich sogar, ob Mrs. Slater sie nicht bloß davon abhalten wollte, unerwünschte Bekanntschaften zu machen. Sie vermochte sich nur schwer zu entscheiden, was zu tun war.

Der Speisesaal leerte sich schlagartig, und es herrschte wieder vollkommene Stille. Die Gäste gingen schweigend, fast verstohlen, dachte Margaret. Es war beinahe dunkel, aber der Himmel glomm noch schwachrot und reflektierte den Sonnenuntergang.

»Sagen Sie«, erkundigte sich Margaret, »was geschieht im Winter, wenn die Berge schneebedeckt sind? In Sovastad redet man viel darüber.«

»Wir leiden um so mehr«, erwiderte Mrs. Slater. »Wir sitzen die ganze Nacht wach und warten auf den Frühling. Was sollten wir auch sonst tun?«

»Also gut«, sagte Margaret. »Ich *werde* auf meinem Zimmer bleiben. Und morgen werde ich besser woanders hingehen.«

»Bitte gehen Sie nicht, bevor Sie nicht müssen«, bat Mrs. Slater. »Sie werden keine Probleme haben. Sie werden schlafen können, da Sie keinen Kaffee getrunken haben. Es gibt nichts, was Sie wachhalten könnte. Ihre Nachtruhe wird vorzüglich sein.«

Wenn auch nur recht dürftig, wurde die große Halle nun von hübschen Lampen erhellt, in deren Licht die Messingnymphen auf beiden Seiten der Treppe schimmerten und funkelten. Ein stattlicher älterer Mann, den Margaret bei Tisch allein gesehen hatte, stand, augenscheinlich gedankenverloren, in einem entfernten Winkel; niemand sonst war zu sehen. Mrs. Slater legte einmal mehr ihre Hand auf Margarets Arm.

»Ich bringe Sie bis zu Ihrer Zimmertür«, sagte sie.

»Nein«, sagte Margaret. »Wir sollten uns hier trennen.«

Mrs. Slater hielt inne.

»Werden Sie auch an Ihr Versprechen denken?«

»Es war kein Versprechen«, sagte Margaret. »Aber ich werde daran denken.«

Mrs. Slater zog ihre Hand zurück und machte eine Bewegung, als wollte sie Margaret ein Gelübde auferlegen. Aber sie sagte nur: »Gute Nacht, also.« Beherzt fügte sie hinzu: »Schlafen Sie gut!«

»Wir sehen uns morgen früh«, sagte Margaret, die sich fragte, ob das wohl stimmen würde und ob ihre Worte der Situation angemessen waren. War es möglich, daß Mrs. Slater sich in diesem Augenblick zu ihrer ›Wanderung‹ bereitmachte?

Eine Frau in mittleren Jahren, vielleicht acht oder zehn Jahre älter als Margaret, aber noch immer von bemerkenswerter Schönheit, kam die Treppe herunter. Sie war in einen Pelzmantel von teurem Aussehen gehüllt, obwohl der Abend sehr warm war, ihre Absätze klickten über die weißen Fliesen und sie ging hinaus in die Dunkelheit.

Mrs. Slater stieg die Treppe hinauf, ohne sich noch einmal nach Margaret umzusehen. Sie verschwand in einem Flur, der nicht Margarets Flur war.

Margaret hatte beabsichtigt, unverzüglich auf ihr Zimmer zu gehen, wobei sie einen Moment lang gezögert hatte, um einen Schlafzimmerdisput mit Mrs. Slater zu vermeiden; aber kaum war sie allein, trat der ältere Mann aus seiner Ecke der

Halle hervor auf sie zu und sagte: »Verzeihen Sie, aber ich habe zwangsläufig mitangehört, was Mrs. Slater, eine liebe Freundin von uns allen, zu Ihnen gesagt hat. Es gibt wenig Konversation hier, und was gesagt wird, wird meistens nicht von einem allein gehört. Sie wären aber gänzlich falsch beraten, Mrs. Slaters traurige Sicht unserer sonderbaren Gemeinschaft zu übernehmen. Ich versichere Ihnen, wir haben auch noch eine andere Seite. Wir sind nicht immer nur traurig. Sie haben es selbst gespürt, als Sie heute abend in unserem Wald waren.«

»Haben Sie mich dort gesehen?« fragte Margaret. »Was Sie sagen, ist ganz richtig.«

»Wie die meisten Dinge, die man einem von uns sagt, von vielen gehört werden, so sind auch die meisten Dinge, die ein einzelner von uns tut, allen bekannt. Würden Sie mir die Ehre erweisen, eine Tasse Kaffee mit mir zu trinken?«

Ein älteres Paar kam die Treppe herunter und ging schweigend davon.

»Mrs. Slater sagte, es gebe keinen Kaffee. Sie riet mir auch davon ab, das Haus zu verlassen.«

»Mrs. Slater hat, wie man im Englischen sagt, übertrieben; also lassen Sie uns Kaffee trinken. Sie werden sehen.«

Er betätigte eine Glocke auf dem Rezeptionsschalter. Ein Kellner in weißem Jackett erschien. Der ältere Mann gab die Bestellung mit größter Selbstverständlichkeit auf.

Ein Mann um die Vierzig, der immer noch seinen leichten Abendanzug trug, ging direkt vom Speisesaal aus durch die Halle zu den Stufen, die zur Terrasse führten.

»Ich möchte mich vorstellen. Ich bin Colonel Damski. Sie sind, wie ich weiß, Mrs. Sawyer.«

Für ein Mitglied einer Gesellschaft, die allem Anschein nach so schweigsam und gleichgültig war, wußte er erstaunlich viel.

Sie gaben sich die Hand.

»Was Mrs. Slater übersieht, ist, daß wir armen Menschenwesen nur durch große Opfer zu großer Wahrheit gelangen.«

Margaret richtete sich in ihrem Stuhl auf. »Ja«, sagte sie, »ich verstehe. Wirklich.« Sie war über sich selbst erstaunt.

»Natürlich verstehen Sie«, sagte Colonel Adamski. »Der italienische Mann von Welt, Casanova, wenn Sie mir verzeihen, daß ich einen solchen Schuft erwähne, stellt auf der Basis ungewöhnlich reicher Erfahrung fest, daß aus seiner Sicht nur ein Mensch von Hunderten, jedenfalls annähernd in diesem Verhältnis, jemals den Schock erleidet, der die Gabe der Wahrheit weckt. Casanovas Gabe wurde durch Freimaurerei geweckt - obwohl das schon wieder etwas ist, worüber ich als guter Katholik nicht sprechen sollte, schon gar nicht in Gegenwart einer reizenden Dame. Außerdem ist ein Schock - ein Schrecken, ein Unglück, ein Schicksalsschlag - nicht immer notwendig. Oder meinen Sie, daß Ihnen ein Schock versetzt worden ist?«

»Ich glaube, das, was Mrs. Slater mir mitzuteilen hatte, könnte einen Schock ausgelöst haben«, erwiderte Margaret. »Heute nachmittag, meine ich.«

»Es ist richtig, daß Sie die Zeit nennen«, sagte Colonel Adamski mit leichtem Nachdruck. »Sie verstehen schon viel, viel mehr, als Sie wissen. Denn der Grund, weshalb Mrs. Slater so traurig und ahnungslos ist, ist der, daß *sie* am Nachmittag wandert, nicht während der Nacht«.

»Wandert sie denn nicht auch während der Nacht?«

»Selten.« Der Colonel unterbrach sich. »Hier kommt unser Kaffee. Würden Sie bitte einschenken, meine Hand ist nicht ruhig genug.«

»Das tut mir leid.«

»Es war dieser fürchterliche Krieg, den wir führten, in dem die Mächte der Finsternis auf beiden Seiten nahezu gleich stark waren. Es war kein gerechter Krieg, kein notwendiger Krieg, kein Krieg, in dem ein Sieg auch nur für einen Augenblick möglich gewesen wäre. Sie sehen bereits, daß ich für einen polnischen Offizier einen ungewöhnlichen Standpunkt einnehme. Es war gegen Ende des Krieges, als ich aufhörte zu schlafen – gänzlich aufhörte. Und hier war es, wo ich das Wesen der Dinge gesehen habe. Großes Opfer, große Wahrheit. Das ist etwas, das Mrs. Slater, die am Nachmittag umhergeht, als mache sie Urlaub in Royal Leamington Spa oder Royal Tunbridge Wells, einfach nicht versteht.«

»Colonel Adamski«, sagte Margaret. »Bitte sagen Sie mir, ob Sie Milch nehmen.«

»Keine Milch. Schwarzer Kaffee ist es, pur und stark, der Kraft verleiht gegen die Mächte der Finsternis, von denen die Welt wimmelt.«

Die ganze Zeit über durchquerten Leute, einzeln und zu zweit, die Halle, häufiger allein, und die gegen das Licht pechschwarze Nacht verschluckte sie. Obwohl es warm gewesen und im KURHUS noch immer war, verspürte Margaret jedesmal eine leichte eisige Bö, wenn sich die Tür öffnete.

»Ein langer Krieg«, sagte Colonel Adamski. »Die sogenannten Konzentrationslager, von denen wir so viel gehört haben. Eine schlimme Krankheit. Herzzerreißend und ohne Hoffnung. Das Leiden, das mit der Religiosität zunimmt. Das gehört zu den Dingen, die die Gabe der Wahrheit wecken. Oder die Schlaflosigkeit. Shakespeare klagt oft über schlaflose Nächte, aber man beachte, wie viel er ihnen verdankt! Selbst der aberwitzige hiesige Dichter Strindberg wäre noch grotesker, wenn nicht gelegentliche Strahlen der Wahrheit ihn erleuchtet hätten, als er wachlag – einmal sogar just an diesem Ort. Es wäre besser gewesen, er hätte ihn nie wieder verlassen. Und denken Sie an Ihren eigenen großen Staatsmann, Lord Roseberry, von allen anerkannt als ein Mann besonderen Gepräges, ein Mann aus anderem Holz als die Winzlinge, die zu seinen Füßen wimmelten, auch wenn nur wenige, die es erkannten, den Grund nennen konnten.

Manche schrieben sogar Bücher, um ihre Unfähigkeit darzulegen, Lord Roseberrys offenkundige Größe zu erklären. Wußten Sie, Mrs. Sawyer, daß Lord Roseberry jahrelang so gut wie nie schlief?«

»Das war leider vor meiner Zeit«, entgegnete Margaret.

»Er hätte gut verstanden, daß wir, die wir hier leben, zum einen *verflucht* sind, wie Mrs. Slater sagt, zum anderen jedoch *auserwählt*. Er hatte die blauen Augen, die bei unserem Schlag am häufigsten vorkommen.«

»Mir scheint, daß die meisten von Ihnen der restlichen Welt sehr ähnlich sind.«

»Wir haben das herkömmliche Aussehen von Mönchen. Man entferne die unterschiedlichen Kleider, und viele Mönche ähneln Mrs. Slater. Wenn Sie den Widerspruch entschuldigen.«

In der Halle war es jetzt vollkommen still.

»Darf ich Ihnen Kaffee nachschenken, Colonel Adamski?«

»Ja, bitte.«

Sie füllte ihrer beiden Tassen und dachte nach.

»Gibt es gewisse Grenzen?« fragte sie einige Zeit später. »Oder Grenzbezirke? Mir schien, daß der Wald, dieser *besondere* Wald, von dem hier alle sprechen, bloß ein Teil der gesamten schwedischen Wälder ist.«

»Das ist auch wahr«, sagte der Colonel. »Hin und wieder kehrt einer von uns nicht wieder. Einige finden Pfade in den Wald dahinter und kommen nie zurück.«

»Vielleicht haben sie nur beschlossen, das KURHUS zu verlassen, und halten das für den einfachsten Weg? Ich kann mir das durchaus vorstellen. Ich wollte heute nachmittag abreisen, aber es schien fast unmöglich. . . Jetzt bin ich froh, daß ich geblieben bin«, fügte sie lächelnd hinzu und wickelte ein Stück Würfelzucker aus dem Papier.

Der Colonel verneigte sich ernst.

»Sie gehen«, sagte er, »weil sie ihre Grenze erreicht haben. Für Männer und Frauen hat alles eine Grenze, jenseits derer weiteres Mühen, weiteres Nachdenken nur zum Rückschritt führt. Und das ist die Wahrheit, obwohl die meisten Männer und Frauen nie auch nur aufbrechen, zu einem Aufbruch möglicherweise gar nicht fähig sind. Für diejenigen, die wirklich aufbrechen, ist die Grenze individuell unterschiedlich und nicht vorhersehbar. Nur wenige erreichen sie. Diejenigen, die es schaffen, sind wohl auch dieselben, die fortgehen in den Wald dahinter.«

Margarets Augen leuchteten. »Ich weiß, daß Sie recht haben!« rief sie. »Da ist etwas, das ich schon lange gewußt habe, ohne daß ich die Worte finden konnte.«

»Wir alle wissen es«, sagte der Colonel. »Und wir alle fürchten es. Denn jenseits unserer Grenze beginnt das Nichts. Es ist ein wenig wie in der italienischen Parabel von der Zwiebel: Schale um Schale verschwindet, bis zum Schluß nichts mehr da ist, außer einem Duft, der noch ein wenig verweilt, so wie die Toten noch ein wenig hier verweilen, ihren Duft ausströmen und dann verschwunden sind. Oder, mit einem großen Wort gesagt, es ist ohne Frage wie das Nirwana, obwohl das Nirwana etwas ist, das kein Europäer zu begreifen vermag. Für mich ist es wie ein gewisser Augenblick im Krieg, ein Augenblick, als ich waffenlos Mann gegen Mann zu kämpfen hatte. Kein Moment, an den ich gerne zurückdenke, nicht einmal, wenn ich im Wald umherwandere. Es ist nicht richtig, Mrs. Sawyer, daß wir Soldaten Männer von Kraft und Geblüt sind. Zumindest sind das nur wenige Soldaten. Aber für mich war dies der Augenblick, da ich aufhörte zu schlafen, aufhörte zu träumen. Träume, Mrs. Sawyer, sind irreführend, weil sie das Leben wirklich erscheinen lassen. Wenn es nur die Hilfe der Träume einbüßt, löst sich das Leben auf. Aber vielleicht haben wir jetzt genug über diese amüsante kleine Gesellschaft gesprochen, zu der ich gefunden habe?

Selbst ich, der ich einer von ihnen bin, bilde mir nicht ein, daß sie die ganze Welt sind, und Sie sind doch nur zu Besuch bei uns – heute hier und morgen dort, wie die Redensart sagt?«

»Ich werde es bedauern, wenn ich fort bin«, sagte Margaret wahrheitsgemäß. Sie hielt die Kaffeekanne schräg und hob dann den Deckel an. »Leider ist sie leer. In England ist der Kaffee schlecht, aber es gibt mehr davon. Ich denke, das ist ebenfalls ein Symbol.«

Der Colonel lachte höflich.

»Ob ich wohl in den Wald gehen sollte, Colonel Adamski? Jetzt, ich meine, da sie alle dort umhergehen. Mrs. Slater hat es mir strengstens untersagt. Was raten Sie mir?«

»Sie werden inzwischen bereits bemerkt haben, daß wir in vielen Fragen keine einheitliche Auffassung haben. Nicht anders als in der übrigen Welt auch. Nicht anders als in einem Kloster, um auf jenes Beispiel zurückzukommen. Sie würden überrascht sein! Ich bin mit Mönchen zur Schule gegangen und kann Ihnen versichern, daß sie sich voneinander ebenso unterscheiden wie Politiker oder Geschäftsleute. Mrs. Slaters Auffassung zeichnet ein Bild von Mrs. Slater. Als ich einige Jahre mit der polnischen Armee in England stationiert war und dort warten mußte und Erfahrungen sammelte, vor allem aber wartete, stellte ich fest, daß Britanniens Stärke in Frauen wie Mrs. Slater lag, vorsichtig und leidenschaftslos. Es wäre falsch von mir, mit einer so hervorragenden Vertreterin Ihrer Mitbürgerinnen zu rechten.«

»Aber sollte ich denn in den Wald gehen, Colonel Adamski?«

»Warum nicht, Mrs. Sawyer, wenn Sie es wollen? Warum nicht? Nur wenige von uns Nachtwandlern beißen wirklich; und gewiß niemals eine reizende Dame wie Sie.«

Er regte sich auf seinem Stuhl.

»Oh«, sagte Margaret, erst jetzt auf diesen Gedanken kommend, »ich hoffe, ich habe Sie nicht aufgehalten?«

»Es war mir ein besonderes Vergnügen.« Der Colonel stand auf und schlug andeutungsweise die Hacken zusammen. »Ihr Gatte ist ein beneidenswerter Mann. Ich wünschte nur, er würde keine Straßen bauen.«

»Wieso?« fragte Margaret.

Der Colonel breitete die Hände aus.

»Das Blut. Der Lärm. Die Aggression und Feindseligkeit. Die Verwüstung und die Leere. Die Mittel ohne Zwecke. Die ersten Straßen, die ersten Straßen dieser Art hat Hitler gebaut. An die Stelle des Krieges ist in der Gesellschaft das Autofahren getreten. Ich, ein Soldat, sage Ihnen, das Kriegshandwerk hat seine Erscheinungsform verändert. Aber derartige Dinge sollte ich nicht der Frau eines Straßenbaumeisters eröffnen, die mir die Ehre erwiesen hat, mit mir nach dem Abendessen Kaffee zu trinken. Ich bitte um Verzeihung, Mrs. Sawyer. Ich gehe.«

Der Colonel schlug noch einmal in der denkbar zurückhaltendsten Weise die Hacken zusammen und stieg die Treppe hinauf, sehr leise für einen so stattlichen Mann.

Es war anzunehmen, daß alle, die hinaus wollten, das Haus nun verlassen hatten, möglicherweise die gesamte Gästeschaft mit Ausnahme von Mrs. Total und Mrs. Ascot, Mrs. Slater, Colonel Adamski und Margaret selbst. Margaret blieb in der stillen Halle mit ihren verstreuten Märchenlichtern, die kaum genügend Licht für jemanden spendeten, der zu lesen beabsichtigte.

Schließlich kam noch ein einzelner Spätentschlossener die Treppe herunter. Es war das kleine, schmächtige Mädchen, das früher am Tag ein weißes Kleid getragen hatte. Nun trug sie ein dunkles Kostüm (das Licht war zu schwach, als daß Margaret die genaue Farbe hätte erkennen können), das jugendlich straff wie eine zweite Haut saß. Sie kam rasch, aber nicht eilig die Treppe hinuntergetrippelt, als sei es nicht nur angemessen, daß sie die letzte war, sondern als wäre ihr vielleicht sogar bewußt, daß man sie erwartete und ihrer harrte. Sie sah dünner und zerbrechlicher aus denn je; ihre Beine waren eher mager als schlank, ihre Brüste unter dem dunklen Stoff, der sie bedeckte, kaum sichtbar. Als sie vorüberging, blickte sie Margaret zum ersten Mal unumwunden an. Ihre großen blauen Augen schienen eine halbe Sekunde lang aufzublitzen, als Licht in sie fiel, und Margaret schien es, als lächle ihr winziger, vergeudeter Mund leicht, wenn sich auch unmöglich sagen ließ, ob dies ein Zeichen des Wiedererkennens war. Sie war innerhalb eines Augenblicks vorübergegangen und im nächsten durch die Tür zur Terrasse verschwunden, wo die Schwärze sie sofort einhüllte und verschluckte.

Margaret bemerkte, daß sie unwillkürlich aufgestanden war und in die Nacht hinter der Türverglasung hinausstarrte. Sie durchquerte die Halle und folgte dem Mädchen hinaus auf die Terrasse.

Es war unerwartet kalt; sie hatte die Temperaturschwankungen zwischen dem schwedischen Tageslicht und der schwedischen Dunkelheit vergessen. Soweit sie wußte, gab es später im Jahr zu keiner Zeit des Tages richtige Dunkelheit, nun aber war sie undurchdringlich, mond- und sternenlos, undurchdringlich und eisig. In ihrem Abendkleid am ganzen Körper zitternd (obwohl sie sich erinnern konnte, daß viele der anderen Gäste nicht sonderlich vermummt ausgesehen hatten, als sie aufgebrochen waren) und mit einem solchen Zähneklappern, daß ihr Kopf ihr wie ein blanker Schädel vorkam, ertastete Margaret sich langsam ihren Weg über die dunkle Terrasse, wobei sie den fast unsichtbaren Tischen und Stühlen auszuweichen versuchte und die verschwommene, blasse Kontur der Steinbrüstung zu ihrer Linken als Wegweiser nahm. Schließlich erreichte sie die wenigen Stufen zu dem Querpfad, auf dem Mrs. Slater vor langer Zeit in Erscheinung getreten war, stieg in ihren hochhackigen Schuhen mühsam hinab und wankte auf den Wald zu, den sie am Nachmittag betreten hatte, den Wald, über den die Meinungen anscheinend so sehr auseinandergingen, den Wald, wo ihre eigene Sicht der Dinge sich so deutlich verschoben hatte, wie sie sehr wohl wußte – und das, obwohl sie bloß eine ausländische Touristin gewesen war und für eine Zeitspanne gekommen war, die bei nüchterner Betrachtung eher nach Minuten als nach Stunden, Tagen oder Jahren zählte.

Sie ging zwischen den Bäumen vielleicht fünfzig Meter weiter und machte dann halt. Sie war noch nicht einmal an dem Knotenpunkt angelangt, wo der breitere Pfad sich in die kleinen Schleichwege verzweigte. Ihr wurde klar, daß ihr, ginge sie weiter, auch das unscharfe Oval in ihrem Rücken, das mit weniger Dunkelheit gefüllt war, verloren gehen würde. Jetzt drang kein Laut aus der Küche des KURHUS, und kein Licht fiel aus irgendeinem Teil des Gebäudes durch das Blattwerk. Margaret dachte, daß das Personal wohl jeden Abend zum Schlafen nach Hause gehen würde. Denn das Personal – das Personal *schlief* selbstverständlich und mochte sich ohne das Gegenbild allumfassender Wachheit mit diesem Wohlleben durchaus leichter tun.

Die Kälte erschien Margaret von allem am merkwürdigsten. Innerhalb von nur wenigen Minuten hatte sich ihr Körper so abgekühlt, daß ihr die Kälte nicht einmal mehr etwas ausmachte. Ihr war, als sei ihr Körper in einen einzigen Eisblock eingeschlossen, ruhiggestellt und ihrer Verantwortung entzogen. Sie fragte sich, ob man eingeschlossen in einen Eisblock noch immer ein Drittel seines Lebens mit geschlossenen Augen und schlafend verbringen würde.

Das Zittern und Zähneklappern hatte jetzt aufgehört. Sie stand reglos und lauschte, da überhaupt nichts zu sehen war. Das unablässige leichte Rascheln des Nachmittags war immer noch zu hören. Da waren es wohl die Kleintiere des Tages gewesen, Margaret nahm an, daß es jetzt die Kleintiere der

Nacht waren – noch zahlreicher, nach allem was sie hörte. Aber es kam ihr doch unwahrscheinlich vor, daß Kleintiere dasselbe Geräusch – und auch noch in immer der gleichen Lautstärke (so daß man es nur hörte, sofern man selbst keinen unnötigen Lärm mehr machte) – bei Tag und Nacht erzeugen sollten. Dann fiel Margaret ein, daß dies ein Wald sein mochte, in dem *nichts* schlief, vielleicht nicht einmal die Bäume.

Das leise Rascheln ging immer weiter. Hin und wieder stieß der Schatten eines schwarzen Vogels nieder. Außerhalb und jenseits des glasklaren Eises, das sie einschloß, kam in Margaret mit einem Mal die Befürchtung auf, daß in der Dunkelheit einer der umherwandelnden KURHUS-Gäste an ihr vorbeihuschen konnte. Sie war nicht sicher, ob sie das verkraften würde.

Wahrscheinlich war es diese vergleichsweise banale Befürchtung, die den Ausschlag gab. Wahrscheinlich hängen alle Entscheidungen der Welt an seidenen Fäden. Obwohl sie nicht daran zweifelte, daß sie sich bald dafür verachten würde, entschloß sich Margaret zum Rückzug; sie wollte es dabei belassen und unverzüglich zum KURHUS zurückkehren, auf ihr Zimmer gehen, mit dem riesigen schwedigen Handtuch die Eisesstarre wegfrottieren, ein heißes Bad nehmen, den Heizlüfter anstellen, falls es einen gab, sich – wie die Frauenzeitschriften das nennen – ins Bett kuscheln und sich um Schlaf bemühen, nötigenfalls sogar dafür beten, auch wenn kein einziges Mal in ihrem bisherigen Leben dergleichen erforderlich gewesen war. Und morgen würde sie, was dann nur noch eine Sache der Logik und Notwendigkeit wäre, nach Sovastad zurückkehren und sich während der kurzen verbleibenden Zeitspanne im KURHUS möglichst unsichtbar machen – ein verlorener Urlaubstag, gar nicht zu reden von Henrys Geld für diesen Tag. Vielleicht, dachte sie, hatte sie ihre Grenze erreicht, beträchtlich früher, als sie am Abend für kurze Zeit angenommen oder sogar geglaubt hatte.

Als sie sich ihren Weg aus dem dunklen Wald hinaus bahnte, bemerkte sie, daß sie wieder zu zittern angefangen hatte. Beim Durchqueren der stillen Halle fragte sie sich, ob das alles nicht bloß mit einer schweren Erkältung enden würde. Das wäre das passende Nachspiel zu ihrer Kapitulation. Sie verachtete sich selbst, weil sie sich nicht umzog und in den Wald zurückkehrte. Sie hatte sich nicht einmal vergewissert, daß die Gäste, die die Halle des KURHUS verlassen hatten, tatsächlich im Wald waren. Sie wußte nur ganz genau, daß ihr auch in ihren dicksten Kleidern der Wald beinah so eisig erscheinen würde, als wäre sie völlig unbekleidet.

Sie rieb sich mit dem Handtuch ab. Sie ließ sich in dampfend heißes Wasser sinken. Sie ging zu Bett. Sie empfand es als Verrat an sich selbst, daß sie sich wie eine durchschnittliche Frau benommen hatte; sie hatte einen Punkt erreicht, an dem ihr Worte nicht mehr halfen und jenseits dessen sie, wenn sie weitermachte, allein, durchfroren und schutzlos weitergehen müßte. Doch schon bald war sie eingeschlafen – auch ohne besondere Maßnahmen.

Als sie beim Schein der Morgensonne aufwachte (so hoch konnte die Sonne indes zu jeder Tageszeit über den Bergen stehen), wußte sie, daß sie sofort aufbrechen mußte. Wenn kein Taxi zu bekommen war, würde sie zu Fuß den Berg hinunter nach Sovastad gehen und ihr bescheidenes Gepäck Henry hinterlassen, der es nach seiner Rückkehr holen könnte. Zu einem gewissen Zeitpunkt hätte sie etwas dagegen gehabt, daß Henry das KURHUS betrat, doch jetzt spielte es keine Rolle mehr. Sie zog das Kleid an, das sie getragen hatte, als sie angekommen war.

Es gab keinerlei Einwände. In der Halle hielten sich , wie so oft, keine Gäste auf, aber der junge Schwede, der wie ein Boxer aussah, stand hinter dem Schalter, gab Margarets Paß heraus und versprach, sofort nach einem Taxi zu telephonieren. Er erkundigte sich, ob Margaret Frühstück wolle, schien aber nicht überrascht, als sie ablehnte. Margaret wollte weder Mrs. Slater noch Colonel Adamski begegnen und wußte nicht, auf welche dieser beiden höchst unterschiedlichen Gestalten sie weniger gern träfe. Vielleicht wollte sie am allerwenigsten das zerbrechlich aussehende Mädchen mit den hellblauen Augen sehen, dessen Widerstandsfähigkeit gegen die Kälte selbst in einem dünnen schwarzen Trikot so viel größer zu sein schien als ihre eigene. Der junge Mann an der Rezeption bot nicht an, Henrys Rechnung um die Hälfte zu mindern, er schien nicht einmal der Auffassung zu sein, daß die Angelegenheit überhaupt einer Erwähnung bedurfte.

Erstaunlich rasch kam das Taxi, und Margaret dirigierte es zu dem vertrauten Hotel in Sovastad. Sie hoffte, daß es nicht ausgebucht sein würde. Ihre Zimmerreservierung galt erst für den Abend des nächsten Tages, wenn Henry zurück sein würde. Beim Blick aus dem Heckfenster des Taxis sah sie die verstreuten weißen Tische auf der verlassenen Terrasse, die leuchtenden Blumen in den Hängekörben, den weiten grünen Fächer am Berghang, dessen unterer Teil noch keine Morgensonne empfangen hatte. Vermutlich pflegten die regulären Bewohner des KURHUS nach ihrer nächtlichen Wanderschaft auszuruhen. Es gab noch so vieles, das Margaret nicht verstand.

Im Hotel in Sovastad hieß es, man sei bereits für die Nacht ausgebucht, und bemühte sich auch nicht allzusehr um Höflichkeit. Wenn sie und Henry nicht gerade eine Woche in diesem Haus verbracht hätten und wenn dies nicht das bekanntermaßen vorurteilsfreie Schweden gewesen wäre, hätte Margaret aus dem Benehmen des Rezeptionspersonals gefolgert, daß eine alleinreisende Ausländerin kein willkommener Gast war. Alle drei blickten sie finster an, als sei sie eine wildfremde und unerwünschte Person. Dazu kam noch, daß der Taxifahrer, nachdem er ihren Koffer ins Hotel getragen hatte, unruhig herumstrich und augenscheinlich ebenso erpicht darauf war wie das Hotelpersonal, sie loszuwerden.

»Können Sie mir etwas anderes empfehlen?«

»Das Central.«

»Sie wissen, daß ich morgen wiederkomme?«

Sie starrten sie bloß an und sagten darauf nichts. Sie redete sich ein, daß sie nicht gut genug Englisch sprachen, um sie verstehen zu können.

Der Taxifahrer fuhr sie äußerst mürrisch zum Central.

Das Central war offenbar dermaßen voll, daß die ältere Frau am Schalter nicht einmal ihren Belegungsplan konsultieren mußte. Tatsächlich sprach sie überhaupt nicht. Sie schüttelte bloß den Kopf, dessen glattes graues Haar einen charakteristischen schwedischen Knochenbau krönte. Aber ihr Kopfschütteln war von großer Entschiedenheit.

»Können Sie mir etwas anderes empfehlen?«

Diesmal schien man Margaret mehr oder weniger zu verstehen.

»Haus Krohn.«

Sovastad war trotz seiner kunstvollen Transplantate skandinavischer Urbanität nur eine Kleinstadt, und Margaret sah ein, daß bei steigender Nachfrage die Qualität abnehmen mußte. Haus Krohn war eine Pension, die im wesentlichen wohl von Geschäftsreisenden frequentiert wurde; nichtsdestotrotz sauber, hell und ansprechend.

Es war ebenfalls belegt. Diesmal lag die Anmeldung in den Händen eines kleinen Jungen mit einer wilden blonden Haartolle, die größer war als sein Gesicht, und seltsamen, eckigen Augen. Er trug ein am Hals offenes weißes Hemd und ein dunkelrotes Halstuch. Er sprach überhaupt kein Englisch, so daß es zwecklos war, sich auch nur nach einer anderweitigen Empfehlung zu erkundigen. Ausländische Gäste waren in Haus Krohn nicht üblich. Der Junge stand hinter einem Tisch (Haus Krohn hatte es nicht zu einem herkömmlichen Rezeptionsschalter gebracht), die Hände um dessen Kanten geklammert, und wünschte Margaret offensichtlich weit fort. Es sah ganz so aus, als hätte sie ihn einigermaßen eingeschüchtert, und Margaret hielt das für ganz selbstverständlich, da sie sah, daß er höchstens zehn oder elf Jahre alt war und kein einziges Wort mit ihr wechseln konnte.

»Und wohin jetzt?« fragte sie den Taxifahrer.

Es war erst halb elf, aber die Situation wurde allmählich beunruhigend. Margaret war gespannt, ob der Fahrer vorschlagen würde, sie solle für die Nacht ins KURHUS zurückkehren. Sie wünschte sich jetzt, nicht allein in Sovastad zu sein. Sie nahm an, sie würde bei Henrys schwedischen Freunden Zuflucht suchen können, aber das war das letzte, was sie wollte (weniger noch, als zum KURHUS zurückzukehren), und der ungünstigste Zeitpunkt, an dem sie dies gewollt hätte. Sie würde ungewöhnlich vertrackte Erklärungen liefern müssen, und man würde zwangsläufig mit besorgter Unerbittlichkeit Fragen stellen und Henry wahrscheinlich im selben Geist Bericht erstatten.

»Frälsningsarmen«, sagte er.

»Was ist das?«

»Frälsningsarmen«, wiederholte er. »Was anderes werden sie nicht kriegen können?«

Das letzte konnte kaum stimmen, dachte Margaret. Sovastad war keine große Stadt, aber sie selbst hatte in der vergangenen Woche mehr als drei Gasthäuser gesehen, wo man unterkommen konnte. Möglicherweise wußte der Taxifahrer, daß alles belegt war. Möglicherweise gab es eine Großveranstaltung in der Stadt, für die alle Betten gebucht waren. Sie entschied, wenigstens einen Blick auf das Etablissement zu werfen, das der Taxifahrer vorgeschlagen hatte.

Es stellte sich heraus, daß es sich dabei um ein Heim der Heilsarmee handelte.

»Also nein«, protestierte Margaret, aber es war zu spät.

Ein weiblicher Leutnant war unverzüglich erschienen und bat sie weniger hinein, als daß sie sie hineinzog, indem sie sanft, aber sehr entschieden ihren Arm ergriff, als wolle sie damit den Vorgang der Bußfertigkeit einleiten – eiserne Güte offenbarte sich im Gewand des gemeinen Fleisches.

Das Haus erwies sich als recht ansehnlich (und erstaunlich billig, nach der auffällig plazierten Preistafel zu urteilen). Es entsprach eher einem gewöhnlichen, wenn auch schlichten und blankgeschrubbten Hotel als Margarets Vorstellung von einem Heilsarmee-Heim in England, die sich auf ›Major Barbara‹ als jüngste Autorität stützte. Margarets Zimmer enthielt eine Bibel, ein Buch auf Schwedisch, das die Bibel auslegte, ein Heiligenbild und eine Auswahl schwedischer Traktate; die Institution bot augenscheinlich keinen Hinweis auf einen Vorschriftenkatalog im engeren Sinne.

Dann jedoch, als Margaret sich eben hingelegt hatte, klopfte es, und der Leutnant, der sie in Empfang genommen hatte, händigte ihr einen Traktat in englischer Sprache aus. Die Schrift trug den Titel ›Läuterung‹, und die Frau überreichte sie, ohne zu lächeln. Margaret war bereits aufgefallen, daß die Frau nur sehr unzulänglich Englisch sprach. Margaret stellte sich vor, daß der englische Traktat die Frucht einer Suche in Kisten und Kästen nach etwas Passendem für die ausländische Besucherin war. Ein wenig rührte sie dieser Aufwand um ihre Person, und sie lächelte so dankbar sie konnte. Die Frau ging schweigend hinaus.

Weitere Bemühungen um Margarets Bekehrung fanden offenbar nicht statt.

Es war ihr völlig freigestellt, in die Stadt zu gehen, um dort zu essen oder ins Kino zu gehen. Es gab auch keinen Grund, warum dem nicht so sein sollte, aber sie war dennoch einigermaßen überrascht. Ein drängenderes Problem war indessen, daß sie bereits alles, was es in Sovastad zu sehen gab, eingehend betrachtet hatte; außerdem verspürte sie den sehr intensiven Wunsch, im Augenblick dort auf niemand zu treffen, den sie kannte. Sie verbrachte daher einen Großteil des Tages mit Lesen und wusch emsig Kleidungsstücke, aß in dem Hotel oder Heim (oder was immer es sein mochte) zu Mittag (das Essen war einfach, aber gut) und beschränkte sich darauf, sich zum Abendessen in ein Café zu stehlen, in dem sie noch nicht gewesen war. Den Traktat über die Läuterung las sie nicht.

Sie fand das Café enttäuschend. Sie wurde in eine Ecke verbannt und mit einer Unhöflichkeit und Gleichgültigkeit bedient, die ihr bisher in Schweden noch nicht begegnet war – und auch anderswo nicht. Aber Margaret war nicht viel gereist und noch weniger auf eigene Faust. Sie wußte, daß man Frauen ohne Begleitung oft nachsagte, sie seien unbeliebt bei Kellnern oder sogar bei der Restaurantleitung. ›Kein Wunder‹, dachte sie, ›daß Frauen letztendlich immer dazu neigen, sich in ihr kleines Nest zurückzuziehen.‹

Sie vermutete, alles in allem würde der kurze Zeitraum ihrer Trennung von Henry auf die eine oder andere Weise die intensivste und lehrreichste ihres gesamten Lebens gewesen sein. Sie versuchte, den Gedanken beiseite zu schieben. Es konnte stets ein Fehler sein, mehr zu wissen als der eigene Mann.

Sie hatte die Schweden nie zuvor von dieser sturen und ungefälligen Seite erlebt, aber auch das gehörte zweifellos zu den Dingen, die sie lernen mußte.

In dieser Nacht schlief Margaret schlecht und unstet. Auf der Straße herrschte starker Verkehr. Margaret fragte sich, um wieviel schlimmer es sein würde, wenn Henrys Straße fertiggestellt sein würde, sie dachte mit Wärme an Colonel Adamski und versuchte sich abzulenken, obwohl ihr das wachliegend schwerfiel. Sie redete sich ein, daß sie an jenem Tag schließlich wenig Energie verbraucht, wenig genug getan hätte, als herumzuliegen und zu grübeln.

Zu einer dunklen, unbekannten Stunde pochte es an die Tür. Und Margaret wurde davon wach.

Der weibliche Leutnant trat ein. Vielleicht auch jemand, dachte Margaret unwillkürlich, der nicht schlafen kann? Aber das war sehr unwahrscheinlich, trotz des Gewichts, das Adamski den Unterschieden zwischen den Menschen beigemessen hatte.

Die Frau trug eine Kerze. Sie trat vor das Bett und fragte ohne Präliminarien mit ihrem starken Akzent: »Wollen Sie, daß ich mit Ihnen bete? Leider bete ich nur auf Schwedisch.«

In der Absicht, sich irgendwie respektvoll zu zeigen, setzte Margaret sich auf. Dann wurde ihr bewußt, daß das schwarze Nachthemd, das Henry so gefiel, hier fehl am Platz sein könnte.

»Das ist sehr liebenswürdig von Ihnen«, entgegnete sie unsicher.

»Verzweifeln Sie nicht«, sagte die Frau. »Vergebung gibt es für *alle*. Für alle, die sie in Demut suchen.«

»Aber wenn ich Sie doch nicht verstehe . . .« sagte Margaret, indem sie versuchte, ihre unpassende Bekleidung mit den Armen zu bedecken. Es war weder eine besonders schlagfertige noch eine besonders freundliche Antwort, aber Margaret fiel nach ihrem neuerlichen Erwachen aus spärlichem Schlaf nichts anderes ein.

Die Frau blickte sie über die Kerze in dem billigen Kerzenhalter aus Blech hinweg an.

»Wir zwingen niemandem die Erlösung auf«, sagte sie nach einer langen Pause. »Wer sie zu erlangen vermag, findet sie allein.«

Margaret fand, daß die Frau, da sie sich nun einmal entschlossen hatte, bei ihr zu erscheinen, ein wenig freundlicher hätte sein können. Aber vom Hörensagen glaubte sie zu wissen, daß ein Teil von dem, was die Frau gesagt hatte, zur Philosophie der Heilsarmee gehörte.

Sie wandte sich nun ab und ging, wobei sie die Kerzenflamme mit der linken Hand beschirmte und die Tür leise schloß. Margaret gewärtigte, daß sie es seltsamerweise doch begrüßt hätte, wenn mehr geschehen wäre, aber sie mußte zugeben, daß sie wenig ermutigend gewirkt hatte. Sie fiel wieder in einen unruhigen, zerrissenen Schlaf. Die Nacht kam ihr sehr lang und überdies entsetzlich geräuschvoll vor, und sie dachte sorgenvoll an den kommenden Tag.

Am Morgen gab sich der weibliche Leutnant nur mehr schweigsam und sachlich, noch immer ohne zu lächeln, wenigstens soweit es Margaret betraf, die wünschte, sie hätte dem reichhaltigen Frühstück lebhafter zusprechen können, stellte aber fest, daß sie dafür viel zu aufgewühlt war.

Henry würde noch vor dem Mittagessen eintreffen, und so brach sie zeitig zum Bahnhof auf, wobei sie ihr Gepäck diesmal selbst trug. Das Haus, in dem sie übernachtet hatte, schien dies für eine Selbstverständlichkeit zu halten. Man bot ihr nicht an, ihr ein Taxi zu rufen, und nach Margarets Empfinden konnte sie kaum darum bitten. Sie legte auch keinen großen Wert auf die Taxifahrer von Sovastad. Vielleicht hatte auch ihre Muskelkraft ein wenig zugenommen, so wie ihre Sicht ein wenig klarer geworden war, mochte dies nun gut oder schlecht sein.

»Wie war's?«

»Wunderbar.«

»Du siehst ein bißchen angeschlagen aus.«

»Ich habe nicht besonders gut geschlafen.«

»Weil ich dir gefehlt habe, hoffe ich?«

»Wahrscheinlich. Wie war's in Stockholm?«

»Grauenhaft. Diese Schweden sind ein anderer Menschenschlag als wir Engländer.«

»Armer Henry.«

»Tatsache ist, daß ich ein Problem habe. Ich erzähle dir beim Mittagessen davon.«

Was Henry dann auch tat. Margaret konnte nicht darüber klagen, daß er einer jener Männer war, die alles von ihren Frauen fernhalten, was sie selbst beschäftigt. Und kaum hatten sie zu Mittag gegessen, mußte er auch schon zu einer weiteren Besprechung mit Larsson, Falkenberg und den anderen einheimischen Unholden davoneilen. Margaret brauchte sich keine Gedanken mehr darüber zu machen – sie hatte sich nun seit mehr als 24 Stunden darüber den Kopf zerbrochen –, wie viel sie Henry erzählen wollte. Es war unwahrscheinlich, daß sie ihm überhaupt einmal etwas Entscheidendes über ihre Erlebnisse erzählen müßte.

»Du siehst immer noch unpäßlich aus, altes Mädchen«, sagte Henry, als er sich aufmachte. »Sogar den Leuten an der Rezeption und dem Kellner scheint das aufzufallen. Ich habe bemerkt, wie sie dich angesehen haben. Ich weiß nicht, wann ich zurück bin. Ich an deiner Stelle würde versuchen, etwas Schlaf nachzuholen. Lauf doch nach oben und ruh dich aus.«

Er küßte sie – mit aller Leidenschaft.

Margaret war ganz und gar nicht nach Schlaf zumute, und sie fühlte sich auch keineswegs sonderlich mitgenommen. Nichtsdestotrotz ging sie auf ihr Zimmer, zog sich aus und rekelte sich in ihrem blauen Nachthemd aus Schurwolle auf dem Bett. Es war ganz einleuchtend, daß sie nach dem Verkehrslärm der letzten Nacht einen Nachholbedarf an Ruhe hatte und man ihr das auch ansah. Trotzdem wollte sich kein Schlaf einstellen, und Margaret stand erneut vor dem Problem, daß es für sie in Sovastad nichts mehr zu unternehmen gab. Henrys Lösung wäre zweifellos die Wiederaufnahme des Umgangs mit den Larssons, Falkenbergs und ihresgleichen gewesen, hatte er doch schon festgestellt, daß er auf diese Weise zwei Fliegen mit einer Klappe schlagen konnte: Margaret wäre beschäftigt und dem Geschäft geholfen. Ein Grund, warum Margaret diese Vorstellung mißfiel, lag in der zeitlichen Begrenzung derartiger Bekanntschaften. Sie konnte nicht von einem Augenblick auf den nächsten heitere und vertraute Geselligkeit mit Fremden pflegen, um sie im nächsten Moment schon wieder abzubrechen; was um so schlimmer war, da der Zeitpunkt der Trennung so offen und unbestimmt war. Margaret konnte erst dann geben oder nehmen, wenn sie ein Gefühl von Kontinuität entwickelte. Wahrscheinlich, dachte sie finster, war das ein ernsthaftes Handicap für die Ehefrau eines Geschäftsmannes.

Schließlich zog sie sich wieder an und ging los, um noch drei Postkarten zu kaufen, die sie an ihre Kinder schickte. Sie hielt ihre Gedanken weiterhin davon ab, sich all dem zuzuwenden, was sich seit dem letzten Postkarten-Triptychon an Dina, Hazel und Jeremy ereignet hatte.

Aber erst weit nach Mitternacht begann sie sich zu ängstigen – um genau zu sein, als sie die helle Kirchturmuhr drei schlagen hörte, so wie sie sie eins und zwei hatte schlagen hören.

Auch das, überlegte sie, hätte an der schlichten Tatsache liegen können, daß sie mit Henry in einem Zimmer schlief. Weiß der Himmel, Henry schlief so geräuschvoll, daß jeder wach bleiben mußte, vor allem jeder, der zum zweitenmal tagsüber so wenig geleistet hatte. Henry drehte und wälzte sich. Er stöhnte, schnarchte und keuchte. Manchmal schrie er auf. Margaret mußte zugeben, daß Henry, um in seinem eigenen Jargon zu reden, keine gute Publicity für die Institution des Schlummers war. Nicht daß mit großem Mitgefühl für die mißliche Lage seiner Frau zu rechnen war, war sie doch gar zu lächerlich und wahrscheinlich auch zu vertraut. Ein gutes Weib würde so etwas mühelos verkraften, auch wenn die Gelassenheit einer guten Ehefrau ihre Grenzen haben dürfte.

Die helle Glocke der Kirchturmuhr schlug vier und fünf und sechs, und Margaret schlief zu keiner Stunde. Die Uhr schlug auch zu den halben Stunden einmal sacht an. Kurz nach halb sieben – heftiger Regen, der etwa eine Stunde zuvor eingesetzt hatte, trommelte monoton gegen das Fenster – richtete Henry sich auf, darauf dressiert, den Erfordernissen des Tages zu genügen.

Beim Frühstück äußerte er, daß sie immer noch seltsam aussähe, und sie bemerkte, wie er darauf achtete, ob die Schweden sie beargwöhnten. Sie spürte auch jetzt nichts Außergewöhnliches. Sie hatte Henry nichts von dem Mangel an Schlaf erzählt. Sie sagte sich, daß es nach den Maßstäben derer, die schlecht schliefen, gar nichts bedeutete, *eine* Nacht nicht zu schlafen. Oder zumindest nach ihren laut geäußerten Maßstäben. Sie war dem Einfluß der Schlaflosigkeit in aller Wucht ausgesetzt gewesen, hätte ihm kaum machtvoller ausgesetzt sein können. Die Normalität, ihre eigene, möglicherweise ziemlich bemerkenswerte Normalität des Schlafenkönnens, würde vermutlich wiederkehren, wenn sie wieder in ihrem eigenen Bett lag. Wie es jetzt aussah, würde das übermorgen der Fall sein, aber man konnte nie wissen. Die Straße beherrschte alles.

»Hedvig Falkenberg hat nach dir gefragt«, sagte Henry. »Ziemlich ausdrücklich. Nimm irgendwie Kontakt auf, ja? Ich kann mir Unfreundlichkeit gegenüber den Falkenbergs nicht leisten. Zusätzlich zu allem anderen. Sie können verdammt empfindlich sein, diese Ausländer.«

Margaret sagte mehr oder weniger zu und nahm sich vor, Wort zu halten. Sie würde sich nicht einmal, wie zu Hause, mit dem entsetzlichen schwedischen Telephon herumplagen müssen. Sie würde lediglich etwa eine halbe Meile bis zum Haus der Falkenbergs einen flachen Hügelkamm oberhalb der Stadt ersteigen müssen. Besucher schienen jederzeit nicht nur willkommen, sondern geradezu erwünscht zu sein. Der Spaziergang würde ihr guttun. Selbst der Dauerregen mochte aufmunternd oder einschläfernd auf sie wirken: Es war bemerkenswert, wie *eine* Ursache so gegensätzliche Resultate zeitigen konnte. Aber Margaret ließ die Stunden verstreichen und blieb untätig. Und als Henry am Abend zurückkam, brauchte sie noch nicht einmal eine Entschuldigung.

»Alles ist unter Dach und Fach, Molly«, rief er fast überschwenglich. »Gott sei Dank, morgen können wir nach Hause fahren.«

Möglicherweise hing es damit zusammen, daß eine Last von seiner Seele genommen war. Henry schlief in dieser zweiten Nacht nach seiner Rückkehr aus Stockholm weit ruhiger, besser, wie man so sagt. Margaret hörte ihn sanft und gleichmäßig atmen wie ein Kind; Stunde um Stunde um Stunde, während die Kirchturmuhr schlug und der Regen prasselte. Und indem *ihre* zweite schlaflose Nacht langsam verstrich, hörte Margaret auf, nach Erklärungen zu suchen, Entschuldigungen vorzuschützen und sich selbst etwas vorzumachen.

Wenn sie nur umhergehen könnte! Ein paar Minuten nach Schlag fünf verließ sie ihr Bett und zog in der fast vollkommenen Stille ihr Männerhemd, Hose und Anorak an. Lange Zeit stand sie da und schaute hinaus in die unendlich langsam und träge heraufziehende Morgendämmerung. Sie wäre gern geflohen, aber in diesem Hause würde die Tür verschlossen sein, würde der Nachtportier, falls es einen gab, ängstlich vor ihr zurückweichen, ohne daß Verständigung möglich gewesen wäre. Sie mußte noch ein Weilchen vernünftig sein.

Sie verstaute ihre Sachen und kroch zurück ins Bett. Henry schnurrte immer noch vor sich hin, aber als sie an ihn heranrückte, schien er einen eigenartigen Seufzer auszustoßen – wie jemand, der von der Vergangenheit träumt, die immer so viel süßer ist als die Gegenwart.

»Henry«, sagte Margaret nach dem Frühstück, »du hast mehrmals gesagt, daß ich nicht besonders gut aussehe. Tatsache ist, daß ich nicht geschlafen habe. Und ganz zufällig habe ich einen Ort gefunden, den Menschen aus aller Welt aufsuchen, wenn sie keinen Schlaf finden. Würde es dir sehr viel ausmachen, wenn ich eine Weile bliebe? Nur für kurze Zeit natürlich.«

Die Auseinandersetzung dauerte exakt so lange, wie sie vorausgesehen hatte, aber Margaret entwickelte nun ganz neue Kräfte, auch wenn sie sich kaum vorzustellen vermochte, woher sie kamen.

»Ich werde es dich sofort wissen lassen, wenn ich aus dem Wald zurückkehre«, versprach sie. »Das gehört zu den Dingen, die man durchstehen muß, bis man die andere Seite erreicht hat.«

Nachwort des Herausgebers

Vor einem Jahr erschien unter dem Titel »Glockengeläut« eine erste Sammlung von Aickmans »makabren Erzählungen« in DuMont's Bibliothek des Phantastischen. Ein Nachwort gab damals eine ganze Reihe von biographischen Hinweisen zur Person und zum Werk des 1981 verstorbenen englischen Schriftstellers. Nochmals zusammengefaßt: 1914 in London geboren, wuchs Robert Aickman in wohlsituierten, jedoch spannungsreichen Familienverhältnissen auf; hochbegabt, aber im privaten wie im beruflichen Leben unstet, profilierte er sich seit 1951 als Autor eigenartig-fesselnder *ghost stories* wie auch als Herausgeber einschlägiger Anthologien (»Fontana Books of Great Ghost Stories«). Daneben war Aickman literarischer Agent, Theater- und Opernkritiker – und ein faszinierter ›Kulturschützer‹ der englischen Kanäle, die seit der frühen Industrialisierung des Inselstaats dem Binnenverkehr als Transportwege dienten.

Aickmans schmales, aber hervorragendes phantastisches Werk steht im Zeichen einer pessimistischen Kulturkritik, die sich auf Erkenntnisse oder Thesen von Psychoanalyse und Tiefenpsychologie stützt. Damit erscheint der Autor als eine ›Endzeitfigur‹ jenes literarischen Genres, dem er sich verschrieben hatte.

Robert Aickman ▷

Die europäische *ghost story* nimmt von der Zersetzung christlicher Glaubensgewißheiten ihren Ausgang. Diese lösen sich freilich vor allem auch in den Rationalismus und Atheismus hinein auf. Daß die frühe Geistergeschichte *solchen* radikalen Denklösungen abhold sein müßte, scheint zwar auf der Hand zu liegen, erweist sich aber bei näherer Betrachtung des ›gotischen Romans‹ – man denke an die rationalisierende Ann Radcliffe-Schule – als durchaus irrig. Wo aber das Übersinnliche literarischen Zulaß findet, dominiert entgegen den altformierten Erklärungen christlicher Überzeugung eine wohl quasi-religiöse, jedoch ›heidnisch‹ gefärbte Interpretation, in der allerdings der moralische Impetus nach Maßgabe des christlichen Wertkodex erhalten bleibt.

Wir geraten damit an bekanntermaßen leidige Definitionsfragen. Schließlich gab es Geistergeschichten bereits im alten Rom. Genannt seien die Namen Apuleius und Petronius wie auch der des jüngeren Plinius. Hier nur soviel dazu, daß auch diese römischen Zeugnisse sich als *Zersetzungserscheinungen* eines älteren religiösen Kontexts begreifen lassen, zugleich aber auch als ideologische *Irritationsversuche,* verübt an einem hieratisch sich darbietenden römischen Staatsimperialismus.

Und wie steht es um die Phantastik des späten Mittelalters? Was trennt, was verbindet magische Grimoires mit der phantastisch-nüchternen ›Abwehr‹ klassifizierender Dämonenbücher oder gar ihrer praktischen Überhebung in Buchgestalt des »Hexenhammers« von 1489? Ein immer hysterischer, immer grausiger sich aufplusterndes mittelalterliches Christentum steigert offenbar die immanente Phantastik des vorderasiatischen Erlösungsgedankens im Schein der Scheiterhaufen und im Dunkel der Folterkammern zu einer Konvulsion, in der man mit Inkubus und Sukkubus in einem vielleicht furchtsam gestimmten, jedenfalls aber nachbarschaftlichen Verhältnis zu stehen glaubt.

Grenzen wir aber diese Art Phantastik als religiöse Übersteigerung aus, verzichten wir entsprechend darauf, in der inquisitorischen Suche nach Hexenmalen den Auftakt zur neuzeitlichen *ghost story* zu sehen, bleibt immerhin folgender Gedanke: Es dürfte kein Zufall sein, daß gutkatholische Länder wie Italien oder Spanien (genauso aber die Sphäre griechischer Orthodoxie) aus einer - nun, sagen wir - ›metaphysischen Sättigung‹ heraus nur wenig beitrugen zur Ausbildung und zum Aufstieg des *ghostly genre;* daß andererseits in der nüchternen religiösen Welt der Church of England unruhige Geister früh und beharrlich umgingen. Natürlich auch deshalb, weil England von bürgerlicher Revolution, Industrialisierung und Manchester-Kapitalismus, von Rationalismus und Agnostizismus so durchgeschüttelt wurde, daß geradezu notwendigerweise eine intellektuelle Fronde nach dem Pionierbeispiel Horace Walpoles (»The Castle of Otranto«, 1765) ihren verklärenden Rückblick auf gotische Fialen und Gewölbe richtete.

Die *gothic novel,* die manche Literaturwissenschaftler unter dem Begriff »Victorian Gothic« bis an die Schwelle des 20. Jh. hinaufdatieren, entfaltete ihre eigentliche Blüte zwischen Walpoles »Otranto« und Maturins »Melmoth« (1820). In dieser Zeitspanne übernahm das Genre übrigens bemerkenswert viele Motive aus dem folkloristischen Speicher der deutschen Romantik, deren Hinwendung zum Volksmärchen und zu legendären Traditionen durchaus als ein populistischer Versuch gewertet werden kann, dem kirchlichen Dogma eine ›andere Authentizität‹ entgegenzusetzen. Zudem lieferte ein anhebender Orientalismus der englischen ›Gotik‹ attraktive Sujets - Beckfords »Vathek« (1787) ist das wohl prominenteste Beispiel dafür.

Es macht die nachhaltige Faszination der *gothic novel* aus, daß sie die Zeitläufe mit sich selbst konfrontiert: Aufklärung und Obskurantismus, Plädoyer und Gegenplädoyer haben zwei gemeinsame Buchdeckel. Da entfaltet Frau Radcliffe auf Hunderten von Seiten ein Pandämonium scheinbar nur übersinnlich erklärlicher Ereignisse - und müht sich dann in der Raffung eines Schlußkapitels, den effektvoll aufgebauten irrationalen Konsens nach dem gesellschaftlichen Aufklärungsgebot wieder zu entkräften. Man spricht vom Prinzip des »erklärten Übernatürlichen«. - Ähnlich übrigens der deutsche Geheimbundroman, als dessen literarische Marksteine Schillers Fragment gebliebener »Geisterseher« (1788) und Grosses vierbändiger »Genius« (1791/94) erscheinen. Seltsam, daß trotz vieler gelehrter Studien die Grundfigur der beiden eng verbundenen Romantypen bislang nicht klar definiert wurde: Es ist die *Intrige.*

Von diesem kurzen Abriß zur Geschichte der *ghost story* kann keine enzyklopädische Darstellung erwartet werden, in der Name um Name fällt; vielmehr mögen Hinweise auf exemplarische Werke die Argumentationslinie verdeutlichen.

Ein solch beispielhaftes Œuvre hinterließ der protestantische Ire Joseph Thomas Sheridan Le Fanu (1814–1873), der »Meister des Schreckens und des Mysteriums«, wie S. M. Ellis ihn 1916 genannt hat. Le Fanu ist eine Gestalt des weltanschaulichen und literarischen Übergangs. Neben christlich vibrierenden Erzählungen, etwa »The Mysterious Lodger« (1850), stehen Geschichten, in denen er sich der irischen Folklore bedient (»The White Cat of Drumgunniol«, 1870), aber auch - und dies macht sein vorfühlendes Genie aus - erste gänzlich agnostische Erzählungen (»Dickon the Devil«, 1872) und das Meisterwerk »Green Tea« (1869), in dem der Übergang von der ›klassischen‹ zur psychologischen *ghost story* gelingt.

Montague Rhodes James (1862–1936), der nächste Großmeister der englischen *ghost story,* nimmt den Agnostizismus des von ihm bewunderten Iren in verdichteter Form auf. Er mutmaßt nicht, vergißt Gott und die Kirche, verzichtet auf Erklärungen, verharrt in tiefem Skeptizismus gegenüber allem Spiritismus seiner diesenthalb erhitzten Zeitgenossen. Zweifellos hätte M. R. James an der klassischen Sentenz der Madame Deffand seine Freude gehabt: »Glauben Sie an Gespenster?« – »Nein, aber ich habe Angst vor ihnen.«

Denn Angst und Schrecken flößen die physisch gefaßten übernatürlichen Erscheinungen des Dr. James, seines Zeichens Provost von Eton, dem Leser durchweg ein; immerhin sind sie allesamt bösartige Wesen. James' spätviktorianische Ehrenmänner (Frauen existieren für den Gelehrten als handelnde Personen nicht) provozieren zwar gelegentlich durch Neugier oder sonstige Vorwitzigkeit ihre übernatürliche Verfolgung, erscheinen gleichwohl als ganz unschuldig im Vergleich zum Strafmaß ihrer Heimsuchung.

Damit ist freilich die klassische, die moralische Geistergeschichte mit ihrer Dialektik von Fehlverhalten und übernatürlicher Sühne überholt. Jenseits viktorianischer Betulichkeit verkündet M. R. James: Auch wer auf die britische Monarchie schwört, Golf spielt und auf Empfängen eine gute Figur macht, ist vor Bedrohung nicht gefeit.

Ja, man ist nicht mehr sicher in der literarischen Welt des M. R. James. Durchaus harmlose Seelen erfahren in ihr den »Chok« (Walter Benjamin), weil sie nicht begriffen haben, daß die moralische Begründung ihrer gesellschaftlichen Existenz nur noch leicht wiegt.

Der allgemeine Hintergrund läßt sich thesenhaft so fassen: Ein sich konzentrierender Kapitalismus legt seinen Hobel an die ehrwürdigen Werte der *upper class* und schafft damit jene Unsicherheit, die James' mit feinem Sensorium in *ghost stories* umsetzt – in Sujets, die von der realen Problematik freilich nur schwache Ahnung geben.

Zeitgleich mit James schwingt die phantastische Literatur in ihre ›imperialistische Kehre‹. Bis in die Transzendenz der *ghost story* hinein entrichtet sie der tagtäglichen Erfahrung eines neuen, von Großindustrie und Bankkapital beherrschten Gesellschaftsrhythmus ihren Tribut. Die zwei interessantesten und wichtigsten Formen, in denen dies geschieht, sind der von dem Amerikaner Howard Phillips Lovecraft (1890–1937) entwickelte Cthulhu-Mythos und die psychologische Phantastik.

In seinem Versuch, den Schrecken des 20. Jh. mythologische Grundlagen zu geben, mag Lovecraft von Lord Dunsany und Arthur Machen geprägt worden sein – zwei Autoren, denen er in seiner gelehrten Studie »Supernatural Horror in Literature« (1927/1936) gebührende Reverenz erwies. Während jedoch zumindest Machen an dem Strang folkloristischer Phantastik anknüpft, der sich in Großbritannien bis auf Walter Scotts »Wandering Willie's Tale« (1824) und die Erzählungen des schottischen Schäfers James Hogg zurückführen läßt, entwirft Lovecrafts Cthulhu-Mythos (voll ausgebildet seit 1928) mit scheindokumentarischer Abfederung etwas ganz Neues, sehr Zeitgenössisches: das Bild nämlich einer Menschheit, die sich in geradezu äffischer Komparsenkunst in einem Schauspiel von kosmischen Ausmaßen herumdrückt, übrigens ohne die eigene Statistenrolle zu begreifen. Eine Rettung gibt es in diesem grausamen Kosmos nicht, nur ein Hinauszögern des Unausweichlichen in immer neuen Abwehrkämpfen – und die dunkle Erkenntnis, daß jede menschliche Einsicht im Schrecken mündet, in der Ahnung oder Bestätigung der eigenen Nichtigkeit.

Mit solchen Thesen vollstreckt H. P. Lovecraft – im Einvernehmen mit den natürlich sehr viel nüchterneren kosmologischen Naturwissenschaften – nach dem Untergang des behütenden theozentrischen nunmehr die Preisgabe des fragilen anthropozentrischen Universums. Zugleich aber berichtet er im Medium seiner düster glosenden Neo-Mythologie über den Zustand der ›modernen Gesellschaftswelt‹, deren rigoros deklassierenden Tendenzen er im eigenen Lebenslauf schmerzlich, bis hin zur existentiellen Bedrohung wahrnahm. So durchpulst alle seine Erzählungen die Erfahrung unausweichlichen Niedergangs – der nachträgliche Kultstatus des Autors als Projektions- und Identifikationsfigur dürfte sich hieraus erklären.

Düster auch das Universum, das die psychologische Phantastik entwirft – wie sich ja generell in der phantastischen Literatur der Grad und die Zumutung des Schreckens bis hin zu den ›splatter punks‹ unserer Tage schubweise steigern. Man hat diese Tendenz, phänomenologisch verkürzend, aus ›Überreizung‹ erklären wollen. Sie wird indessen mehr sein: ein Selbstrettungsversuch nämlich. Wer in der phantastischen Vorwegnahme äußersten Schreckens, in der Bewältigung literarisch (oder filmisch – man denke an die ›Katastropenfilme‹ der sechziger und siebziger Jahre) gegebener Extremsituationen bewährt ist, dem kann der real existierende Alltag nur mehr wie ein gut geführter Schrebergarten erscheinen.

Was aber, wenn der gesellschaftliche Wahnsinn in den eigenen Kopf einzieht? Wenn man seiner selbst nicht mehr sicher sein kann? Hoffmanns »Ritter Gluck«, ein »Fantasiestück in Callots Manier«, erschien 1809, Edgar Allan Poes »William Wilson« 1839, Le Fanus schon erwähnte Erzählung »Green Tea« 1872, Robert Louis Stevensons »Strange Case of Dr Jekyll and Mr Hyde« 1886, Charlotte Perkins Gilmans »The Yellow Wall Paper« 1892 – Stufen einer nach innen führenden Depravation, die vom poetischen Schwebezustand der Gluck-Geschichte zum selbst erfahrenen Wahn führen.

Robert Aickmans Sonderstellung innerhalb der psychologischen Phantastik resultiert aus seiner weiteren Radikalisierung des Genres: Der englische Autor gibt die traditionelle Dichotomie von Vernunft und Wahn, geistiger Gesundheit und Krankheit auf, da dies für ihn nur Begriffshülsen oder flüchtige Zustandsbeschreibungen, aber keine exakten Definitionen sind. Mit dem ganz andere Wege gehenden Lovecraft teilt Aickman die Überzeugung vom Miniaturformat des Menschen, der unrettbar verloren ist - jedoch nicht, weil kosmische Kräfte mit ihm spielen, sondern weil er hilflos im Mahlstrom der eigenen Psyche treibt, von Wellen herumgewälzt wie ein Schiffswrack.

Was ist Wirklichkeit, was Einbildung? Und wem sind die klaren Kriterien zur Hand, das eine vom anderen zu scheiden? Gewiß nicht den handelnden Personen in Aickmans rätselhaften Erzählungen. Sie bewegen sich auf der Oberfläche eines Mysteriums, von dem sie selbst ein unbegriffener Teil sind. Die Frau am Fenster in der Erzählung »Die Züge« - wie ist sie aufzufassen? Und was geschieht in der belgischen Kathedrale mit dem kunstbeflissenen Mr Trant? Was im Sanatorium der Schlaflosen mit Mrs Sawyer?

Wohlgemerkt: Aickman gibt keine schalen Rätsel auf. Vielmehr erweist er die abgründige Tiefe auch der banalsten Realität, indem er ihre alltägliche Rezeption in Frage stellt, indem er deutlich macht, wie fein (und zerreißbar) das Gespinst der Normalität ist.

Offenbar ist dieser Schrecken der einer fundamentalen Verunsicherung.

Editorische Notiz

Die Erzählungen »The Cicerones« (»Die Fremdenführer«) und »Into The Wood« (»Im Sanatorium der Schlaflosen«) wurden der Aickman-Sammlung »Sub Rosa. Strange Tales« (London 1968) entnommen; »The Swords« (»Die Schwerter«) der Sammlung »Cold Hand in Mine. Eight Strange Stories« (New York 1975) und »The School Friend« (»Die Schulfreundin«) der Sammlung »Painted Devils. Strange Stories« (New York 1979). Die Erzählung »The Next Glade« (»Die nächste Schneise«) entstammt »Intrusions. Strange Tales« (London 1980) und »The Trains« (»Die Züge«) der von Robert Aickman edierten Anthologie »The Fontana Book of Great Ghost Stories« (London 1964).

Alle Erzählungen des vorliegenden Bandes sind deutsche Erstveröffentlichungen.

Band 3010

Arthur R. Ropes

Aus dem Abgrund

Von den Truppen Oliver Cromwells besiegt, sucht der königstreue Earl of Deeping 1645 Zuflucht auf seinem Stammsitz inmitten ausgedehnter Sümpfe. Die Bewohner des nahen Dorfes Marsham sind fortan seiner Willkür ausgeliefert.
Als Hubert Leyton, ein Neffe des Tyrannen und Mann des Friedens, sich auf den Weg macht, um für die Geschundenen zu sprechen, begleiten ihn Gerüchte um die Ruchlosigkeit des Earl und seiner Gefährtin, die als italienische Hexe gilt. Die Burg scheint fest in den Händen des Bösen. Doch schon einmal soll ein Earl of Deeping, der seine Seele dem Widersacher verschrieben hatte, von einem rächenden Schemen aus den nebelverhangenen Sümpfen vertilgt worden sein . . .